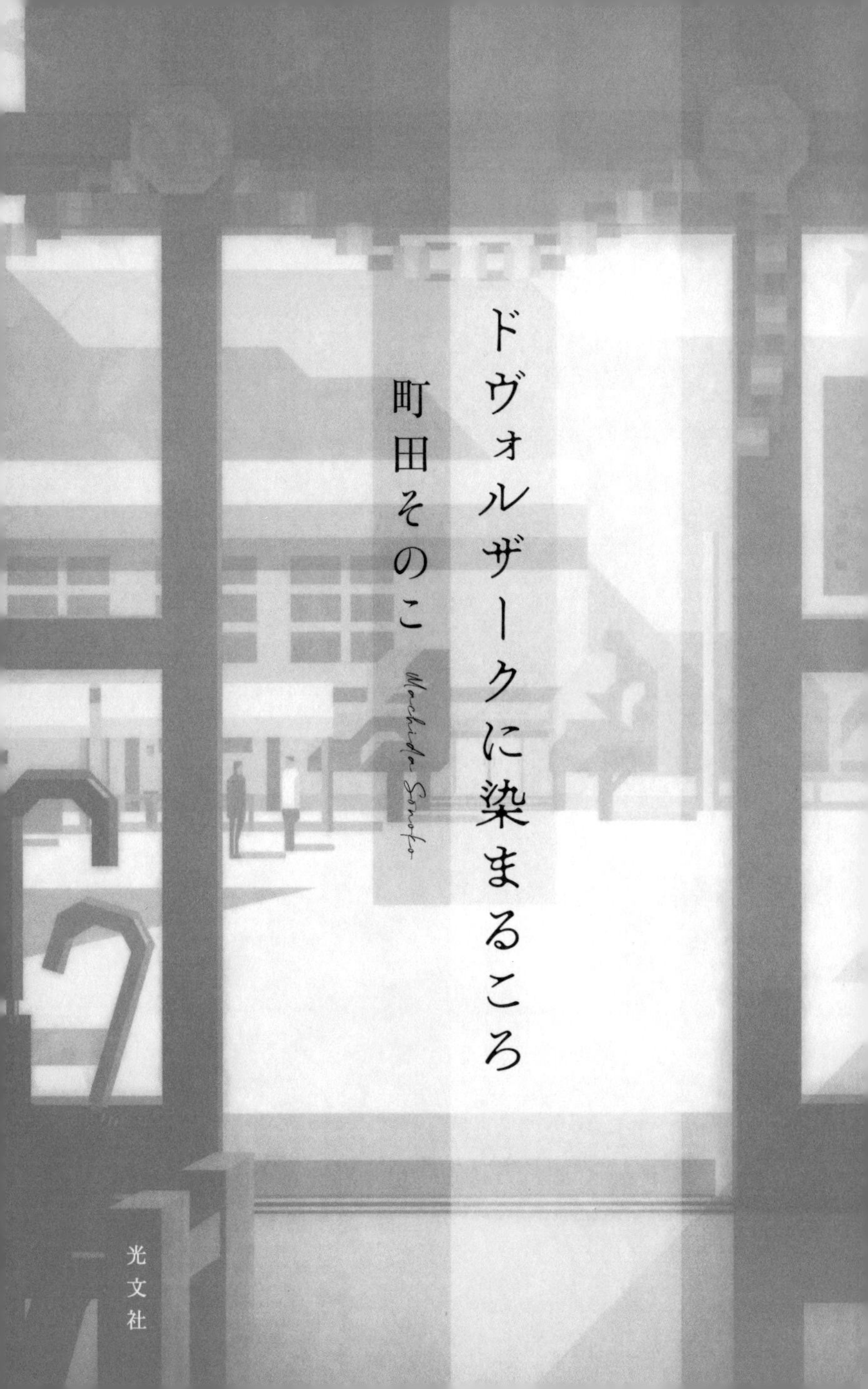

ドヴォルザークに染まるころ

町田そのこ

Machida Sonoko

光文社

ドヴォルザークに染まるころ

目次

装画　六角堂DADA
装幀　岡本歌織（next door design）

第1話　ドヴォルザークの檻より

担任の先生のセックスを見たことがある。

小学校六年の、夏休みのことだ。飼育当番で、夕方の餌やりのために学校に行った。二階建て鉄筋コンクリート造りの学校は〝く〟の字をしていて、内角部分の中庭にウサギ小屋と鶏小屋が並んでいた。卒業生の誰かの父親が大工で、彼が寄付したというふたつの小屋はしっかりとした造りをしており、小屋の生きものたちは一度も、校舎の背後にそびえる未幌山《みほろやま》から降りてくるキツネや野良犬に狙われることはなかった。あの日、わたしは同じく飼育当番であるひとつ年下の男の子とふたりで、せっせと餌と水の交換に励んでいた。

作業の終わりごろ、わたしはほんの少しの油断をしてしまって、当時鶏小屋のボスだったサイゴーに左のふくらはぎを二か所突《つつ》かれてしまった。ぶつんぶつんと立て続けに皮膚の裂ける感触がして、すぐに激痛に変わる。短く悲鳴を上げて見てみれば、ぷくりと膨れた真っ赤な血の球が、とろりと赤い筋を作り始めた。血に弱かったわたしはそのことに怯《おび》えて涙どころか声も出なくなり、男の子は『保健室に行こう』と慌てて言った。夏休みとはいえ幾人かの先生は登校してきていて、挨拶を交わした後だった。誰かきっと、手当てをしてくれるよ、と言う男の子に従って、わたしたちは静まり返った校舎に入った。

夕暮れの校舎内は、ねっとりとした熱が静かに沈んでいた。アブラゼミの悲鳴のような合唱が遠くに聞こえ、職員室の方からは教頭先生と誰かが口論しているような声がした。教頭先生は怒りっぽくて、いつも誰かを怒鳴り散らしているようなひとだった。わたしは『子どものくせに覇気がない』と、どうしたらいいのか分からない叱られ方をしたことがある。鶏に突かれて怪我《けが》をしたなんて言えば、鈍臭い子だ、と怒られるに違いない。暑さと痛み、緊張で体中がじっとりと汗ばむ。こめかみから流れた汗を拭《ぬぐ》った手から、うっすらと獣の臭いがした。わたしより少しだけ背の低い男の子は、ただただ震えるわたしのことを心配そうに窺《うかが》いながら、保健室まですぐだからねと小さな声で囁《ささや》いた。自分の声すらわたしを傷つけてしまうのではないか、というようなやさしさだった。

しかし目指した保健室の扉は、固く閉ざされていた。すりガラスの向こうは薄闇で物音ひとつしないから、誰もいないことが分かる。教頭先生のいる職員室には行きたくなくて、このままだらだらと血の流れる足を引きずって家に帰るしかない、と絶望に似た覚悟を決めた。

『待って。ぼくの机の引き出しに、バンソウコウがある』

ぱっと、男の子が顔を輝かせた。

『ポケットティッシュもあったと思う。だいじょうぶだよ』

彼の机のある二階の一番奥の教室まで、わたしたちはそろそろと向かった。

流れる血が、わたしのソックスを濡《ぬ》らしていく。お気に入りだったキティちゃんの柄はどんどん色を変えていった。足はじんじんと痛んで、それどころかお腹《なか》まで痛くなって、歩くたびに、自分のからだが取り返しのつかないことになっていっているのではないかと怖くなる。鶏の 嘴《くちばし》って、ばいきんがいるかもしれない。それがいま、わたしのからだを駆け巡っているのかもしれない……。

『だいじょうぶ。だいじょうぶだよ、るいちゃん』

痛みに決して触れない小さな声だけを励みに、人気《ひとけ》のない廊下をのそのそと歩く。がらんどうの教室の木製の床に、オレンジの光がきらきらと差し込んでいた。持ち帰り忘れたのか、三年生のたっくんの体操服袋が寂しそうに机に載っているのが見えた。終業式のとき、先生たちはうんざりするほどしつこく、忘れ物がないようにしろと言ったのに。

持ち主から忘れ去られた袋がうっすらと影を帯びている。本来あってはならないものがあるとき、寂しいんだな。そんなことをぼんやりと考えた、そのとき。

泣き声が聞こえた。

まっさきに想像したのは、数日前に放映されていた『日本怪奇スポット』という番組だった。廃病院や自殺が多発する森、閉鎖されたトンネルにどこかの学校の旧校舎なんかがおどろおどろしい音楽と共に紹介されていた。首のとれた、赤インクを浴びた人体模型が転がっていた映像を思い出して身震いするわたしに反して、男の子はきゅっと眉を寄せた。

『誰か、具合悪いのかな』

『え？』

『だって苦しそう』

男の子が、先に行こうとする。置いていかれそうに感じたわたしが短く悲鳴を上げると、彼は少しだけ困った様子を見せた後に、わたしの手を摑《つか》んだ。汗ばんだ、やわらかな手がわたしの手を包む。『平気だよ。行ってみよ』と彼は呟《つぶや》いて、わたしの一歩前を歩き出す。そしてわたしより先に、ほんの少し開いていた児童会室の引き戸の向こうを覗《のぞ》き込んだ。ひゅう、と息を呑《の》む。

手に、震えを感じた。立ち尽くした彼は明らかに何かに驚いていて、しかしそれは『恐怖』によるものではないようだった。ふしぎに思って、おずおずと視線の先を辿《たど》るように覗き見たわたしは、目を見開いた。そこには、スカートを腰までたくし上げた群《むれ》先生がいた。わたしの、担任の先生だ。

下着とストッキングがくちゃくちゃになって足首に絡まっている群先生は机に突っ伏していて、男性がその背中にかぶさるようにしていた。ぐ、ぐ、と男性がからだを押し付けるたびに、群先生は短く泣く。男性は群先生の首に手をかけていて、それはまるで首を絞めている最中のように見えたけれど、一瞬持ち上がった群先生の横顔は、蕩《とろ》けそうに惚《ほう》けていた。

これ以上の驚きはなかったはずなのに、群先生を組み敷く男性に目をやって、最大の衝撃を受けた。男性は、先月の頭に町にやって来た画家だった。日本人の原風景だかを描くために日本中を旅しているという彼は、夏休み前に学校でスケッチの授業をしてくれた。彼は痩せぎすで、ふわふわの髪を雑にひとまとめにし、口の周りのひげは好き放題に伸びた感じの、いわばだらしのない見た目をしていた。へらへらしていて、大人のはずなのに子どもらしい。サッカーの授業に不意に飛び込んできたかと思えば、給食時間まで居座って給食をうまいうまいとがっつく。それでいて、筆を持った瞬間に、目の色が変わった。まるで薄く青い炎を纏《まと》ったかのように、薄ら恐ろしくなるほどの静謐《せいひつ》な雰囲気を放ってキャンバスに向かった。

彼は、人物のいない風景ばかりを描いた。彼が切り取れば、何の魅力もないはずの田舎《いなか》町が姿を変えた。ぞっとするほどのうつくしさで、どこか生々しい。子どものころのわたしは、幽霊を写し取ったようだなと感じた。このまちで生まれ死んでいったひとたちの息遣いを塗りこめたような気配がしたのだ。

放浪の鬼才画家としてテレビに出たこともあると説明してくれたのは校長先生で、彼のために空き教室同然だった児童会室を宿泊用として提供した。『鬼才がわが校に滞在して名画を仕上げるのだ』などと興奮していたけれど、群先生は彼をあまり歓迎していないようだった。みんな、あのひとは特別なんだから、同じようなひとがいたらきちんと警戒するのよ。あのひとにもあまり近づかないようにね、なんて顰《しか》め面で言っていた。なのにどうして、群先生が画家と一緒にいるの？

群先生の声と重なるように、水音がする。独特なリズムは、わたしのふくらはぎの傷の疼《うず》きと奇妙に合わさった。共鳴しているようなふしぎな感覚は、先生の声がひときわ細く長く泣いたときにぷつんと切れた。それは声のせいではなかったのかもしれないが、声が途切れると同時に、こぷん、と己の股の間から熱い液体が溢《あふ》れる気配がした。のろりと見下ろすと、短いスカートから伸びた太ももの内側から、ゆっくりと赤黒い筋が伸びていた。

これ、もしかして生理っていうやつ？

わたしは胸だけはいっぱしの大人のようにふわふわ膨らんでいたのに、初潮はいまだ来ていなかった。母がそれをとても気にしていて、来月の誕生日までに生理が来なかったら産婦人科で診てもらうと言われていた。病院であんなところを見られるなんて絶対に嫌で、だからすごくすごく待ち望んでいた。でも、こんなタイミングでいいはずがない。

思いもよらないことがいくつも重なって、心がついていけない。茫然《ぼうぜん》としていると、遠くから音楽が鳴り始めた。ドヴォルザークの〝家路〟だ。帰宅を促すメロディはいつだって、外で遊ぶわたしを焦らせてきたけれど、このときは遥か遠く、夢の世界からの呼び声のようだった。ぼうっと聞いていると、急にぐいと手を引かれた。彼方の存在になっていた男の子が、心が遠くにあったわたしを呼び戻すように力を込めてきたのだ。のろりと目を向ければ、彼の視線はわたしの太ももに注がれていた。ああ、生理が来たことに気付かれたんだ、と頭の片隅で思った。ふしぎと、恥じらいは覚えなかった。

『行こう』

きっぱりと意志のある声にようやくはっとする。でもわたしのからだは、硬直してしまったかのように動けなかった。『行こう』と男の子がもう一度言い、その声に画家が気付いて、視線を投げてきた。

五センチほどの隙間から、画家と視線を交わした。

顔を真っ赤にして汗だくになっている群先生と違って、画家はどこか平静だった。わたしたちの存在に気付いても、ちっとも焦っていない。どころか、キャンバスに向かっているときと同じような静かな青い火を纏っていて、やはりどこか恐ろしかった。息を呑んだわたしを前にした彼は愉快そうに、ゆっくりと目を細めた。唇が何か言葉をかたちづくる。誰も手の届かない木のてっぺんで熟《う》れた柿のような、毒々しいまでに赤い口だった。

ぐい、と男の子が腕を引き、固まってしまっていた足がやっと動く。途端、弾《はじ》かれるようにその場から駆けだした。

走るわたしたちを、ドヴォルザークだけが追ってきていた。

＊

里芋の皮を剝《む》くのが、苦手だ。ぬる、ぬる、と滑《ぬめ》る感覚が好きじゃない。味も食感も好きじゃないから、普段はなるべく買わないようにしている。でも、夫の悟志《さとし》は好物だから、隣に住んでいる義母がしょっちゅう持ってくる。昨日も、近所からのもらい物だと言って大きな泥付きのものを二十個ほど持ってきた。親子三人で食べるにはあまりにも多い。無意識にうんざりした顔をしてしまったらしく、『あら、迷惑やった？　煮付けてあげればよかったかねえ』と苦い顔をされた。『そんな。ごめんなさい』と謝って受け取ったけれど、処理を考えると気が重い。今日ここに持って来て、それとなく混ぜてしまえばよかった。

「廃校なんて、いまどき珍しくも何ともないやん」

大きな声がして、皮剝きをしていた手を止める。見れば、三年生の双子の姉妹の母である福嶋杏《ふくしまあん》奈《な》が、ピンクのジェルネイルが目立つ手で大きなさつまいもを弄《もてあそ》んでいた。

「少子化が進んどって、日本中どこもかしこも廃校になっとるってネットニュースにでとったで。なのになんで最後やからって秋祭りなんて面倒なもん開催せなあかんの？」

さつまいもから伸びた、ムダ毛のような細い根をぶちんと引きちぎる。その口は子どものように突き出されている。杏奈はいつも文句ばかりで、作業が遅い。

「これまで通り、子どもたちの発表会だけでええやんか。なのにバザーや出店やって、あほちゃう？　しかも子どもたちの発表のあとは、婦人会だかの踊りの発表会があるんやって。みんな知っとった？」

「知っとるどころか、踊りのあとはカラオケ大会だよ。ラムネ早飲み大会もあるし、フィナーレは校庭で〝かなた町盆踊り〟だったかな。それは一ヶ月前から告知しとったことやし、一般客もかなり来るやろね」

カレーの仕込みが済んだ大鍋四つを順繰りにかきまわしているのは、六年生の女児がいる井村《いむら》瑠璃子《るりこ》だ。かなた町ママさんバレー部の部長でもある。瑠璃子の言葉を聞いた杏奈が「ありえへん」と大げさに天を仰ぐ。

「ありえへんって。いや、百歩譲って何をやってもよしとしても、やで。なんであたしら保護者が準備に追われなあかんのよ。父親らは設営準備に追われ、母親らはカレーやら豚汁やら作らされ。出店って、もちろん食べモンの店も来るんやろ？　ほんならそれでみんなの胃袋まかなえばええんちゃう？　なにもこっちが料理まで作る必要あれへんよ。どこのあほが決めたん。校長？　やったらあの薄らハゲの残りの毛、全部むしったる」

「校長は校長で、餅つき大会の準備に駆けまわっとるよ。大昔は校内行事のひとつに餅つき大会があったとかで、最後に絶対にやりたいって意見が各所から出たんだってさ。つか福嶋、口はいいから手を動かせ、手」

口を動かしながらも異様な手際のよさでごぼうをささがきにしているのは田中佳代子《たなかかよこ》で、五年生の男児がいる。管理栄養士の資格があり、介護施設で料理の献立指導をしているという彼女は何にでも手際が良く、彼女の前のボウルには、早送りしているような勢いでささがきごぼうが溜《た》まっていた。

「ひぃぃ、餅！　餅なんて絶対いらんやつやん。年寄りが喉詰まらせたらどーすんねん」

「その年寄りのリクエストだから、いいの。とにかく福嶋はいい加減、さつまいもを剝きな」

彼女たちは、がやがやさわさわとしながら野菜を切り、煮込む。

明日は、わたしたちの子どもが通っているかなた町立柳垣《やながき》小学校で、『柳垣秋祭り』が開催される。いつもの秋祭りは子どもたちの発表会——演劇や合唱など——を保護者が観覧するだけなのだが、今年は違う。百二十一年の歴史のある柳垣小学校は、来年三月に廃校になることが決まっており、その最後をみんなで惜しもう、という意図でさまざまなイベントを行うことになったのだ。在校生、卒業生、それに近隣住民まで巻き込むかたちとなった祭りは、わたしたちの予想を超える規模になってしまっていた。いま、体育館では町の青年部が舞台をセッティングしており、音楽室では教員たちがバザーの準備。校庭はＰＴＡの仕切りで設営が進み、この家庭科室では在校生の母親で構成されている母親会のメンバーが明日無料で振舞う料理の仕込みに追われている。

六年生の息子がいるわたしは、ノルマとして課された里芋の処理を黙々と行っていた。大きなボウル四杯分、その半分がやっと終わったところだ。家に帰っても同じことをしないといけないと思うと、うんざりする。やっぱり持って来てしまえばよかった、とため息を吐《つ》くと、杏奈が「類《るい》ちんのときはあったん？」と訊《き》いてきた。「何が？」と返すと「餅つき大会」とさつまいもで杵《きね》を振る真似《まね》をする。

「餅つき？　あったよ。そういや、いつからなくなったんだろ」

冬の恒例行事だった。児童やその家族、近隣の住民たちみんなで餅をつき、きな粉や大根おろしで食べたものだけれど、息子が入学したときにはなくなっていた。

「面倒になってやめたんやで、きっと。そういやさー、類ちんのときって、もっと子どもおったん？」

「いまとさほど変わんないんじゃないかな。わたしが通ってたころから、全校児童三十人くらいだった、と思う」

わたしの学年は六人で、ひとつ下の学年は五人いた。確か、児童がひとりもいない学年もあった。

「あのときも、二学年同時に授業を受けたりしてたもん」

児童が少ないから他学年と共に授業を受けるのが当たり前で、学校全体がひとつのクラスのようでもあった。とても狭い世界ではあったけれど、その分陰湿ないじめはなくて、みんなのびのび生活していた。それを言うと、佳代子が「それが柳垣小のいいとこなんよね」と深く頷《うなず》いてみせた。

「集団生活のなんたるかなんてさ、中学、高校で十分学べるやん？　子どもの心がやわらかいときは、少人数でやさしい時間を過ごす方が絶対いいと思う。わたしたち夫婦は、そういうところで子どもを育てたくて、ここに来たんよ」

「え、田中さんってそんな理由で転校してきたん？」

瑠璃子が驚いた声を上げると、「みんなも知っとるやろうけど、うちの子、えらい気が弱いんよ」と佳代子が眉尻を下げた。

「博多《はかた》のマンモス校でいろいろあって、うまく友達作れんかったと。そんで、旦那の祖父母が住んでいた土地が余ってるってんで、こっちへ。ってまあ、旦那は最初からその土地を狙ってて、タイミング見てこっちに帰るつもりでおったみたいなんやけどね。やけん、ちょうどよかったっていうか」

「えー、佳代ちんの旦那さん、田舎に戻りたいなんて変わってんなあ。あたしはこんなとこもう飽き飽きやわ」

杏奈が声を大きくする。もともと大阪に住んでいた杏奈は、喘息《ぜんそく》を患《わずら》っている双子のために、夫の両親が暮らすこの町に引っ越してきたのだ。

「飽きた？　でも福嶋は、義理の両親が持ってる土地に一軒家を建てられそうでラッキーって喜んでたやんか。大きなガレージ付きの家を建てて、自宅でネイルサロンやるんが夢なんやろ？」

「あー、それな？　無理無理。町営住宅のやっすい家賃でも、正直生活カツカツやもん。持ち家なんていつになるか分からへん。それに、田舎でサロンやったって客なんてこおへんって気付いてん」

放置しっぱなしだったピーラーを、杏奈はようやく手に取った。緩慢にさつまいもの皮を剝き始めながら続ける。

「ていうか、ここに住んでたらな、自分のセンスがゆっくり腐っていくのが分かんねん。センスっていろんなひとから刺激受けてナンボってとこあるやん？　田舎モンしかおらん町でどんな刺激があるん？　って話。旦那も、ここに来てからなんか冴《さ》えないおっちゃんになってきてる気がすんねん。最近、大阪戻りたいなーってめっちゃ思う」

「でもほら、双子の喘息、だいぶよくなってるんやろ？　こっちに来て、いいこともあるやん」

瑠璃子が慰めるように言うと、杏奈は肩を竦《すく》めた。

「それが目的やから、むしろ当然やんか。いや、子どもらのためにここに住んどるってのは、分かっとんねん。でもな、親は子どものためにこんなにも我慢せなあかんのかなーってときどき思うんよ。旦那を魅力的に思えへんくなって、あたしはせっかくのお天気の土曜日にイモの皮剝き。どうしても、人生を無駄に消費してるような気がすんねんなあ」

呆《あき》れちゃう、と声を尖《とが》らせたのは佳代子だった。いつもは感情を波立たせない彼女が珍しい。

「その愚痴は聞きたくないな。子どものために使う時間なんて、人生のほんの一部やんか。それくらい、我慢しなよ」

「ああ、ああ。正論はええねん。あたしだってちゃんと分かっとって、いまのはただの愚痴やで。でもさあ、子どものために使うこの数年って、自分にとっても大事やと思わへん？　あたし、あと二年で三十代に突入やねんで。大事な二十代、こんなとこでだらだら消費や」

佳代子が何か言いかけて、しかし口を噤《つぐ》んだ。佳代子はいま、四十四歳。二十八の杏奈とは違うと思ったのだろう。しかし瑠璃子が「遊びたかったなら避妊すればよかったんだよ、避妊」と言わなくてもいいことを言う。できちゃった結婚だと言って憚《はばか》らない杏奈が、あからさまにむっとした顔をした。ピーラーを雑に置く。

「あーあ、みんな退屈なひとたちやねんな。なあ、ほんとうに満足してんの？　こんなド田舎でつつましく、なーんのドラマも刺激もなく生きていくことに、ほんまに疑問はないん？　井の中のなんとかで、ただ世間知らずなのかもしれへんって考えへんの？　実際、都会にはトキメキがたくさんあるんやで？」

「あのねえ、杏奈さん。それは、あんまりに失礼な言い方だよ」

会話に入らず黙々とこんにゃくの下ごしらえをしていた春日順子《かすがじゅんこ》――一年に男児、三年に女児がいる――が、我慢できないとばかりに口を開いた。眼鏡《めがね》の奥の目が、あからさまに軽蔑の色を浮かべている。

「私はいまの生活に満足しとるよ。田舎暮らしに憧れとったもん。それに、類さんみたいにずっとこの町で生活してきたひとをばかにしとるんじゃない？」

突然巻き込まれたことに驚いて「え」と声を漏らしたわたしを、杏奈がちらりと見る。それからすぐにぷいと顔を背けた。

「類ちんは、ほんまに世間を知れへんカエルやんけ」

きっぱりと言った杏奈は、ピーラーを摑んで皮を剝き始めた。言葉の強さに驚いた順子がわたしを見る。瑠璃子は「わぁお」と意味のない呟きを漏らし、佳代子は哀《あわ》れむような顔を一瞬わたしに向けた。わたしはそんな彼女たちに、微笑《ほほえ》んでみせた。

別に、腹を立てることではない。そう言われてしまうのは、ほんとうだから。

わたしは生まれてからこれまでの三十六年、かなた町から離れたことがない。

かなた町は、九州は福岡県の北東部にある小さな町だ。農業が盛んで、というより農業くらいしかない牧歌的な町。その町の山中にある柳垣地区に、先祖代々住んできた。小高い未幌山と、そこから流れる乾川《いぬいがわ》を囲むように広がる豊かな田んぼ。誇れるのは、自然だけだろう。

若い世代を引き込むべく、古い町営住宅がモダンなマンション風に建て変えられてからは少しだけ活気が出てきたけれど、それでもはっきりと田舎のままだ。

わたしは柳垣小学校を出て、かなた町立かなた中学校に通った。高校は隣の市で、大学は少し離れたところにある北九州市。どちらも、家から通える範囲にあった。就職先は家から車で五分の農事センターで、子どものころからの顔見知りの従業員たちに囲まれて事務作業をした。保育園から大学まで一緒という筋金入りの幼馴染《おさななじみ》であり、かなた町に本社を置く土木会社に勤める悟志と結婚して、子を産んで、いまに至る。

わたしは確かに、この町以外の生活を知らない。この町での当たり前のルールや言葉、季節の移り変わりのさまだけを知っている。しかしそれだけの知識でも、十分生きていける。

それに、杏奈は愚痴を零《こぼ》しているけれど、いまの時代、田舎に住むことでのデメリットはさほどない。博多まで高速道路を使えば小一時間で行けるし、東京へも飛行機で二時間程度。たいていの流行《はや》りものは手に入れられるし、コンサートやイベントも田舎であることを理由に諦《あきら》めたことはない。

この場所以外、世間を知らない。そう言われても怒る必要などどこにもない。

「杏奈さんは、センスが落ちたって言うより、やる気が落ちてるんじゃない？」

突然、冗談めかして言ったのは、これまでずっと気配を消していた村上三好《むらかみみよし》だった。四年生の女の子がいるシングルマザーの彼女は、わたしの幼馴染のひとりでもあった。高校からは別で、彼女は熊本の大学に進学して、そこでそのまま就職もしたらしい。中学校の卒業式で別れてから彼女がどんな風に生きてきたのかは一切知らない。知っているのは、五年前に離婚して、子どもを連れてこの町に帰って来たことと、仕事は雑誌の記者だかで、ときどき子どもを実家の親に預けて取材に出かけているということ。

「そのネイルさー、軽く三週間は経《た》ってるよね？　右の中指、浮いちゃってるみたいだけど、大丈夫？」

三好が指差すと、杏奈がかっと頬を赤くした。順子がくすりと笑い、慌てて口元を隠す。ネイルを隠すように手を重ねた杏奈が「これは、子どもらが風邪《かぜ》ひいてそんな暇なくて」と恥ずかしそうに言う。

「そっかー。双子のママも大変だね？」

家庭科室の中の空気が、気まずくなる。そのタイミングを見計らったかのように、教室のドアが勢いよく開いた。

「お疲れさまー！　地区会長が、全員に差し入れだって」

「ひとり一本でーす」

「冷えてるうちにどーぞー」

どやどやと入って来たのは、ＰＴＡのメンバーだった。佳代子の夫でＰＴＡ会長の田中務《つとむ》とわたしの夫の悟志、三年生の男の子の母親の梅本美衣子《うめもとみいこ》。務が、抱えている発泡スチロールの箱から缶コーヒーを一本取って振ってみせた。その気楽そうな様子に、ピリついた空気がさっと入れ替わる。杏奈が「コーヒーしかないんですかー？」と明るい声を出した。

「うん、コーヒーだけ。でも、無糖、微糖、カフェオレ、カフェラテとございます」

務が言うと、さっきまで眉根に深い皺《しわ》を刻んでいた佳代子が「無駄に種類が多いね、パパ」と微笑んで近寄る。夫に寄り添うようにして箱を覗き込んだ佳代子は「地区会長の差し入れって毎回微妙だよね。前は子どもたちにアイスを差し入れてくれたけど、黒蜜きなこモナカって渋いやつだった」とすっかり機嫌をよくして言った。佳代子たち夫婦は、とても仲が良い。ひとり息子を可愛《かわい》がっていて、いつも両親揃《そろ》って校内行事に参加しているくらいだ。

みんなが手を止めて、ＰＴＡメンバーのところへ行く。それを眺めていると、悟志が無糖の缶を持って来てくれた。

「お疲れ、類。こっちはいつまでかかりそう？」

「あと一時間、いや一時間半くらいかな。そっちは？」

「設営はほぼ完了。年寄りの休憩用テントをもう一張用意するかどうかって話をしてて、それ次第では終わる」

悟志が缶のプルタブを引き、口をつける。喉を鳴らして半分ほど飲んだ悟志はわたしの視線に気が付いて、「ん」とわたしに差し出してくる。

「喉渇いてるなら、全部飲んでいいよ。わたし、喉渇いてないし」

「そう？　いや、さっきさ、カフェオレとカフェラテの差ってなんだって話になって、全員で飲み比べしとったんよ。ラテって激甘だな。シロップ飲んだみたいに口の中がベタベタして困った」

やっと落ち着いた、と悟志が笑う。目じりに深い皺が寄る笑顔を眺めながら、そういえばこの町以外の男も知らないなと気付いた。高校二年のときに初めて付き合ったひとつ上の先輩も、そのあとに付き合ったクラスメイトも、かなた町に住んでいた。そして、目の前にいる夫も。そうだ、このひとも、わたしと同じでかなた町以外の場所を知らない。

「それは単にそういう商品だっただけだよ。甘くないラテだってあるよ」

「え、そうなん？　くっそ、梅本のかーちゃんが言っとったん、まじだったか」

言いながら、悟志は残りも一息に飲み干した。それから思い出したように、「明日の夜、何人かウチに来ることになったけん。飯の準備してくれな」と言う。新しい里芋に伸ばしかけていた手を、思わず止めた。

「は？　秋祭りのあとは、つくし亭で打ち上げじゃない」

県道沿いにある小さな居酒屋だ。二階に広い宴会場があって、町内の集まりはたいていつくし亭の二階で行われる。昔からあるというだけで、店内も店員も洗練されておらず、味もそう。田舎の無個性な店だけれど、みんな当然のように、何かあればつくし亭を使っている。

「ふたり分の会費も、もう払ってるんだけど」

　思わず声がざらつく。でも悟志はまったく気にしていない様子で「我が家はキャンセル」と言う。何を急に、と顔を顰めると、悟志は「つくし亭の方には、笹原《ささはら》さんが来るんだよ」と顔を近づけてきた。コーヒーと電子煙草《たばこ》が混じった臭いが鼻をついて、わたしは顔を少し逸《そ》らす。電子煙草の臭いは紙煙草のそれよりも苦手で、でも悟志は電子煙草の方が紙煙草よりマシだから、と止《や》めてくれない。

「笹原さんが来るのは、仕方ないんじゃない？」

　息を止めながら言う。

　去年までＰＴＡ会長を務めていた笹原には、四人の子がいる。第一子である長男が小学校二年のころから会長を務め、その任期は十一年に及んでいた。教員よりも学校に詳しくて、それをとても鼻にかけていた。悟志は笹原のことが嫌いで、『ＰＴＡの権限を私物化してる』なんて批判をするが、本音は口うるさい彼を目の上のたんこぶのように思っているのだ。

「笹原さんは実行委員のひとりなんだし」

　最後の祭りならば、と実行委員を買って出たひとは多い。コーヒーを差し入れてくれた地区会長もそうだし、かつての卒業生も、幾人か帰省してまで準備に参加している。打ち上げは、ＰＴＡ役員たちはもちろんのこと実行委員も参加するので、笹原が不参加なわけがないのに。

　悟志がうんざりした顔をした。

「オレがあいつのこと嫌っとるん、知っとるやろ？　同じような考えの奴《やつ》は何人もおってさ、だからウチで別途打ち上げしようってことになったとって」

「ってことになったって言われても。わたしはつくし亭の方へ行くよ。お金、もったいないもん」

いったん支払った参加費は、よほどの理由がない限り返金してもらえない。前ＰＴＡ会長が来るから嫌だ、なんて子どもみたいな理由を言えるはずないし、通用だってしないだろう。飲み放題込みのコースはひとり四千円で、だからふたりで八千円。それをみすみす捨ててしまうなんて、絶対にできない。しかし悟志は「何、言っとん」と目を剝いた。

「あいつの顔見てメシ食ったって美味《うま》くないやん。金がもったいないのはどっちも一緒やろ」

「明日は絶対疲れてるんだよ、わたし。食事の心配しなくていいんならって思って会費払ったんだよ。誰と一緒でも、胃が満たされるならいいよ」

明日は朝七時に学校集合だ。カレーと豚汁の最終味付けをして、配布準備をしなくてはいけない。祭りが終わる予定は十八時で、そのあと一時間は片づけの時間を取っているけれど、その通りにきちんと終えられるかも怪しい。もちろん、休憩は取れるし食事だってできるだろう。でもきっと、すべて終わったころにはヘロヘロだ。そこから家に帰って、客をもてなす支度をしろ？　そんなしんどいこと、できるわけがないでしょ。やりたきゃ自分で全部やってよ。口に出せば大喧嘩《おおげんか》に発展することを脳内でまくし立てたが、悟志は「ふたりとも、キャンセルなの！」ときっぱりと言った。

「メシは、刺身とか惣菜《そうざい》とか？　そういうの適当に買ってきて、大皿に盛り付けるだけでいいけん。いちから作れとは言わんけんさ、簡単やろ？　浩志《こうし》はうちの親と一緒に晩飯食いに行く予定やったやんか。子どもがおらんだけ、全然マシやんか」

悟志の声がささくれ始めた。思い通りにならないと、いつもこれだ。気分がよくないとアピールすれば、あとはこっちが勝手に察して動いてくれると思ってる。黙っていると、「じゃあいいよ、おかんに頼む」と口を尖らせた。

「オレの実家で打ち上げやる。類はつくし亭に行けば？」

「外食の予定を、取りやめさせるっていうの？　そんなの、お義父《とう》さんが怒るよ。予定を変えられるの、嫌いなひとじゃない。わたしが叱られる」

「分かっとるんなら、類がやって」

鼻の穴まで膨らませる。その顔は、拗《す》ねたときの浩志とまったく同じだ。

「……誰が来るの」

ため息を吐きながら言うと、悟志が数人の名前を出す。その中に『福嶋』があって、もう一度ため息を吐きそうになった。杏奈の夫が来るとなれば、杏奈だって絶対に来る。あの子は夫に魅力がなくなったなどと言っておいて、ほんとうは夫にべったりなのだ。そうなると当然、双子を連れて来る。結局、子どもの食事まで必要じゃないか。

「じゃ、そういうことで決まりな。何ならさ、この後買い物して帰ってもいいけん。そうすっと、明日が楽やん？」

悟志は急に機嫌よく言って、「じゃ、残りも頑張りますか！」と声を張ってみんなの方へ戻っていった。

「大変だね」

ふいに声をかけられて、振り返ると三好が立っていた。

「あ、三好。さっきは庇《かば》ってくれてありがとう、あの、大変、って？」

まさか、いまの悟志との話を聞かれてしまっただろうか。恥ずかしい。身構えると、三好は「地元を出てないってだけであんな風に言われてさ」と父親たちと談笑している杏奈を顎で指した。

「類が羨ましいんだよ、ほんとは。類の実家は地主で父親が現役町議会議員でさ、悟志は代々続く鈴原《すずはら》土木の跡を継ぐ予定でしょ？ 親にでっかい家を建ててもらって、優雅に暮らしてるときたもんだ」

「他所《よそ》からはそう見えるかもしれないけど、実際は羨ましがられるほどじゃないんだよ。わたしの実家はお兄ちゃんが継いでるし、悟志の実家とはお隣さんで気を遣うし。わたしはパートにだって出てるんだよ？」

「豊かなのは、ほんとうのことじゃん。パートって言っても、週二回公民館の管理という名の留守番をやってるだけだよね。朝の九時から五時までベルトコンベアと格闘しているひとからすりゃ、そりゃ天国だと思われるよ」

あっけらかんと笑われて、反論の言葉を見失う。義父の経営している土木会社の現場で働いている悟志の給料は、先はどうあれ、いまは決して高くない。そしてひとり息子の浩志は勉強が苦手で、中学校に入ったら隣の市の個別指導塾に通わせる予定にしている。だからこそいまからパートに出てお金を貯《た》めておきたかったのに、義父が『嫁がガツガツ働いていると体面が悪い』と言い『ここならなんぼかマシ』と勝手に選んできたのだ。でも、それを三好に話しても、「職探しの手間も知らないんだ」とまた笑い飛ばされるだけだ。口を引き結ぶと、三好は「ひとはさ、分かりやすいところに妬《ねた》むんだよ。しかも類は大人しいし、目をつけられやすいから大変だねって言ったの」と微笑む。

「そんで、あのひとはまだ幼いから、自分の目に見えないところで誰にどんな苦労があるのかなんて想像もつかないんだと思うよ。トキメキは都会にある、なんてまさに幼い幼い。みんなこの町で、しちゃいけない恋愛なんかをじゅうぶん楽しんでるよ。瑠璃子さんとか、ね」

くすりと三好が笑って、瑠璃子に意味ありげな視線を流す。目で問えば、三好は「美衣子さんとこの、夫」と声を小さくした。

思わず、離れた場所で笑っている美衣子を見た。美衣子は息子のほかに、今年中学一年生になった娘もいる。自動車部品工場の管理課で働いているという旦那さんは、ときどきしか見たことがないけれど、やさしそうな穏やかなひとだった。一度だけ話したことがあるけれど、子どものためにＰＴＡ活動に精を出す美衣子を『とてもいい母でありいい妻』だと誇らしそうに言っていた。

「え。夫婦仲、いいと思ってた……」

「どこの夫婦にも、水面下でそれぞれ問題があるってことよ。そんで、瑠璃子さんの夫は学校行事完全拒否のレアキャラ。暇さえあればゴルフにばっか行ってるっていう」

「うん、そうだったそうだった……。でも三好、何でそんなこと知ってるの」

「ふたりがホテルのバーで飲んでるところに、遭遇しちゃった」

三好が肩を竦めて見せた。小倉《こくら》のリーガロイヤルホテルのバーに、仕事仲間と行ったのよ。そしたらカウンターでぴたーと寄り添ってるふたりがいてさ。手をぎゅっと恋人繋《つな》ぎして、ばしばし見つめあっちゃってんの。ガチな不倫現場に遭遇するのなんて初めてだからさ、仲間と一緒にガン見しちゃった。向こうは全然、気付いてなかったけどね。

わたしはこわごわと瑠璃子の方に目をやる。瑠璃子は、たしか三十九歳。明るいムードメーカーではあるけれど調子に乗ると小学生みたいな下ネタが多くなる。短く切った髪に肉のついていないからだつきで、最低限のメイクしかしていない彼女は色恋めいたものとは縁が遠いと思っていた。

「う、わあ。意外すぎて、なんだかショック……」

「あっはは。類も幼いわ。恋や愛で生まれるドラマは、ひととタイミングさえ嚙《か》み合えばどこでだって、老人介護施設でだって発生すんのよ。ついた火がどこまで燃えあがるかも分かんない。つか、この学校だってドラマがあったじゃん。覚えてるでしょ、群先生」

三好がさらりと口にした名前に、心臓が跳ねた。

「六年生のときだったよねー。二学期が始まる前に、行方《ゆくえ》不明になっちゃった」

わたしが群先生たちのセックスを目撃した日の、翌日のこと。

初潮を迎えたわたしは、じりじりと疼く下腹部と、初めてのナプキンの不快さにすっかり参ってしまい、リビングで寝転んでいた。眠れば前日のことを夢に見て飛び起き、アブラゼミは相変わらずうるさくてイライラもしていた。母は昼食後にＰＴＡの会議があると言って学校に行ったまま、日が暮れかけても帰って来ない。もしかしてふたりのことで何かあったのだろうかとやきもきし始めたころにようやく帰宅した母は、群先生が行方不明になっていると言ったのだった。

『昨日の夕方に学校を出たまま、家に帰っとらんのって。ご主人が警察に届けたらしいんやけど、もしかしたら車ごと山のどっかに落っこちたんやないかって消防隊が捜索しとるんよ。ほら、先生は頼りないっちいうか、こう、ぼんやりしたところがあるやない？　そういうことも十分ありえるって話になったんよ。先生は車通勤で、いつも、山越えた先の方のスーパーを使ってたはずなんやけど、そこに行く途中に何かあったんやないか、って』

どうしたんやろうねえ、と顔を曇らせる母を前に、茫然とした。群先生がいなくなった。それはきっと、あの画家が連れて行ったに違いない。群先生は、画家とこの町を出て行ったのだ。

立ち尽くしたわたしの股から、ずるりと血の塊が吐き出される感触があった。

それから数日後、群先生は自身を必死に捜索している夫に記入済みの離婚届を送りつけてきた。彼と一緒に、広い世界を見つめて生きていきます、とメモ書きをつけて。大人たちは、そのときになってようやく画家がいなくなっていることに気付き、狭い町は駆け落ちだと大騒ぎになった。

群先生はあのとき二十七歳で、新婚だった。かなた町出身で、六年付き合って結婚した恋人は隣町のひと。夏休みの半年前に結婚式を挙げて、わたしたち児童は群先生のためにビデオレターというのを撮影した。群先生、結婚おめでとー。絶対絶対、しあわせになってね。そしてこれからも、わたしたちの先生でいてください。群先生、大好き！　一年生から六年生みんなで贈る言葉を決めて、先生たちや近所のひとまで巻き込んで、手作りのフラワーシャワーを撒《ま》いた。群先生は結婚式の会場でそれを観《み》てわんわん泣いたと、式に出席した先生たちが言っていた。

真面目《まじめ》だけど少しだけ抜けていて、自己紹介をすれば好きな言葉は『堅実』と言うようなひとだった。児童文学と絵本の知識が深くて、群文庫と名付けられた、群先生の私物で構成された学級本棚にさまざまな書籍を並べてくれていた。化粧っ気がなく、黒く、やわらかな細い猫っ毛をひとつに纏めて、本を読むことだけが楽しみというひと。そんなひとが出会ったばかりの画家と駆け落ちなんて。誰もが口々に、信じられないと言った。

「いま思えば、なんだけどさ。あの絵描きってさ、小汚かったけどわりといい男だったよね。ダメンズゆえの魅力っていうのかな、ひとを誑《たぶら》かすのに長《た》けてる感じ、あったよ。男子とか、あいつに夢中になってあとをついて回ってたよね。そうそう、先生がいなくなった後、先生の夫が毎日のように学校に来て怒ってたの、覚えてる？　校長の管理不足じゃないかーとか何とか言って。管理不足って何だよって感じだよね。逃げられたあんたにも非はあったんじゃないのかって、わたしなら言っちゃうだろうな」

三好がくすりと笑うがわたしは笑えなかった。あのとき自分が見たものは、いまだに誰にも言えていない。群先生と画家のことで何か気付いたことはないか、と大人たちはわたしたち子どもに訊いたけれど、わたしは首を横に振った。一緒に目撃した、あの子も。

「群先生、明日、来たりしないかな」

思わず呟くと、三好が一拍の間を置いて「はぁ？」と声を低くした。

「来るわけないじゃん。でも、そういうことしそうな図々《ずうずう》しさは、確かにありそう。なんたって愛の逃避行なんてできるひとだし」

三好は納得したように頷いて、手にしていた無糖の缶コーヒーに口をつけた。

「わたしはあのころから生意気な子どもだったからさ、『意外とだらしないひとだったんだなー』くらいの印象しかなかったけど、捨てられたってガチ泣きしてた子もいたじゃない？　ああいうのを思い出すと、いま不幸だったらいいなーって考えちゃう。どういう情熱が爆発してああいう道を選んだのか分かんないけど、罪は罪だよ。因果応報ってのを味わっててほしいよ」

軽いようでいて、しかし重たい言葉に、そういえば三好も泣いていやしなかったかと思い出した。そうだ、三好は群文庫の一番の読者だった。

「因果応報で苦しんでる姿なら、見せてほしいよ」

きっぱりとした三好の言葉に、何も答えられなかった。

わたしは、あれから何度となく、そして最近は特に、あの日のことをふっと思い出していた。そうして、この町を出た彼らの『あれから』を想像してしまうのだった。

彼らは、ここを出てどこへ行ったのだろう。

画家は、小さな子どもひとりくらいならすっぽりと入れそうな、大きくてくたびれたリュックを背負っていて、その中にごちゃごちゃと日用品や画材を詰め込んでいた。二十年愛用しているというステンレス製の傷だらけのマグカップや、目を瞠《みは》るほど高価だというラピスラズリの絵具。食べかけのビスケットの袋に使い込まれたサバイバルナイフなんかが一緒くたになったリュックは、二十二世紀から来た猫型ロボットのポケットのように、何でも収納できてしまいそうだった。画家はそのリュックひとつで、日本中、世界中を旅してきたのだと言った。

子どものころは、きっと群先生は、愛車だったピンクの軽自動車ごと、あの画家のリュックにすっぽり入ってしまったのだろう、と想像した。群先生はカンガルーの子どものように、リュックのふちからぴょこんと顔を出している。そして日本や海外の素敵な町の素敵な場所で出してもらって、丁寧にコーヒーを淹《い》れられるカップのように、宝物のごとくそっと筆に載せられるラピスラズリの絵具のように、一等特別に触れられるのだ。青い炎を纏った画家に。

ありえない空想だ。けれどそれは真実のように思えてならなくて、わたしは薄い絵を何度もなぞって濃くしていくように、何度も色を塗り重ねていくように、想像を鮮明にしていった。だからいまでも、わたしの想像する群先生は画家の背負うリュックから幸福そうな顔で外を眺めている。

料理の仕込みをどうにか終えて学校を出たときには、日が暮れかけようとしていた。

まだ残っているPTA役員の何人かが、設置されたばかりのテントで楽しそうに話をしていた。「早く帰れよ、手抜き主婦」「とーちゃんが夕飯作ってくれてるから大丈夫なんですぅ」「そんなことしてたら、捨てられちまうぞ」「余計なお世話ですぅ」美衣子が誰かの夫と呑気《のんき》に笑っているのが見える。その中に悟志はいないようだ。もう家に帰っているのか、と思えばタイミングを見計っていたかのようにスマホにメッセージが届く。見れば、『明日、おかんが鶏の唐揚げ作ってくれるって。よかったな、お礼言っとけよ』という内容だった。それをしばらく眺め、最近流行っている猫みたいなキャラクターが『了解です！』と笑っているスタンプだけを返した。既読はつかない。

スマホをバッグに押し込んで、車に乗る。エンジンをかけて、スマホをもう一度見る。今度は浩志から『お腹空《なかす》いたから、ばあばの家で夕ごはん食べる』とメッセージが届いていた。浩志は夕飯が待ちきれないときや、おかずが不満なときは、すぐに隣の義実家に行く。孫に甘い義母はきっと、野菜嫌いの浩志のために肉料理を支度してやっているのだろう。返信せずに、スマホを助手席に放った。

車を動かして、学校を後にする。数メートル進んだところで、ふっと車を停《と》めた。窓を開けると、やわらかな風が吹き込んでくる。ふわりと浮いた髪を片手で押さえた。

鮮やかな赤と深い紫、濃い黒のグラデーションが、山稜をふちどっていた。空と山のあわいに向かって、鳥がまっすぐに飛んでゆく。稲刈りを終えたばかりの広大な田んぼを挟んだ先に点在する家たちに、ぽつりぽつりと灯《あか》りが宿る。遠い昔、あの画家はたまたま通りがかったかなた町の、この夕日をうつくしいと感じたからここに滞在したのだった。とてもいいよ。お前たちはこんな景色を当たり前に見て過ごせるなんて、しあわせだな。毎日が名画だぞ。どこか恍惚《こうこつ》めいて言った画家に、わたしは『こんなの全然つまんないです』と言った。『ちっとも綺麗《きれい》じゃない』とも。そんなわたしを、画家は愉快そうに見てきた。

あのときからいままで、この景色をどれだけ眺めてきただろう。膨大な時間だろうけれど、一度たりとも、うつくしいと思ったことはない。いつだって、わたしはこの景色に絶望していた。この景色の向こう、あの山々の向こうの世界ばかりを想像して、惹《ひ》かれてしまう。

スマホが震える音がした。今度はメッセージではなくて電話のようだった。ちらりと目を向ければ義母からのようだった。手を伸ばしかけて、しかしスマホを摑む前にぴたりと止まる。言われることは、想像がつく。

着信は、途絶えない。小虫の羽音のようなその音を聞いていると、無性に腹が立った。ぼっと炎が燃え上がるような衝動を覚え、スマホを鷲摑《わしづか》みにする。通話ボタンを押そうとして、すんでのところで止めた。

「ふっ」

大きく息を吐いて、スマホを握りしめる。手の中で、うるさいスマホが大人しくなった。空のグラデーションが黒に飲み込まれそうになるまで、わたしは動けずにいた。

＊

翌日は朝から嫌な雰囲気だった。どういう訳だか、わたしの母をはじめとした〝かなた町婦人会〟の女性数人が、手伝うと言ってエプロン持参で現れたのだ。わたしたちがカレー用の米をせっせと研いでいる横で、「ええ⁉　カレーも豚汁も、たったこれっぽっちしか作ってないの」「あたしたちのときはもっと大量に作らされたもんよねえ」「この際、具は少なくてもいいからさ、かさ増ししちゃいましょ」と勝手なことをし始めた。そんなことをしておいて、プラスティックの器が足りなくなりそうだと慌てるものだから、みんながイライラし始める。順子がやんわりと「数を計算して作ってましたので」と言うも「その計算がそもそも足りてないんじゃ仕方ないでしょ」と返す。そんな中で地区会長が「君たちが忘れてたらいけんち思って、持ってきてやったけん」とドヤ顔で福神漬けとらっきょうを三十袋も持って来た。それらは忘れたわけではなく、そこまでしなくていいという判断だったのだが、母たちは「まあまあ！　こんなに女がいてそんなことに気付かなかったなんて」と呆れた顔をして地区会長に大げさに礼を言った。近所のおじいさんが、豚汁に使ってくれと自分の家の畑から泥付きの葱《ねぎ》を大量に持って現れれば、また大げさに礼を言う。

「なあ、帰ってもらえへんの？」

黙って葱を刻んでいると、傍《そば》に来た杏奈が小声で言った。

「自分の母親やろ？　受け取ったもんはしゃあないけどさあ、せめて、あたしらがやるから遠慮しろって言ってや。うるさくてかなわん」

「……無理。言ったら大変なことになる」

母は、自分こそが正しいと信じている直情的なひとだ。そして娘は世間知らずで愚図だと思っている。わたしが下手《へた》に口を出せば「何も分かっていないくせに」とどこであっても怒鳴り散らす。それを宥《なだ》めるのは一苦労で、黙っているのが一番穏便なのだ。

杏奈が「そーゆーのさあ、共依存っていうやつちゃう？　迷惑やから、家でやってくれや」と舌打ちしたが、わたしは手元の葱だけを見つめていた。

「おはよーございまーす！　豚汁できた？　できあがり次第、来賓の教育委員会のひとたちに振舞うから、教えてくださーい」

大きな声と共に、美衣子が入ってきた。

「とりあえず、五人分用意してくれる？　お盆に人数分よそったら、声かけて。務さん……田中パパが持ってくことになっとるけん」

「いちいち声掛けに行くの、手間やない？　こっちで持ってくよ」

瑠璃子が言うと、美衣子はひょいと肩を竦めた。

「だめだめ。ここは田中〝会長〟じゃないと、だめなんよ」

「え？　ああ、そういう」

美衣子と瑠璃子が目配せしあう。「えー。何？　何なん？」と大きな声を上げたのは杏奈で、美衣子が少し躊躇《ためら》う様子を見せる。美衣子が口を開く前に、母が「立ててあげないといけんっちことやろ」と大きな声で答えた。

「はあ、たてる」

きょとんとした杏奈を無視して、母は「仕方ないわねえ、男のひとは。はいはい、そうしましょ。じゃあさっさと味を調《ととの》えないと」と味噌《みそ》を手にした。

「意味分かんないです」

杏奈より大きな声で、しかし静かに言い放ったのは三好だった。

「おばさん、さっきからなんで不必要に男性にぺこぺこしてるんですか。過剰な安売りされると、同じ性を背負ってる別の誰かが困るんで、止めてくれませんか」

母の笑顔が凍った。

「え、え、三好ちゃん。どういうこと？」

「これは役割分担なんだと思って、わたしは黙って作業してます。でも、自分の仕事の成果を無関係の誰かの手柄にするというのは納得いきません。昨日から作業しているわたしたちの誰かが持っていくのが当然じゃないですか？」

同性、ましてや年下に反論されることをよしとしない母の顔が、さっと赤らむ。婦人会の他の女性が「ちょっとちょっと、豚汁くらいで何を大げさなこと言っとるんよ」と割って入った。

「誰が持っていこうと、そんなの大した問題やないでしょ」

「大した問題じゃない、そういう積み重ねが大きな問題に繋がります。ねえ、美衣子さん。もし会長に持って行かせたいんならさ、ここに来させて葱の一本でも刻ませてよ」

ぱっと周囲を見回す。こういうとき、会長の妻でソツのない佳代子がいたらうまく収めてくれるんだけど、と思うも佳代子はいない。そういえば、家の用事で来られなくなったという話だったか。

美衣子が大げさにため息を吐いた。

「三好さーん、ちょっと冷静になろ？　いまそんなことで口論してる暇、ないやんか」

「女性は男性の体面を配慮して折れるべき、そう考えてるの？　わたしはそんなの納得いかないんだけど」

「待って待って、そんな大きな枠で話すの止めようよ。えーと、ほら、大人が子どもに対して花を持たせることってあるやん？　今日のところはさ、そういう感じで妥協してくんない？」

「わたしは子どもに、正当に手にしたものだけを誇りなさいって言ってます」

「ああもう、うるさい子やね！　あんた、もう出て行き！」

母の限界がきた。出入り口を指差し、「たかが料理ひとつ譲れんなんて心が狭すぎるっちゃないと？　和を乱しとるんはあんたやろ！」と叫ぶ。室内が、しんと静まり返った。いくつもの鍋が煮える音が小さく響く。肩で息をする母を、三好は、とても冷静な目で見返した。それからぐるっと室内を見回して「そうですか」と呟くように言った。

「では、わたしはここで失礼します」

三好がエプロンを剝《は》ぎとり、端に置いていた自身のトートバッグを手にする。杏奈が一緒に出ていきたいようなそぶりを見せたけれど、周囲の様子を窺って止めるのが見えた。三好は一度も振り返らずに、家庭科室を出て行った。

「あの子、昔っから屁理屈《へりくつ》ばかりこねとったもんねえ」

母が怒り冷めやらぬ声で言い、しかしわたしたちを見回して「さあさ、作業に戻りましょ」と無理やり笑って見せた。

「そしてあなた。すぐに支度するから、そこで少し待ってなさい」

母が美衣子に言い、美衣子は「あ、その、すみません」と居心地悪そうに頭を下げる。それぞれがのろのろと作業に戻りはじめ、わたしも再び葱を刻んだ。

三好はすごいな、と思う。わたしはあんなこと言えない。言えたらいいなとは思うけど、きっと全身が震え、言葉はうまく出てこないだろう。そして、集団からはじき出されてしまうことに恐怖を覚えてしまう。でもそれは、わたしだけのことではない。わたしが弱いわけではない。だってほら。誰も、杏奈ですら結局動かないでいる。

いまの時代、さまざまな意識が変わっていこうとしている。人間は誰しもが平等で、男女は対等だ。これまでは見えないものとされてきた、差別ゆえの苦しみや哀《かな》しみは、その存在を認められた。そんな痛みは取り払われていくべきだと、みんなが言っている。誰しもが自分を貶《おとし》めずに生きることのできる世界にしていくために、三好のように迷いなく言葉にできるひともこの世にはたくさんいる。そういうことを、わたしだって知らないわけじゃない。

でもこの町でのマジョリティはいまもまだ、家庭科室に残ったわたしたちなのだ。

だって大した問題じゃない。たかが豚汁の話じゃないか。それくらいのことで声を荒らげていらぬ体力と時間を消費して、挙句にいらぬ傷を負うなんてばからしい。黙ってハイハイと従っておくほうが、よほど楽に生きていられる。そう思ってるからこそ、みんな黙っている。わたしを含めて。

罪悪感を抱かないわけではない。

傷つくことになっても闘った三好を、母だけではなくわたしも傷つけた。母となんら変わらない加害者だ。わたしのような無数の『加害者』たちが、世界が生まれ変わるのを邪魔しているのだろう。

でもそんな薄暗い感情は、この部屋に横たわる沈黙が薄めてくれる。罪悪感は、わたしだけのものじゃない。

「おい、類！　すごいゲスト来たぞ！」

興奮気味の悟志が家庭科室に飛び込んできたのは、葱が全部刻まれたころのことだった。

「見てくれよ、ほら！」

言うなり、誰かを押し出してくる。困ったように笑って入って来たのは、ひとりの男性だった。見覚えはない。やわらかそうな白のカッターシャツに、カーキのチノパン。片腕に、ベージュのステンカラーコートをかけていた。ちらりと見た裏地で、バーバリーだと分かる。

「誰？」

出入り口の近くにいた順子が、わたしより先に悟志に訊くが、悟志はにやにや笑っている。何か答えを言わなくてはならないのか、と男性を改めて見る。三十代半ば、くらいだろうか。背が高く、スタイルも悪くない。服のセンスもいい。柔和な顔立ちで、雰囲気イケメンという感じ。俳優の誰だったかにちょっと似ている、と観察したところで何か引っかかるものがあった。この違和感は、と小首を傾《かし》げると「香坂玄《こうさかげん》！」と順子が大きな声を上げた。次いで母が「ああ！　香坂くんじゃない！」と同じくらい大きな声を出す。

「香坂玄くんでしょう。あらあら、全然分かんなかったわあ。あら、なんであなたが香坂くんのこと知っとるん？　この町出身やなかったわよね？」

「だって有名ですよ！　え、え……、信じらんない。香坂玄だ……」

興奮しすぎてしまったのか顔を真っ赤にしている順子に、男がふわりと微笑んだ。その顔に、わたしもようやく思い出した。

「こうちゃん……」

ああ、そうだ。間違いない。彼は、あの夕暮れにわたしといた男の子だ。

「そうなんだよ、オレたちの一個下だった、玄！　しかもこいつ、いまじゃ有名な作家先生なんだって！」

悟志が、あたかも自分の手柄のようにドヤ顔で言った。

気付けば、こうちゃんは母たちに囲まれて、できたばかりの豚汁を供されていた。

「なんか、すみません。おれ、何の手伝いもしていないのに」

「お客さんなんやけん、気にせんでください。ていうか、あの香坂玄がこの学校の卒業生だったなんてちょっと信じられんのですけど」

こうちゃんの横で頬を染めているのは、順子だった。いつもは出しゃばることなく控えめにしている順子が、珍しい。それくらい、こうちゃんの登場が嬉《うれ》しかったということだろう。

こうちゃんは作家で、最近人気が出始めているのだという。読書家である順子は香坂玄の大ファンで、既刊は全部持っているのだと若い女の子のように恥じらいながら言った。その隣にいる母は、

「香坂玄って作家は知っとったけど、あの香坂くんとは繋がらんかったわあ。わたし、ひとの顔を覚えることには自信があったんやけどねえ」と悔やんでいる。

「気付かなくても仕方ないですよ。おれ、るいちゃんが小学校を卒業する前に家の都合で引っ越しましたから」

穏やかに笑ったこうちゃんが、綺麗に箸を使う。作家と聞いたからか、白くてきめの細かい手がとても繊細に見える。あのときわたしと繋いだのは、いま箸を握っている右手だった。

「でもどうして、香坂くんはここに?」

「知り合いのクリエイターが、廃校をリノベーションするって企画をやってるんです。たまたま候補の学校を見せてもらっていたら柳垣小学校の名前があったので、びっくりしました。それで、おれの母校だって言ったら、いい機会だから下見に行ってくれって頼まれて。体《てい》のいい使い走りで

す」

困ったように、こうちゃんが笑う。母が「廃校のリノベーション！　テレビの特集で見たことあるわ。どういうことをする予定なん？」と身を乗り出した。

「おれが聞いたのは、ワークショップやカフェを考えてるってことでしたね。この周りは自然豊かだし、宿泊施設にしても面白いんじゃないでしょうか。星を見るツアーや山菜採集ツアーなんて企画をやるのもよさそうだなあ。もちろん、成功してる例があるんですよ」

離れた所にいた杏奈が「それええやん！」と声を弾ませた。

「ワークショップができるんなら、ネイルサロンもやれるやんな？」

もちろん、とこうちゃんが頷けば、婦人会の面々が「ハンドメイドアクセサリーの販売とかも？　あたしたち、そういう場所を探しとるんよ」と言う。

「いいと思いますよ。いま、廃校舎を再利用した事業で成功している自治体は多いです。たくさんのひとが立ち寄ることで、町も活性化しますし。もちろん、その土地に住むみなさんのご理解と協力があってのことですけど」

杏奈が「やっばい、テンション上がってきた」と手を叩《たた》く。

「絶対やってほしい。ここが賑《にぎ》やかになるん、大賛成。あたし、めっちゃ協力するわ。香坂さん、きっとやってよ」

「はは。残念ながら、おれに決定権はないんです。でも、プレゼンはしっかりするつもりです。さっき悟兄《さとにい》……じゃなかった鈴原さんにもお話ししたら、同様に喜んでくれて」

悟志は、ＰＴＡの仕事に戻らなければいけないと言って名残《なごり》惜しそうに去っていた。イベント好きな悟志のことだから、それは大乗り気だっただろうな、と思う。うちの会社にも絶対手伝わせてくれよ、くらいのことはもう言っているだろう。

「それは、うちの主人にも話さないといけんわね。過疎化が進んでいるこの町にどうひとを呼び寄せて、どう盛り上げていくかって、いっつも頭を悩ませとるんよ。きっと協力するはずよ。でも、香坂くんったらすっかり立派になったんやねえ。この町から出世したひとがおるっちいうだけで、何だか嬉しいわあ」

母が感心すると、こうちゃんは「やめてくださいよ、おばさん」と困ったように笑う。

「本音を言うと、そういう理由でもつけないと、子どものころに通っていた小学校に来られなかっただけなんです。だってセンチメンタルすぎるでしょう？　でも、懐かしい顔に会えて嬉しいです。悟兄や、るいちゃんに会えた」

こうちゃんが、わたしを見る。彼の目の動きが、スローになった気がした。

「久しぶり、るいちゃん」

こうちゃんが、花が咲き零れるように笑った。思わず、目を奪われる。わたしの周囲に、こんなに綺麗に微笑む男はいない。

「元気だった？」

目を逸らせないまま、喉がからからになっていることに気付いた。体温が上昇していく。

どうして。どうして？

まったくの別人なのに。似ても似つかない顔なのに、なのに、こうちゃんがあの画家と重なって見えた。あのひとみたいにだらしなくないし、男くさくないのに、フィルムを二枚重ねたみたいに、すっかり同じに見えた。

黒板の上に設置されたスピーカーから、ブブ、ブン、と不愉快な接続音がした。

『全校児童並びに、ご来場のみなさま、柳垣小学校関係者のみなさまにお知らせいたします。これより校庭にて、柳垣秋祭りの開会式を行います。みなさまどうぞ、校庭にお集まりください』

やだ、もうそんな時間？　とみんなが立ち上がる。エプロンをしたまま外へ向かうひとたちの中で、わたしはこうちゃんから視線を外せずにいた。彼もまた、わたしの方を見たままだった。

あの日、校舎から飛び出したわたしたちは、校門まで全速力で走った。お腹の一部をぐっと鷲摑みにされたような痛みと、ふくらはぎの痛みがべったりと張り付いている。混乱の叫びが溢れそうになって、でも決して声を上げてはいけない気がして、唇をぐっと嚙み締めて耐えた。

門を出て、いつも通りの景色を前にした途端、『わあぁ』と悲鳴に似た声が溢れる。全身が震え始めたわたしの両手を、こうちゃんは『大丈夫だよ』と強く握った。

『とりあえず、ぼくの家に行こ？　ぼくの家、近いから。それに、ぼくのお母さん、看護婦さんだから治療してくれるよ』

こうちゃんに手を引かれて、そろそろと歩く。下を向けば、血で染まった足が嫌でも見えて、涙が溢れる。でも、目を逸らせずに泣きじゃくるわたしの隣で、こうちゃんは何も言わなかった。ただただ、強く手を握ってくれていた。でも途中、ふっと足を止めて『あ、ほら』と先を指差した。

『すごくきれいだよ』

わたしは、こわごわと顔を上げる。そこには、真っ赤な夕焼けが広がっていた。取り残された入道雲が、大きな刷毛《はけ》で朱色をさらさらと塗られたように色を纏っている。鳥の影が山に向かって羽ばたいている。遠くに、自転車を漕いで田んぼの見回りをしている誰かの姿があった。

『あのひとと同じこと、言うんやね』

ぽつりと呟いた声の最後は、嗚咽《おえつ》で潰れた。

『同じこと、言わんで』

呻《うめ》きながら涙を零すわたしに、こうちゃんは驚いた顔をした。それから『ごめん』と茫然と呟いた。

過去に思いを馳《は》せることができたのは、そこまでだった。秋祭りは、始まってしまえば想像を超える忙しさだった。母親たちはそれぞれの子どもの発表の時間だけは体育館に行って観覧することができたけれど、それ以外はひたすら雑務に追われた。餅を丸める手が足りないと駆り出されたかと思えば、バザーに使ってと採れたての野菜を持ち込んできた近所のひとたちの応対をさせられる。ピンクのツインテールが目を引く派手な女の子を珍しいと思って見ていれば具合が悪いおじいさんに捕まって、彼を保健室に運び込んだ。そんな中で、懐かしい私のこと覚えてるといきなり大昔の知り合いにも捕まった。目が回るような忙しさで、しっかりめにメイクをしてきたつもりだったけれど、午後にはすっかり剝げ落ちていた。

順に取っていいことになっている休憩時間——といってもわたしがやっと一息つけたのは、十五時を回ったころだった。出店に遅すぎる昼食を買いに行く元気も、二割引きで販売され始めたバザーで出物を探す体力もなかったから、休憩所になっている家庭科室で誰かの差し入れのエナジードリンクをちびちびと飲んでいた。校庭からは、三十分ほど前から始まったカラオケ大会の歌声が響いてくる。いまは、飛び入り参加した杏奈の双子の娘が『Ｗｉｎｋ』の『淋しい熱帯魚』を歌っている。二卵性双生児のふたりは、顔立ちも性格もあまり似ていないけれど、完璧にハモっているように聞こえる。歌う前、特別な練習はしていない、と司会の質問に答えているのが聞こえたけれど、それが信じられないほどシンクロしている。特別ではなく日常的に練習しているんだろうな、とぼんやり思った。

大歓声の中で双子の歌が終わり、今度は年配の女性の声がした。『わたしの大好きだった、柳垣小学校。ありがとー！』と感極まったように叫んでいる。いつかの卒業生なのだろう。それを聞いて、小さな笑みがこみ上げてきた。ここがなくなる、それだけのことに、一体どんな感傷があるというのだろう。ここが取り壊される様子を目の前にしても、わたしの心はきっと微塵《みじん》も揺れない。いやむしろ、晴れ晴れとした気持ちになるのではないだろうか。何の変化もないこの町に、喪失という変化が生まれるのだから。

「ああ、はやく終わらせてほしい」

無意識に呟いていて、はっとする。あまり大きくなかったはずの呟きが届いたらしく、椅子に深く腰掛けてスマホを操作していた順子が顔を上げる。何を言われるかと身構えると、「同じく帰宅希望」と片手を挙げた。

「拘束時間、長すぎやんね。さっさと家に帰って、ビール飲んで寝たい」

「ビール、いいね。キンキンに冷えたやつ」

ちょっとだけほっとして笑うと、順子がふしぎそうな顔をした。

「類さんは飲まないひとやんか。下戸《げこ》やろ？」と訊かれる。

「それ、違います。浩志のおばあさんたちが、お酒を飲む女のひとが嫌いってだけです。浩志が言ってました」

わたしの代わりに答えたのは、瑠璃子の娘の美冬《みふゆ》だった。とても勉強ができるが、それと同じくらい気難しいらしい。クラスメイトである浩志は、『あいつオレたちのことばかにしてんだ。意味分かんないことですぐ怒る』としょっちゅう腹を立てている。

他の子どもたちはそれぞれ祭りを楽しんでいるはずだけれど、美冬はここでひとり本を読んでいた。見回せば、瑠璃子の姿はない。ページに視線を落としたままの美冬は「浩志もそれに影響を受けてるみたいで、お酒飲む女はばかだとかだめだとか偉そうに言ってたんで、もうちょっと脳みそ使って考えてみなって怒りました。類さん、浩志は浅はかだと思います」と淡々と言った。我が子と同い年の子どもに『類さん』と呼ばれるのは何だか座りが悪い。戸惑っていると順子が噴き出し、「あ、ごめん、類さん」と慌てて謝る。どういう意味で笑ったのだろう、と思うもわざわざ訊かない。

「えっと、美冬ちゃんはさっきから何の本を読んでるん？」

うまく返せなくて話を逸らすと、美冬は「動物の生態について書かれた本です」とやはり顔を上げずに言う。

「動物？　好きなん？」

「捕食される側の動物は、死ぬ瞬間痛みじゃなくて幸福感を覚えるんだそうです」

ぱっと上がった顔には、何の感情も窺えなかった。

「脳が、死っていう強いストレスや攻撃された痛みを快感に変換する、ってこの本には書いてある。セーフティ機能っていうやつやと思うんですけど、すごくないですか」

「はあ、のう」

「それで私考えたんですけど、ライオンに襲われて一回死にかけて、でも助かった鹿がいたとして。その鹿はそのときの幸福感をもう一度味わいたくてライオンのところにわざと行ったりするんかな？　強いストレスが幸せに変わるのなら、そのストレスすら味わいたい、みたいな。ストレスについてこんなに考えることなかったです、私」

興奮気味に早口で話す美冬に、今度こそ対応が分からなくなる。順子が「え、どんな本読んでるん？　ちょっと見せて」と美冬の手から本を取る。

「ひゃあ、難しそう。こんなの、もう読めるんだ。うちの子にも見習ってもらいたい。瑠璃子さん、いい子育てしてるなあ」

感心したように順子が呟くと、「ママは関係ないです」と美冬が静かに言った。

「ママは私からすればスマホ依存です。画面の向こうばっかりに意識をやって、現実をおろそかにしてる」

順子がぎょっとした顔をし、「そ、そっか。そうだよね。本人の努力を親の手柄にしたらいかんよね」と慌てて取り繕った。それからわたしに「賢い子って、いろいろすごいね！」と引きつった笑顔で言う。

「ほんとだね。うちのスマホゲーム大好きな浩志にいまの台詞《せりふ》聞かせてあげたい」

わたしも曖昧に笑い、微妙な雰囲気をごまかす。そうしながらふと、三好から聞いた話を思い出した。瑠璃子はほんとうに、美衣子の旦那さんと不倫をしているのかもしれない。やけに大人びている彼女の子どもは、それを察している気がした。

「美冬ちゃ」

口を開こうとした瞬間、廊下側の窓ががらりと開いた。

「やだ、懐かしいー、昔のまんま！」

聞き覚えのある声がして、見ればそれはさっきわたしに話しかけてきたひとだった。わたしは美冬への問いを呑み込んで、それとなく背中を向けて順子の陰に位置をずらす。わたしに気が付いていないらしい彼女は、「ねえ、懐かしいね」と誰かに向かって親しげに話しかけた。

「そういう感情は、よく分かんねえな。オレ、しょっちゅうここに来るからさ」

答えた声は、悟志のものだった。

「地元に残ったままのひとは、そうなのかもねー。私はすっごく懐かしい。家庭科の授業でさ、みんなでサンドイッチ作ったよね」

「あー。あったな。オレ、ゆで卵つまみ食いした」

「そうそう。先生にすごく怒られて、悟志だけきゅうりだけサンドになったんだよね。可哀相《かわいそう》だから、私の分を分けてあげたの」

「そうだったそうだった。あんときだけは、千沙《ちさ》が女神さまに見えたな」

「やだ、あのとき以外も女神だったたって言いなさいよ」

ぽすんと音がして、悟志が「いて」と笑う。その笑い声に彼女の声が重なる。

「次はどこに行こうかなー。あ、みなさん休憩中にすみませんでしたぁ！」

がらがら、と窓が閉まる音がする。何かを察したのかそれとなくわたしを庇ってくれていた順子が「知り合いじゃないの？」とわたしに訊いてきた。

「ここの卒業生っぽかったけど」

「そう、ひとつ上の学年の子。あのひと、昔から元気すぎて苦手なの。疲れてるときに相手するのは、ちょっと無理」

エナジードリンクの缶に口をつけて言うと、順子は「それは、分かる」と笑った。

ほんとうの理由は、違う。彼女は、悟志のかつての浮気相手なのだ。あのときわたしたちは大学三年生で、交際を始めて一年ほど経っていた。そして彼女は北九州市内の病院に看護師として勤めていた。悟志がバイトしていたガソリンスタンドに、彼女が客として訪れたのがきっかけで仲良くなったという話だったけれど、馴《な》れ初《そ》めに興味など持てるはずがないので詳しくは知らない。ただ、彼女は悟志の子どもを妊娠して、堕胎した。悟志は出来心だったとわたしに土下座して詫《わ》びて、彼女もただの遊びだったと言った。お互いのそういうタイミングがほんの少し合ったっていうか、出来心ってだけなんだよね、とちっとも悪びれずに笑った。

彼女があまりにあっさりとしていたから、悟志が過ちはたった一度だと言ったから、周囲が若いときの過ちは許してやれと諭《さと》してきたから、わたしは何もかもを忘れて許すと言った。その後、彼女は悟志の両親から出してもらったお金で子どもを堕胎して、何だかここに居づらくなったからと東京に働き口を見つけてこの町を出て行った。

だけど、だからといって。のうのうとここに現れた彼女の気持ちが分からない。話しかけられたとき、虫に飛び掛かられたような嫌悪感を覚えた。振り払いたくなった衝動をどうにか堪《こら》えて、忙しさを理由にして逃げるように離れたけれど、やっぱり本人だったのだ。そして、そんな彼女の案内をしているらしい悟志の気持ちもまた、分からない。悟志は、隠れるように背を向けていた女がわたしだと気付かなかったのだろうか。それとも、気付いたけれど無視した？　わたしが振り返っていれば、どんな顔をしたのだろう。十年以上ぶりの再会だから時効だって開き直るか、後ろめたいことは何もなかったかのように振舞うか。いずれにせよ、無神経すぎて笑えてくる。ああ、最低。

「あー。早く終わんないかなー」

エナジードリンクの残りを一気に飲み干して言う。順子もほかの母親たちも、苦笑して頷いた。

それから、どれくらい経った頃だっただろう。

「すみません、こちらにるいちゃんはいますか」

からりと扉が開いて、遠慮がちに顔を出したのはこうちゃんだった。わたしはどきりとして反応が遅れたが、順子は即座に「あら、先生」と華やかな声を上げた。こうちゃんは「先生なんてそういう風に呼ぶのやめてください」と困ったように頭を搔《か》いた。

「だって先生じゃないですか。さっき話しそびれたんですけど、わたし『シーツのほころび』が大好きで。ドラマもよかったです。あれ、ボロボロ泣いちゃった」

わたしは、そのことはトイレに入った僅《わず》かな時間でこっそり検索をして知った。香坂玄は、十年ほど前にデビューした作家で、二年前に『シーツのほころび』という作品で一躍有名になった、とあった。風俗嬢や専業主婦、学校教諭の女性が愛と安寧の夜を探す群像劇である『シーツのほころび』は、ドラマで観たことがあった。どこか明るくて寂しくて、夜の水族館の中をひとり歩かされているような息苦しい物語だった。あの物語の作者と記憶の中のこうちゃん、そして目の前にいる男性がうまく重なってくれない。

「ああいう話って、どういう風に思いつくんですか？　文章の書き方なんかはどうやって覚えたんです？　あたし、パート先の報告書を書くのも頭抱えちゃうから、尊敬しちゃう」

「うーん、それは、上手《うま》く説明できないなあ。ああでも、作文は、昔から書くのが得意でしたね」

こうちゃんがはにかむと、順子は美冬に「美冬ちゃんも作文得意だったよね？　いけるかもよ！ていうかせっかくの機会だし、いまのうちに何か教われば？」とはっぱをかける。美冬はちらりとこうちゃんを見て、こうちゃんはにこりと笑いかけたが、美冬は返事をせずに、また本に視線を戻した。順子が少し焦った顔をし、しかしこうちゃんは気にした様子はないようだった。「あ、るいちゃんいたいた」とわたしを見る。

「申し訳ないんだけど、少しいいかな？　おじさんにもリノベーション事業についての相談したいなって思ってて、それで」

「うちのお父さん？　いいけど」

立ち上がり、家庭科室を出る。廊下で向かい合うと、奇妙な気持ちがした。浩志が入学してから、もう何度もこの廊下を歩いた。家庭科室も、何もかも、わたしにとっては懐かしむ過去ではなく日常であって、思いを馳せる場所ではない。なのにどうしていま、身の内から湧き上がるものを感じるのだろう。

「えっと、どういう話かな？　わたしはお父さんの仕事はよく分かんないし、肝心のお父さんは今日は知り合いの県議会議員だかとゴルフに行ってて、ここには来てないんだけど」

声が上ずり、緊張していることに気付く。何を、意識しているのだ。ネットでは、彼には特別な存在の女性がいると記載があった。どこかのインタビューで、物語を作るうえでインスピレーションを与えてくれるファム・ファタルなのだと語ったことがあるらしい。今日は連れて来ていないようだけれど、一体どんな女性なのだろう。わたしのような無個性の女ではないことくらいは、分かるけど。

「それは、ただの口実」

こうちゃんがにこりと笑う。え、と漏れたわたしの声は、外からの歓声にかき消される。さあ次は、飛び入り！　柳垣小学校の児童たちとかなた中学校ブラスバンド部による、校歌斉唱です！　みなさま、大きな拍手でお迎えください！

「もう少し早くるいちゃんのところに来たかったんだけど、いろんなひとに捕まってなかなか難しくて。もし時間があれば、少し話さない？　おれ、校内もゆっくり見学できていないいまだから、散歩がてら」

躊躇いは一瞬だった。はっきりと、頷く。あと三十分ほどしたら、鍋の片づけ作業に入らないといけない。いくつもの大鍋を洗うのは大仕事で、去年の冬に子どもたちにぜんざいを作ったときには、全員手を真っ赤にしたものだ。油分の多いカレーはぜんざい以上に洗い落とすのに時間がかかるだろうし、爪を長く伸ばした杏奈は嫌がるだろう。少しでも遅れたら、類ちんがサボった！　と喚《わめ》くに違いない。でも、そんなこと、どうでもよかった。

「よかった。じゃ、行こう」

プワァ、とトランペットの音が鳴る。ピィィ、とフルートの音色が乗る。司会らしき男性の「楽しみですねえ！」という声がする。

音楽室の扉が開き、婦人会の女性たちが満足そうな顔で出てくるのが見えた。「買い叩けたね」「売れ残りに福だわあ」と紙袋を抱えて去っていくのを見送る。下足箱のところで子どもたちが、

「カラオケ大会の次は赤しそラムネの早飲み大会やろ？」「飲むぞー！」「勝つのは、おれだ」と騒いでいるのが見えた。それを横目に通り過ぎると、男の子と女の子が、正面玄関に掲げられた校旗の前で記念写真を撮っていた。卒業生だろうか。

賑やかな熱がそこここに残る廊下を、こうちゃんはゆっくりと歩く。わたしは、その左側を歩く。彼の気配をやけに強く感じて、わたしの右半身はストーブにでもあたったみたいにじんじんと熱を持って痺《しび》れてくる。パンツのポケットに入れられた彼の左手が、やけに気になった。

「ほんとの、ほんとはさ、廃校になるって知って居ても立っても居られなくなって来たんだ。るいちゃんに会えたらいいなとは思ってたけど、実際に会えて、驚いた。とっくに町を出たと思ってたんだ」

「両親がね、どうしても娘に近くにいてほしいってうるさくて。あ、それで悟志と結婚したってわけじゃないんだけどね。まあ、昔からよく知ってるひとだし。でも、地元のひとだったら親を安心させられていいかなと考えてたのは事実っていうか」

言い訳がましいことを言っていることに気付き、口を噤んだ。

悟志にプロポーズされたと告げたとき、父は諸手を挙げて喜んだ。母親の腹に入っているころから知ってるあいつなら安心だ。あれ以来浮気もしてないようだし、大したもんだ、と満足そうに頷いた。

悟志は浮気が発覚したときに、わたしの実家に来て土下座をした。ちゃんとケジメつけますけん、と言う悟志を、父はさほど怒ることなく「筋を通すのはいいことだ」と感心してみせた。母くらいは怒ってくれるのではと期待したけれど、「男は許す女に弱いけんねえ」と意味の分からないことを言った。ああ、嫌な女《ひと》に会ったから、こんなことまで思い出してしまう。

「おれは、再会できたとしても、おれと同じように久しぶりにこっちに戻って来たるいちゃんとかなって思ってたんだ」

こうちゃんの声に耳を傾ける。わたしの記憶の中の男の子はとても綺麗なソプラノをしていたのに、いまは耳の粘膜をざらりざらりと擦《こす》るような声だ。

「それが、エプロンつけて豚汁作ってるんだからびっくりだよね」

もう一度、はは、と笑う。こうちゃんに失望されている気がした。しかしこうちゃんは首をゆっくり横に振って「いや、ほんと言うと、そんな気もしてた。そうであれと思ってた、かな」と言った。

「おれさ、引っ越してからもときどきるいちゃんのこと思い出したよ。そしてふしぎと、るいちゃんはずっとこの校舎にいるような気がしてた」

「どうして?」

「どうしてかな。でも、会った瞬間に『やっぱり』って思った。やっぱりここにいるんだな、って。あのときと、同じ顔で」

もう、どうして、とは聞けなかった。こうちゃんの声には、今度こそ隠そうともしない憂いがあり、この町に住み続けているわたしを哀れんでいるのだとはっきりと分かったのだ。それは、そうだろう。わたしだって、こんな大人になっている己を想像だにしなかった。

「進歩してないって言いたいんでしょう。それとも、自立心がないって感じ?」

恥ずかしいな、と笑ってごまかすと、こうちゃんが「勘違いしないで」と言う。

「自分に対して、後悔したんだよ。気になっていたくせに、今日まで動かずにいた」

作り笑顔を張り付けていたわたしは、ふっと口を噤む。それから、「後悔することなんてないよ」と呟いた。

「わたしは見ての通り、いちおう、大人になってる。大人としてそれなりに生きてるし、泣き虫の子どもでもないよ」

「そうだよね。ああ、だめだなあ。こんなところでるいちゃんといると、時間軸とか、感覚がおかしくなりそうだね」

こうちゃんが困ったように頭を掻き、わたしの少し先を行く。ひとが、波が引くようにいなくなっていく。校庭の声がどんどん遠ざかっていく。一歩歩くたび、あのときの自分が近づいてくる。昔よりも見知ったはずの校内風景が、色を鮮やかにしていく。窓から差し込む夕日の眩《まぶ》しさが、あの日に戻っていく。

「誰かに、あの日のこと話した？」

訊くと、こうちゃんは「るいちゃんはせっかちだったっけ？」とやさしく言う。

「そういう話は、急がないでもう少しとっておきたいんだけどなあ。まだ時間はあるでしょう？でも、そうだな。言ってないよ、誰にも。るいちゃんは？」

「わたしも、話してない。あの日以来、これが初めて」

カラオケ大会、優勝は笹原郁夫《いくお》さーん！　外で、ひときわ大きな声がした。こうちゃんが足を止めて、中庭に目を向ける。

「ああ、なくなったんだね」

視線を追ったわたしは、すぐに気付いて頷く。

「老朽化しちゃって。だいぶ前からウサギも鶏もいなくなってて、五年前に撤去されたんだ。だからもちろん、飼育当番もない」

ふたつの飼育小屋の跡には、畑ができている。近所のお年寄りたちが野菜作りをレクチャーしていて、夏にはたくさんの枝豆やトマトが収穫できたものだけれど、いまは閑散としている。廃校後、ここがどうなるか決まっていないが、野菜が植えられることはもうないだろう。

「そっか。じゃああの日の痕跡は、るいちゃんのふくらはぎにしかないってわけだ」

どきりとした。わたしの左のふくらはぎに穿《うが》たれた、ふたつの穴。いまでは薄茶色の微《かす》かな痣《あざ》になっているあれは、悟志だって知らない。こうちゃんは、わたしがその傷痕にときどきそっと指を這《は》わせていることを見透かしたのかと思った。

「……ないよ、もう。あんな傷」

「そうなの？　それは、寂しいね。あの日は、もうどこにもないんだね」

こうちゃんが再び歩き始める。つい、と階段を見上げて「二階は立ち入り禁止なんだね」と言う。二階は子どもたちの教室があるから不用意な出入りはしないでほしいという学校からの申し出で、今日は立ち入り禁止区域として黄色いロープを張っていた。

「でも、るいちゃんがいるなら、いいよね。万が一見つかったら、一緒に謝ってもらおう」

こうちゃんが、ひょいとロープを跨《また》ぐ。それから、ロープを挟んだところで逡巡《しゅんじゅん》しているわたしを振り返って、「いこうよ」と促した。

「ほら、ちょっとだけだから。付き合ってよ」

微笑んできたその顔に、別の男の顔が重なって見えた。

混乱する。わたしがいま向かい合っている男性は、ほんとうにこうちゃんなのだろうか。ありえないのに、画家だと思ってしまうのは何故《なぜ》だろう。意志をもって持ち上げられた口角も、きちんと整えられた顎周りも、画家とは何もかも違う。違うのに、わたしのどこかが『同じ』だと告げている。

「あなたは、どうしてここを出て行ったの？」

彼は、突然いなくなった。家庭の都合だとかで、何の前触れもなくいなくなった。両親や、大人の誰かに彼の事情を訊こうとしたけれどできなかったのは、『何かあるの？』と逆に問われたくなかったから。わたしたちは、あの日以前はそんなに親密な関係じゃなかった。あの日わたしたちが距離を密にするほどの『何か』を共有したと誰かに感づかれることなどないだろうに、でも怖かった。

それと同時に、彼を狡《ずる》いと思った。

何て狡い。あの子はもう、ここで秘密を抱えて生きなくてもいいんだ。あの子は、群先生を魅了した広い世界へ、画家と群先生のいる世界へ行ったのだ。わたしを置いて。

「親が離婚したんだよ」

こうちゃんはあっさりと言った。うちの両親、不仲でね。離婚して、おれは母と、母の実家のある山梨に身を寄せたんだ。香坂玄はペンネームで、いまは倉田《くらた》って名字。

そっか、と答えながら胸の奥に寂しい風が吹いた気がした。ああ、わたしは本気でそう願っていたのだな、と気付く。ばかなわたし。置いていかれたような気持ちで、そして同じくらい羨んでいたのだ。ずっと、長い間。

「それより、二階にいこうよ。るいちゃん」

再び促されて、わたしはロープを越えた。

小学校の階段は段差が低くて、歩くたびにつんのめりそうになる。薄緑のリノリウムの床は、わたしが子どものころから変わっていない。たくさんつけられた傷を目で追いながら、ゆっくりと段を踏む。

「こうちゃん、あの日のこと、覚えてる？」

「るいちゃんは、ほんとうにせっかちだなあ。もう少し、この時間を楽しませてよ」

踊り場に、子どもたちの描いた絵が飾られている。『三年生の作品』と掲示された中に、福嶋家の双子の絵もあった。ふたりの絵は、色使いに構成、何もかもが似ていた。まるで間違い探しのようだ。その重なりに小さな感動を覚える反面、双子というのはほんとうに勝手にシンクロしてしまうものなのだろうかと疑問を感じる。ほんとうに、似通ってしまうものなのだろうか。相手はこうするのではないか、という無意識の選別が、双子はこうあるべきという周囲の期待が、彼女たちをそうさせているのではないのだろうか。実際の彼女たちそれぞれの『ほんとう』を、いびつに歪《ゆが》めてまで。彼女たちの姿かたちが似ていないせいか、彼女たちの精密な重なりを目にするたびにそんなことを考えてしまう。誰かに歪められずに育つことができるひとなんていないのだろうけど、歪んだ具合はきっと大きな差があるだろう。

「るいちゃん？　どうかした？」

じっと絵を見つめていたわたしに気付いて、こうちゃんが訊く。うまく説明できそうになくて、

「別に何でもないよ」と双子の絵から目を逸らした。

二階は、喧騒《けんそう》がさざ波のように響いていた。でもそれは、テレビの向こうの音たちのように、遠い。

窓から光が差し込み、床を赤く染めている。教室の外壁に均等に取り付けられたフックには、色とりどりの体操服入れがぶら下がっていた。誰もいない教室には、子どもの匂いが残っている。ふっと、あの日の気配を感じた。十二歳の夏が、いまわたしの傍らにいる。

「ははあ、まったく、変わらないもんだねえ」

こうちゃんが愉快そうに笑った。その声に、我に返る。

「何だか、驚いちゃうな。こんなにも、変わらないものかな。おれたちはタイムスリップしたのかもしれないよ、るいちゃん」

「……そんなわけ、ないでしょう。そもそも季節違うし。ほら、カラオケ大会の表彰の声も聞こえるし、あのころにはMARVELの体操服入れなんてなかったでしょ」

慌てて、近くにあった袋を指すと、「そんな、ムキになって否定しなくても」とこうちゃんが唇を尖らせる。それから、「でも、同じなんじゃないかと錯覚するよ」と声をことさらやわらかくした。

「そうだろ？　だってほら、あれ」

細い指がついと指差した先には、木製の表示板がある。夕焼けに染まったそれには達者な筆で、『児童会室』と書かれていた。足が一瞬、震える。何を、動揺することがあるの。ばかみたい。でも、わたしはあの日から一度も、あの中を覗けていない。

「あれから何年だっけ。まるきり、同じ場所で同じ状態だなんてすごいよね」

答えないでいると、ねえ、とこうちゃんが顔を覗き込んできた。

「るいちゃん。あの部屋の中、覗いてみようよ」

「え。何言ってんの。何も特別なものはないだろうし、不法侵入になるから、やめておこうよ」

「覗くだけだよ。ほんの少しだけ、ね？」

言いながら、どうしてだかわたしたちは声を潜《ひそ》めていた。あのときと同じ、誰にも見られないように足音を忍ばせて、そっと言葉を交わして。

表示板が、ゆっくりと近づいてくる。ばかみたいに心臓が高鳴りだす。

「ねえ、群先生たちがいたらどうする？　なんて」

耳元で歌うように囁かれて、くらりと眩暈《めまい》がする。足を止め、ぶんぶんと首を横に振った。

あの中に入ったら、だめだ。あの中には画家も群先生もいない。だって画家はリュックの中に群先生を入れて旅をしている。

「……ごめん。わたしあそこには、入れない」

一歩、後ずさりした。

「どうして？」

「うまく、説明できない。でもいまの、こうちゃんの言葉。群先生たちがいたらってやつ。わたし、それがほんとうにありそうな気がして怖いの。もちろん、群先生もあのひともいない。分かってるけど」

「分かってるけど、怖いの？　何が怖いの？」

ひょいと、顔を覗き込まれる。色素の薄いはしばみ色の瞳が、わたしの心の芯を探るように動いた。その動きは頭の中身をやわらかく撫《な》でてくるような錯覚を与えて、わたしは馬鹿正直に答えた。

「わ、わたしが群先生になるんじゃないかって、怖いの」

口にして、恥ずかしいと思った。お願い、ばかげてる、と笑い飛ばして。るいちゃん何を期待してるの？　と見下げてくれたっていい。突如湧いた感情を、木っ端みじんにしてほしい。

「おかしいよね。でもね、なんかそういう気がして、どうしようもなくて」

ははは、と笑う声が漏れた。

「さ、最近ね、群先生のことをしょっちゅう思い出しちゃってさ。おかしいんだよ、わたし」

「どういう風に、思い出すの」

静かに問われて、少し躊躇う。こんなこと話しているなんて、あんまりにも、情緒がおかしくなっている。でも、ここまで言ってしまえばもう取り繕うものはない。彼にならすべて話してもいいような気がして、口を開いた。

「……群先生はいいなあ、羨ましいなあって」

群先生にどんな理由があったのかは知らない。三好の言う通り、情熱が爆発したのかもしれない。きっと誰にも分からない、彼女なりの理由があったのだろう。でも理由なんかは、どうでもいい。わたしは画家とこの町から消えた群先生が、ただ羨ましかった。

「そうか。いまも、そうなんだね」

説明する言葉を探している間に、こうちゃんが言った。

「あのときるいちゃんは、なんでわたしじゃないいんだろう、って泣いたんだったね」

ああ、覚えていたのか。わたしは小さく笑う。学校から彼の家に行く途中、わたしはそう言って泣いた。なんでわたしじゃないんだろう。わたしの方が、群先生よりあのひとが必要だったのに、と。

「こうちゃん、ドン引きしたんじゃない？　あんな場面見ておいて、ショックを受けるところが違うだろって」

「そんなことないよ。彼は、すごく魅力的だった」

それは嘘《うそ》を感じさせない言葉で、だからわたしは素直に頷いた。そう、画家は魅力的なひとだった。町にいる男の誰よりも面白くて奔放で、何でも知っていた。子どもたちのほとんどはあの画家に夢中で、わたしもそのひとりだった。彼の話はとても面白くて、どこまでが現実でどこからが作り物なのか分からないほどに無茶苦茶で、寝る前に何度も彼の話を反芻《はんすう》した。わたしは彼に夢中だった。好きだったのかと訊かれると、正直分からない。そんな言葉では言い足りない感情だったように思う。彼がどこかに旅立つときには、わたしも何もかもを捨ててもいいから一緒について行きたかった。彼のリュックの中に丸まってしあわせそうに眠る未来が、いつかわたしにありますようにと毎晩、祈っていた。

「るいちゃん、あのとき画家はるいちゃんに何か言ってたよね」

こうちゃんが続ける。おれさ、実は聞き取れなかったんだよ。彼はあのとき何て言ってたの？確かあのときも訊いたけど、るいちゃんは言いたくないって、教えてくれなかったよね。いい加減、教えてくれないかな。

わたしは、これまでに何度も思い返した言葉を一度口の中で転がして、そして初めて音にした。

「もう手一杯、って言われたんだよ」

口にしてしまえば、少しだけ笑えた。彼は立ち尽くしているわたしに、群先生の首を物のように絞めながら『こいつでもう手一杯』と言い放ったのだ。セックスを目撃した小学六年生の女の子に向ける言葉ではない。

そんな彼の下にいる群先生と、一瞬目が合った。夢の最中にいるような顔をしていた群先生は、わたしに気付くと顔を強張《こわば》らせ、はっきりと顔を背けた。甘くて蕩けそうなお菓子を独り占めしていた子どもが他の子に見咎《みとが》められたときのような、みっともない態度だった。

それらが、わたしの心をぐしゃぐしゃにした。わたしが子どもじゃなかったら、群先生がいなければ、画家はわたしを選んでくれていたかもしれない。だってわたしこそが、画家を望んでいた。求めていた。群先生なんかよりもずっとずっと、乞うていた。

「群先生はあのひとのこと嫌ってたはずなのに、ずるいよ」

ぽつりと、言葉を落とした。わたしが、彼に選ばれたかった。

「新婚で、しあわせだったくせに、何もかも持ってる大人の女だったくせに、あんな風にあのひとまで手に入れるなんて、ずるいよ」

目元が熱くなる。悔し涙だと思った瞬間、自分が嫌になる。あんな大昔のことで泣くなんて、いまだに羨んでいるなんて、ばかみたいだ。

「……覚えてる？　あの当時、群先生はＰＴＡ役員に酷《ひど》くいじめられてた」

ふいに放たれた言葉の意味が分からず、え、と声が漏れた。何を、急に。

「おれの母とも話したことがあるから間違いないと思うんだけど、きっかけは多分、六年生の担任になったことだろうな。『若い新婚の女は子どもたちに悪影響を及ぼす』っていまじゃ考えられないような理由で騒いでただろ」

「ＰＴＡ……六年……」

繰り返してみて、どきりとした。そのときのＰＴＡ役員と言えば……。

「悟兄のお父さんが会長で、るいちゃんのお母さんもメンバーにいたころだよ」

ああ、と小さく呟いた。そうだ、思い出した。思い出してしまった。

あの当時、母はしょっちゅう学校教育の在り方だの、子どもとの関わり方だのを論じていた。その中で、『若い新婚の女なんて』は母の口癖だった。

「あの画家の件もさ、校長は大歓迎だったけど保護者はちっともいい顔をしていなかった。子どもたちに少しの危険もないように、って先生にずいぶんとプレッシャーをかけたらしいよ」

母が教育熱心だったのは、仕事人間の父のせいだ。父は『子育ては女の仕事だからお前が責任をもって育てろ』とどんな相談にも耳を貸さず、しかし子どものことで不満を覚えたら——テストの点が低いとかリレーのアンカーになれなかったとか——些細《ささい》なことで激昂した。だから母は母なりに必死になっていたのだと思う。連絡帳や授業のノートを逐一チェックし、少しでもミスがあればわたしや兄を叱り飛ばし、そしてすぐに学校に電話をかけた。頻繁にほかの母親たちに連絡を取り『こんなことじゃ中学に上がったら大変なことになる』とか『柳垣小は周囲の学校と比べて授業の進行が遅れてる』とかいう話を長々と語っていた。授業参観日でもないのに、授業の見学に来たこともあった。そんなときに現れて学校に滞在し始めた画家は母たちにとっては恐ろしい異分子でしかなく、母は『あんな若い新婚の女が子どもたちを守り切れるのか』とばかみたいな心配をしていた。

「でも、あれは……いじめ、だったのかな……？」

いや、薄々、そんな気はしていた。類ちゃんのお母さんはやりすぎ、と誰かの親が零した言葉を耳にしたことがある。『群先生にもっとやさしくしてってお母さんにお願いして』と言ってきたのは何学年下の子だったか。

でも、親の行動は絶対に正しいのだと育てられたし、母の苦しみも分かっていたから、だからそういう呼ばれ方をするものではないと信じた。信じ込んでいた。

「いじめ以外の表現をするなら、ハラスメントかな」

こうちゃんが思案するように言って、わたしは唇を噛む。自分自身が断罪されているような気がした。

「PTAだけが悪い、ってこともない、かもしれないでしょ」

「そうだね。おれもさすがに、当時の群先生の私生活のことまでは分かんないさ。しあわせだったかもしれない。でももしかしたら何か、辛《つら》いことがあったかもしれない。こればかりは、他人が知ることはできないよね」

いろいろなものが、頭を巡る。この町しか知らないわたしは、この町のことなら手に取るように分かる。濃度の高い空気に酔う感覚も、休まる場所を見つけられない居心地の悪さも、見えないルールに手足を拘束されるような苦しさも。

そして、母たちがどんな風に先生を追い詰めたのかも、容易に想像がついてしまう。家庭内のことだって、そう。哀しみや諦め、やるせなさや苛立《いらだ》ちの種類をわたしは知っている。きっと、辛かったことだろう。

だけど、考えてしまう。そんなの誰だって感じていることじゃないか。群先生だけが特別辛かったわけじゃない。わたしだって我慢していることがある。自分をすり減らして、消費されて、でもそれを黙って受け止めてきた。

「いじめ？　私生活が辛い？　そんなものを理由にあのひとに縋《すが》ったの？　それは『逃げ』じゃない。逃げるくらいなら声を上げればよか……」

家庭科室を去る三好の背中を思い出して、言葉を切った。

声を上げないことを選択し続けたわたしが、何を言おうとした？　何を、責めようとした？

「るいちゃんは、どうしてあのひとに選ばれたかったの？」

はっとする。彼の顔が、目が、画家のそれに見えた。

「選ばれたかった、理由を教えてよ」

理由。わたしが、画家を求めた理由……。

『檻《おり》の中の猿なんだろうな、お前は』

画家の言葉の意味は、最初うまく摑めなかった。

あのときわたしは、母から画家との接触を固く禁じられていた。みんなのように彼の周りではしゃぎたかったけれど、母に知られて怒られるかもしれないと思うと怖くてできず、指を咥《くわ》えてみんなの様子を眺めるばかりだった。だから彼に初めて近づいてしまったときの、罪悪感を伴った喜びをいまもはっきりと覚えている。

どきどきするわたしに、彼は『綺麗だ』と目の前の景色を指して言った。それを聞いた瞬間、腹が立ってしまった。息苦しいばかりのこの世界の、どこが綺麗なのだ。それを口にしてすぐに、嫌われてしまうと後悔したけれど、画家は不機嫌にもならずに笑って、わたしを前述の通り、檻の中の猿だと言った。

『猿って、なんですか』

相手にされもせず、ばかにされたのだ。かっとしたわたしに『哀れだな』と画家は言った。

『この景色の向こうに格子が見えてりゃ、そりゃ興奮できねえよ。つまんねえもんに見えても、仕方ないよな』

やわらかな声に驚いたわたしの頭を、画家は『いつか出られるさ』と撫でてくれた。その手はとても大きくて、温かくて、わたしは思わず両手で掴んだ。骨ばった長い指に、広い手のひら。甲には青い血管がうっすらと浮いていた。

『じゃあ、出して。この手で』

この手なら、檻の外まで連れ出してくれると思った。そんな強さがあった。画家は微かに眉を持ち上げ、わたしを珍しそうに見て、そして鼻で笑った。

『まあ、いつかな。出られる方法も思いつかない、どん詰まりのときに』

『いま。わたしは、いまなんです』

『ガキが面白いこと言うじゃん。俺の手を使うには、まだまだ早いんだよ。それに、俺は雑でちっとも器用じゃない。使わないほうがいい』

自分でどうにかするほうがいい、と画家は縋るようにしていたわたしの手を解《ほど》いた。彼に触れた手は、絵具の油の匂いがした。

「選んでもらって、そして、連れ出してもらいたかったんだ」

わたしを檻の中にいると言ったあのひとの手にかかれば、檻の外――夢のような世界にいけるのだと思った。何にも知らないくせに偉そうに怒鳴り散らすだけの父も、父の機嫌を取ることばかりが大事な母も、どこに行っても誰かの目がある土地も、何もかもが嫌だった。だから、憂いのない愉快な世界に連れ出してもらいたかった。

「でもあのときはきっと、わたしより群先生の方が遥かに追い詰められていた、んだろうね。それで逃げたというのなら、わたしは、群先生を責められない。責めたい気持ちはあるけど、わたしは責めちゃいけない」

両手で顔を覆う。あのときの真実に触れて、感じるのは哀しさだった。群先生は、わたしと同じだった。わたしは己の未来の姿を見ていたのだ。

「るいちゃんはさ、そこまで出て行きたがってたのなら、どうしていまもここに残ってるの」

それは、残酷な問いだ。わたしは手の中で顔を歪める。

「みんながいなくなって、取り残されて、それからわたしだって努力したよ？　自分なりにあがいたつもりだった。でも、どうやっても無理だった。いつだって、わたしの意志は潰されていった。怒りだったり、力だったり。心配という名の束縛だったりもした」

何度だって、外に行こうとした。でもすべて、誰かに邪魔された。

「そういうのに歯向かう力をなくしたことを愚かだとか弱いとかいうのなら、そうだと思う。わたしは、わたしの弱さを誰より知ってる」

どこでどうしたら、出られたんだろう。どこでわたしは諦めてしまったんだろう。どこまで頑張れば、出口が見えたんだろう。分からない。ほんとうに、分からない。

「出ていけないのなら、いまいるこの場所こそが、わたしがしあわせになれる場所なんだと思ったこともある。そういう風に作っていくことこそが大事だって信じて、できることもやった。でも、」

わたしの言葉を止めるように、ドヴォルザークの『家路』が響いた。音に誘われるように、手を降ろして顔を上げる。こうちゃんと、目が合った。

記憶のひだの奥に忍び込み震わせるようなメロディが、外の世界の音を、何もかもをかき消してゆく。この空間を、向かい合うわたしたちの間を、ひたひたと埋めてゆく。

こうちゃんが視線を外に投げた。それを追えば、見慣れた夕暮れの景色が広がっている。暖かな秋の一日の終わりの空は、赤が深い。深く濃く混ぜ合わされた赤に一滴の黒を落とし込んだような、濃密な赤。それは、明日も同じ穏やかさが続くのだと教えてくれる、太古からの光。こうちゃんが、眩しそうに目を細めた。

「……でもね、何をやっても、わたしはこの世界を綺麗だと思えないんだよ」

目元が熱くなって、光が乱れる。

綺麗だと心から思えたことなど、一度だってない。あのときも、いまも。わたしはずっと檻の中にいて、救い出してくれるあの手を待っている。

「自分じゃ何もできない弱い人間のくせにって思うでしょう？　ばかだって思うでしょう？　でも、自分じゃ何もできないの。分かってても、できないの」

こうちゃんがわたしに顔を向ける。強い光で、顔が少し不明瞭になる。

「この部屋の中に、群先生になりたい君がいると言うんなら、おれがあのひとになろうか」

息を呑んだ。いま、彼は何と言った？

「連れ出すよ、おれが」

夕日を浴びた彼は、わたしに手を差し出してくる。繊細な細い指。異性にしてはうつくしすぎる手。あのときわたしが縋りたかった無骨な手と、これは同じなのだろうか。

「ほんとうのことを言うよ。おれは、この児童会室の中にるいちゃんを置いてきたんじゃないかって、そういう変な妄想に取りつかれてるんだ。大人になったいまも、それが頭から離れないでいる。ばかな考えだって、分かってる。でも、そう思っていて、おれは、おれこそがるいちゃんを連れ出すべきじゃないかって」

彼の細い指先が、微かに震えている。

「いまの話を聞いて、それは妄想なんかじゃないって確信した。あのときのおれは、るいちゃんの涙を止めることもできなかった。でも、いまなら。いまならおれは、るいちゃんをここから連れ出すことができる。るいちゃんがここで泣いているままだと言うのなら、おれにそうさせてよ」

「……ど、どうしてそんなこと、言えるの。わたしたち、何十年ぶりに会ったと思ってるの」

わたしはもう十一歳の女の子ではないし、夫も子どももいる。二十年以上の空白があるというのに、そんなことをどうして言える？

「いまの話じゃ、信じてもらえない？　おれは、ここに残してきた君を今度こそ連れ出しにきたんだよ。ほんとうに」

「それを素直に信じられるほど、わたしは若くない」

やさしい言葉や甘い言葉は、わたしをうまく使うための道具だし、わたしから何かを隠すための嘘にもなる。

「困ったな」

彼が困ったように頭を掻いた。それからそっと俯《うつむ》く。

「でも、まっさら純真な気持ちだとは、胸を張って言えないな。それは、ごめん。謝るよ。おれはね、ひとをうまく愛せないんだ。このひとだと信じたひとはみんな、おれを愛してくれなかった。でもそれはきっと、おれのせいなんだ。あの夏の日に見たものが、おれの心を歪ませてる。うまく説明するには時間がたくさんいるんだけど、つまりはおれは、誰かを無条件に愛《いと》おしむことができなくなってるんだ」

ああ、このひともあの夏の日に縛られているのか。でも、当然のことかもしれない。それくらい、ショッキングなことだった。

「愛おしむことができなくなっているのに、わたしは助けたいの？」

そろそろと訊くと、こうちゃんは俯いたまま頷いた。それからわたしを窺うようにゆっくりと顔を上げる。

「自分でも、ふしぎなんだ。るいちゃんをここから連れ出すことができたら、あの日からおれの心を捕らえ続けているものから解放される気も、してる。だから、ねえ、おれのためにも、連れ出されてくれないかな」

手を取れずに逡巡していると、こうちゃんがわたしの手を取った。わたしはそれを、振りほどけない。

わたしはいま、感情的になりすぎている。落ち着かなければ。わたしには大事にしないといけないものがたくさんあって、手放してはいけないものもうんとあって、分かっているのに、でも、それらがどうしてだか何ひとつ思い浮かばない。わたしを引き留めてくれない。最初から何も持っていなかったんじゃないかと怖くなるくらい何もなくて、そしてわたしは身じろぎもできない。

こうちゃんがぐっとからだを寄せてくる。ふわりと熱を感じる。

「嫌なら、逃げて」

肌に吐息がかかる。掴まれた腕は、いつの間にかじっとりと汗ばんでいた。くらくらし始めた頭で、このひとを拒否しなければ何もかもを失うのだと自分に言い聞かせる。必死に、想像する。安定した生活に安全な日々、子どもや夫、何もかもを失うところを。あの当時の群先生より、わたしは年を取っている。きっと、あのひとよりたくさんのしがらみをかかえている。

捕まれた手を強く振り払おうとして、でもそれは身を軽くよじっただけで終わった。この手から逃れられるほどの強さは自分にないのだと分かって、情けなさに乾いた笑い声が漏れた。

「……ねえ、こうちゃん。わたしは、どうしてこんなにだめなんだろう。こんなかたちじゃだめだと分かってても、でも別の方法が分からない」

心の中で三つの思いが暴れて、どこに落ち着けばいいのか分からなくなっていた。

ひとつめは、己に対する嫌悪。三好の『因果応報ってのを味わっててほしい』という声が脳内で反響していた。どんな事情や苦しみがあったとしても、感情のままに飛び出すことは憎まれる。恨まれる。もしここでわたしがこの手に縋っていなくなれば、三好はわたしを心底軽蔑するだろう。愚かだと言い捨てるだろう。それに、逃げるだなんて、わたしのこれまでを否定することになる。これまでのわたしの何もかもが、認めてもらえなくなる。分かっているはずなのに、わたしのこれまでを、他でもないわたし自身がだめにしてしまおうとしている。

ふたつめは、喜び。望んでいた手がやっとわたしの前に差し出された。子どものころ焦《こ》がれていた手が、やっとわたしを選び取ってくれた。その事実に、からだの芯が甘く疼《う》いている。飢えていた心から湧きあがる喜び、これを押しとどめる術《すべ》をわたしは知らない。

そしてみっつめは、絶望だ。どうしてわたしはこんなにも無力なんだろう。三十六年、自分なりに必死に生きてきたはずなのに、立派な大人のはずなのに、わたしはわたしだけでここから抜け出す力を持ち合わせていない。わたしの苦労は、わたしに生きる力を与えてくれなかったのだ。ほんのひと欠片《かけら》の勇気さえ。

「るいちゃんは、せっかちな上にまじめだなあ」

こうちゃんはこんなときなのに、あの、花が咲くような笑みをみせた。

「いますぐすべてを放棄して逃亡しよう、なんておれは言ってないんだよ？　いま、このときくらいは連れ出されてみない？　っていう簡単な話さ。そう、ほんの少しの時間だけだよ。その先は、あとで考えればいい」

一筋の光が差し込むような、いや、カンダタの摑んだ糸のような言葉だった。

「ほんの束《つか》の間、一瞬のエスケープだよ」

捕まれた手に一層の力が込められた。わたしを見つめる彼はいま、画家そのものだった。

ふと思う。わたしは、あのときどうしてあんなにも画家を乞うたのだろうか。

彼の秘めた荒々しさや、常識から逸脱している行動性、そういうものに強く惹かれたのは、間違いない。あのときのわたしは、躊躇いや迷いを乱暴にかなぐり捨ててくれそうな強さに、無責任に

『わたし』を託したかった、のだろうか？

『ライオンに襲われて一回死にかけて、でも助かった鹿がいたとして。その鹿はそのときの幸福感をもう一度味わいたくてライオンのところにわざと行ったりするんかな？　強いストレスが幸せに変わるのなら、そのストレスすら味わいたい、みたいな』

遠い昔の気がするけれど、ついさっきの美冬の言葉が蘇《よみがえ》る。この年になってもなお画家のことを思ってしまうのは、もしかしたら捕食されている群先生の『幸福』を見てしまったからかもしれない。

いや、そんなことはもはや、どうでもいい。

こうちゃんの奥に秘めたものが画家と同じなら、わたしは戻れるだろうか？　ほんとうに、ここに戻って来るだろうか。

ねえ群先生、あのときあなたは本気でこの檻から逃げようとしていましたか？

ドヴォルザークが、鳴りやもうとしている。

第2話　いつかのあの子

同棲している恋人は今日、花嫁の父になっている。

翔琉《かける》との付き合いは、かれこれ六年になる。出会いは、ありがちだ。

私の勤務先の病院に、翔琉が急性虫垂炎で入院することになり、入院中に翔琉からナンパされたのだ。病院の方針として、看護師が患者と恋愛することは禁止ではあったけれど、翔琉があまりに熱心に、情熱的に口説いてくるものだから、押し切られてしまった。まあ、付き合う経緯もありがちと言える。

翔琉は私より七つ年上のバツイチで、性格の不一致とかで別れた元妻との間にひとり娘がいる。娘は元妻に引き取られていて、翔琉は彼女が二十歳になるまで、少なくない養育費を毎月きちんと払い続けていた。そのせいか別れた後も良好な関係を築いていて、父親を慕ってくれている娘に申し訳ないから再婚するつもりはないし、ましてや他に子どもも作る気はない、と聞かされたのは出会って一年になろうかというころ。お互いの肌にすっかり馴染んだ後のことだった。

結婚願望が強かったわけではないけれど、しかし三十を超えた女に対してその告白は酷いと思った。夫婦として共に生き、子どもを産み育てる未来を想像しなかったわけじゃない。そんな大事なことは、私を口説く前に言っておくべき話ではないのか。

しかし友人たちに言わせると『一年ならまだ親切』『気付かずにいたあんたも悪い』らしい。そして『嫌なら別れたらいいじゃん』と付け足され、私は別れを選ばなかった。いや、選べなかった。

そうするには翔琉を好きになりすぎていたし、付き合っていればいずれ彼の気持ちが変わる日も来るかもしれないという淡い期待もあった。こういうのも多分、ありがちな話だと思う。

その翔琉の娘が、結婚することになった。二十二になるという娘は年上の会社経営者と、どこだかのセレブっぽいホテルで豪華な挙式をするのだという。花嫁の父として出席して欲しいと頼まれた翔琉は『何か、面倒くせえよな』と言ったけれど、喜びはちっとも隠せていなかった。きっと娘は両親にあてた手紙なんかを涙ながらに読んで、翔琉は当たり前のこと、周囲もその様子にほろりとするのだろう。それも、ありがちな結婚式の風景だ。

であれば、翔琉の恋人である私のこの寂しさもまた、ありがちな感情なのだろう。離婚しているとはいえ、子持ちの男と付き合っている以上は、きっと覚える哀しみなのだ。好きな男が別の女と肩を並べて——両親として公の場に立っていることも、男の感動に少しも寄り添えないことも、仕方のない当然のこと。誰しもが経験していること。そう言い聞かせたはずなのに、気が付けば私は式の行われる東京から逃げるようにして、北九州行きの飛行機に乗って、地元にいた。

私の地元は、福岡の片隅にあるかなた町だ。山に囲まれた、田んぼと畑がみっちり敷き詰められた小さな町。私はここで、祖母とシングルマザーだった母と三人で暮らし、育った。

二十二歳で上京してから、十五年。帰って来たのは数回で、最後は八年前の祖母の葬儀だったか。そのすぐあとに母は熊本の男と結婚して町を出て行ったから、以来足を向けたことはなかった。久しぶりの故郷はほんの少しだけ様子が変わっていたけれど、でも相変わらず、何もなかった。

「千沙って、こんなところで育ったんだ」

家族三人で住んでいたぼろぼろの町営住宅は、綺麗なマンション風に建て替えられていた。クリーム色の外壁はまっさらで、建てられてまだ日が浅いことが分かる。私はほんとうにここに住んでいたんだったろうか。パラレルワールドに放り込まれたような気持ちでぼんやりと建物を見上げる私の横で感心したように言うのは、サチだ。サチは、最近知り合った女の子だ。私が地元に戻ると言うと、暇だからついて行く、とほんとうについて来た。物好きだ。

「こんなに綺麗じゃないけどね。笑えるくらいボロボロだったよ。でも、なーんにもないのは変わらない」

三棟ある建物の周囲は、田んぼと小さな公園しかない。商店どころか、自動販売機さえ見当たらない。

「ほんと。なーんにもない。気持ちいいくらい、ない！」

両手を大きく広げて、けらけらとサチが笑う。その能天気な笑い声につられて、私も笑った。そして、ついてきてもらってよかったかも、と思う。最初は、少しだけサチを持て余していたのだ。私は親しくないひとと一緒に過ごすのが苦手で、心を消耗してしまうから。

秋の風が吹いた。少しだけひんやりしていて、稲の匂いがする。十五年経っても、稲の匂いだと分かるのがふしぎだ。鼻にも記憶が残るのだろうか。

「何もないって、不安にならない？　私はさ、すごくなったんだよね。手に入れられるもの、ないじゃん、って思って仕方なくてさ」

ぽつんと呟くと、サチが「どゆことー？」と首を傾げる。

「うーん……。食べるところがないって言えば、何となくでも伝わる？　ここじゃ食べられるものがなくて、飢えて死んじゃうって思ってたんだ」

「アー、ハァン?」

サチが笑ってみせて、それから「お米はたくさんありそうだけど、飢えちゃうのか」と言う。

「そんで、千沙は東京に出たわけね?」

「そう。東京なら、絶対に飢えることはないと思った」

ここにいるよりマシだと信じて、何のあてもないのに飛び出した。いまはすっかり東京という土地に慣れた、と思う。

「東京で、飢えなくなった?」

「どうだろう。飢えに気付かなくなったって感じかなあ? 実際に空腹になるわけじゃないからさ、意識の逸らし方を覚えてしまえば困らないんだよね」

「アー、ハァン?」

うまく理解していない様子のサチをちらりと見て、周囲を見回す。公園は、昔は伸び放題だった木々がきれいさっぱり伐採されて、芝生が敷かれている。わたしが遊んでいた、錆《さび》まみれのグローブジャングルやペンキの剝げ落ちたシーソーはなくなり、その代わりにカラフルな色合いの滑り台とブランコが設置されていた。

フェンスにポスターが貼られているのに気が付き、近寄ってみる。

「柳垣、秋祭り……?」

かなた町立柳垣小学校が、来年廃校になる。最後の秋祭りをみんなで盛り上げよう、そんなことが書いてある。

「なにこれー?」

私の隣に立ったサチが首を傾げるので、「母校」と答える。柳垣小学校は、私が六年間通った小学校だった。山と田んぼと川に囲まれた、小さな小さな学校。同級生は、七人。全校で三十人前後しかいなかった。だから児童全員がクラスメイトのようだった。ああ、あの学校、廃校になるんだ。知らなかった……。

「えー、待って待って。秋祭り、まさに今日じゃん！」

サチがはしゃいだ声をあげる。タイミングやばすぎ！　ねえ、行こうよ。あたし、柳垣小学校行きたい！

私はポスターに描かれた校舎をしばらく見つめた。

「そうね……。行ってみようか」

町営住宅から柳垣小学校までは、徒歩で十五分ほどかかる。懐かしい道のりを、ふたりでゆっくりと歩いた。遠くのあぜ道を、おじいさんが大人用三輪車を漕いでいるのが見えた。

「牧歌的だねえ」

ぴょんぴょんと跳ねるように歩くサチが楽しそうに笑う。サチは私よりずいぶんと若いから、こんな場所ちっとも楽しくないだろうに、笑ってくれている。

「私が子どものころも、秋祭りはあったんだよ。子どもたちが歌や演劇を発表して、母親たちは豚汁やぜんざいなんかを作って振舞ってくれるんだ」

いつもは仕事に追われて授業参観にも来られなかった母が、この日だけは必ず参加してくれた。他の母親たちに交じって野菜を切って煮込んでいる姿を見ると、何故だかとても嬉しくなって、たいして好きでもなかった豚汁を何度もおかわりしたっけ。芋が溶けてとろとろになった豚汁を啜《すす》りながら、私もいつか豚汁を作る側になるのかな、と考えたこともあった。

遠くから賑やかな音が響いてくる。道沿いにたくさんの車が停まっていて、小学校の方へ歩いていくひとの姿がある。思わず「わ」と呟いた。この場所にこんなにひとが集まっている様子を、初めて見たかもしれない。

「やっぱい。ガチのお祭りじゃん！」

ヒャッホイ、とサチが跳ねた。

懐かしい校門をくぐると、サチの言う通りお祭り状態だった。小学校のイベントのはずなのに、『かなた町婦人会』『かなた町老人会』と字の入った提灯《ちょうちん》が飾られ、テントがいくつも並んでいる。受付らしきテントを覗くと、『柳垣老人会』と書かれた腕章をつけたジャージ姿のおじいさんが数人、長机の前に座っていた。「いらっしゃい！　パンフレット、そこね！」とにこやかに声をかけてくる。小学校のイベントを超えて、もはや町のイベントになっているようだ。若いカップルもいれば、小さな子どもを連れた家族もいる。喫煙所の張り紙があるテントではいろんなひとが煙をくゆらせ、数人の子どもたちは端っこで携帯ゲーム機に興じ、長机で将棋を指しているおじいさんたちもいる。香水の甘い匂いがふわりとして、見ればピンクのツインテールが目立つ女の子が厚底ブーツでわたしたちの横を闊歩《かっぽ》していった。グリップ付きのGoProを手にしているところを見ると、何らかの配信でもするつもりだろうか。東京では珍しくない姿だけれど、母校となれば驚くものがあった。

「カオス」

サチが無邪気に笑い、わたしも「ほんと」と相槌《あいづち》を打つ。あんまりにも、混沌《こんとん》としている。でも、この町らしいなとも思った。祭りになると、この町はどこからかひとが集まってきて盛り上がっていた。この町しか知らなかった幼いころの私は、その賑やかさにくらくらしたものだった。その賑わいがどれだけささやかなものかも知らず。

パンフレットには各場所でのイベントのタイムテーブルが記されていて、それを見たサチが「気合入ってんね」と感心したように呟く。踊りの発表会に、カラオケ大会。餅つき大会まで？　なんか、イベントを節操なくぶち込んだって感じだね。それに私も「ごった煮だね」と答える。

「さあ、千沙。どこから行ってみる？　あたし、ついてくよ」

「……とりあえず、体育館に行ってみようか」

ひとがあまりに多くて、記憶の中の柳垣小とよく似た別の学校のような気もする。さっきから、どこか現実的な夢を見ている気分だ。ふわふわとした気持ちが抜けない私は、熱気に押し出されるように体育館へ向かった。

体育館では、児童たちの発表会が行われていた。ステージ上では低学年くらいの子どもたちが最近の流行りの歌を一所懸命歌っており、保護者だろう大人たちがカメラを回したりシャッターを切ったりしていた。

懐かしい。私もかつて、あそこで歌った。誰かの保護者か関係者しかいない、多くない観衆を前に、心臓が握りつぶされそうな緊張を覚えたものだった。ステージ上の子どもたちは、見知らぬひとたちが集っている前で、のびのびと歌っている。顔を真っ赤にして声を震わせている子なんて、ひとりもいない。

「みんな、楽しそうだね」

ここそことサチが囁く。ほんとだね、と返して体育館を見回す。ステージに集中させるためかカーテンを閉め切っている体育館は、あのころと何も変わらなかった。もっともっと広かった気がするけれど、やけに狭いと感じる。それはひとがたくさんいるからではなくて、私が成長しただけなのだろう。

ステージ横に、大きな彫り絵が飾られている。柳垣小学校の校内行事のひとつだった田植え会の絵だ。あれは、私たちの学年の卒業記念で制作した。一番絵がうまかった育子《いくこ》が畳一畳ほどの絵を描いて、木に転写したものをパーツ分けし、皆で手分けして彫った。パーツは六十にも及び、間に合わなくて他の学年まで巻き込んだ。あのとき私はどの部分を彫ったんだったっけ。覚えていないけれど、でもあのときのことは覚えている。不器用でうまく彫れないでいた私は、育子と彼女の親友だった美弥《みや》に『千沙は枚数減らしなよ』と言われた。千沙が彫ったやつ、どれも手直ししないといけないしさ、それなら最初からあたしたちが千沙の分を代わりに彫るよ。

『やったー、ラッキー！』

私はそう返してへらへら笑った。

幼いころの私は、コンプレックスだけでできていた。不器用なこと、勉強が得意でないこと。逆上《さかあ》がりができなくて、忘れ物が多い。字が汚くて給食を食べるのが遅くて、そして剛毛で貧相なからだつきだったこと。ひとに言えば『そんなことで？』と一笑に付されてしまうかもしれないが、私にとってはいちいちが泣き出したくなるくらい大事なことだった。そしてそのみっともないコンプレックスをごまかそうと、いつも道化を演じていた。

このときも、そうだった。ひとより、彫刻刀を使うのが下手なことは自分でも分かっていた。丁寧に彫ったつもりでも、周りと比べたら雑で汚い仕上がりにしか見えなかった。だから、育子たちにそう言われても仕方ない。恥ずかしさと泣き出しそうなショックを隠して、笑い続けた。

『でも、でも、いいのお？　私だけ、ラ、ラクしちゃうなー』

ただでさえ手が足りていないのに、そんなことしていいわけがない。頑張るよ、もっと丁寧に彫ってみるよ、そんな言葉がぐるぐると渦巻いているのに、舌に載らない。育子と美弥がどこかほっとした顔をして『いいんだよー』と言うのが、辛かった。

『いいわけないやんか！』

怒鳴ったのは、同じクラスの智哉《ともや》だった。気が短くていつも怒っていて、わたしは苦手だった。だけどこのとき、彼を見る目が変わった。智哉は『千沙の仕事を奪うな！』と続けたのだ。

『完成したとき、千沙はみんなより喜べんやろ！』

初めて、誰かに庇ってもらった。いや、初めて、誰かに庇ってもらったことを自覚した。育子と美弥は『でも』と反論しかけたけれど『千沙も同じだけ喜びたいに決まっとる！』と被《かぶ》せるように言われてばつの悪そうな顔をし、私に『ごめん』と渋々頭を下げた。

『その方が、いいと思ったから』

『いいわけ、あるか！』

粗暴な男の子が、ヒーローに変わった瞬間だった。

このとき智哉は『なんか、おかしい』という程度の感覚で言っていたようで、実際に私が彫ったものを見たら『本気でへたくそやんか』と笑い転げた。けれど『やっぱり減らせ』とは言わなかった。それが、ありがたかった。

高みに飾られた彫り絵の下まで行き、見上げる。

あれ？　私はどこのパーツを彫ったんだろう。あのときは自分の担った部分だけスポットライトを向けられたようにみっともなく目立って感じたのに、見つけられない。しばらく眺めて、笑う。何だ、こんなに曖昧な違いだったのか。今更ながら、己の憂いの小ささを知る。

「来てよかった？」

サチが訊いてきて、「そう、ね」と呟く。私のその声に被さるように「これより、三、四、五年生による柳垣姫物語を上演いたします」とアナウンスが流れた。

柳垣姫物語とは、この地区に伝わる伝説だ。

大昔、柳垣は酷い日照りに苦しめられていた。憂いた人々は、一帯を治める水神様へ生贄《いけにえ》として、ひとりの娘を差し出すことにした。誰もが息を呑むほどうつくしい娘だから、水神様もきっとお喜びになるはずだ、と考えたのだ。水神様は柳垣の山奥にある沼に棲《す》む大蛇であり、娘はその沼に生贄として飛び込むよう、村長から言い渡される。容姿だけではなく心根もうつくしかった娘は、人々のために命を差し出す覚悟をして沼へとひとり向かうが、そこで大木がのどに刺さって苦しんでいる大蛇と出会う。大蛇の苦しみを知った娘は、迷うことなく大蛇の口から内に入り込み、のどから木を抜く。それによって大蛇は助かったけれど、蛇の体内にある毒にやられた娘は哀れにも死んでしまうのだった。娘の命がけのやさしさに触れた大蛇は、亡き娘に〝柳垣姫〟の名を与え、そして柳垣が水に困らぬよう見守り続けることを人々に誓った。

毎年必ず、どこかの学年がこの劇をやらされた。だからこの土地に育った者は誰しもが、柳垣姫物語を諳《そら》んじることができるはずだ。

　私は小学校六年生のとき、柳垣姫に抜擢《ばってき》された。タイトルからも分かる通り、主人公だ。推薦してくれたのは美弥だった。涙が出そうになるほど、嬉しかった。痩せぎすで少年みたいで、そんな私がうるわしくも心うつくしいお姫様の役をやれるなんて、そんな誇らしいことはない。母も祖母も、大喜びするはずだ。照れ隠しに道化を演じながら、しかし本気で『頑張りまーす！』と言ったが、しかし翌日、柳垣姫役はひと学年下の子に決まった。『ちゃんと決めようよー』『ふざけるのもこれくらいにしよっか』なんて会話があって、当然のように話し合いの場が設けられ、学校内で一番女の子らしい、ふわふわした子に決まった。その子は何の気負いもなく『はーい』と答えた。嬉しそうでも、緊張するでもなく、当たり前のような顔をしていた。改めて私に与えられた役は、沼へ向かう娘を見送る村人Bだった。

「いい思い出と、嫌な思い出が交互にあるねえ」

　サチが笑い、私も苦く笑う。ほんとうに、交互にある。だから、しあわせだったかと訊かれたら、うまく答えられない。ただ、毎日が必死で、鮮やかだった。

　高学年の出し物まで観てから体育館を出ると、目の前を柳垣姫が通り過ぎていった。あ、いや違う。Ｔシャツにデニムパンツ、クリームイエローのエプロンをつけた女性。わたしのあとに正しく柳垣姫役に抜擢された子——類だ。

　無意識に、ざっと姿をチェックする。左手の薬指にリングが光っているのが見えた。その途端、からだが動いた。

「久しぶり！　ねえ、私のこと覚えてる⁉」

　肩を摑んで、話しかける。お年寄りの患者に声をかけるような、明るいテンションで。愛想笑いを作りかけた彼女は、私を見た途端ぎょっとした顔をした。

「あったりー！　なんか、久しぶりに地元に帰って来たらお祭りしてるっぽかったからさ、来ちゃった。エプロン付けてるってことは、もしやママとして参加してるって感じ？」

「え……あ、千沙、姉《ねえ》」

イエイイエイ、とノリよくエプロンの胸元を飾っているひよこのイラストを指差してみせると、類は「あ、うん。そう……」と右手で左の二の腕を掴み、ひよこを隠すような仕草を見せた。そうすると、小学生のときから無駄に大きかった胸がぎゅっと寄せられる。高校のころ、この子は口の悪い子たちから『ジャンボパイ』とあだ名されていたなと思いだす。ジャンボパイは知能が全部乳にいっちゃったんだろうねー、なんて笑われていた。

「やっぱ、悟志と結婚したの？」

「あ、うん」

顔が戸惑っている。目線で、逃げ場を探しているのが分かる。そりゃあそうだろうね、と思う。一刻も早く私から離れたいだろう。この子にとって私は彼氏の――いまでは夫の、昔の浮気相手だ。

「子どもは、男女どっち？　あ、どっちもだったりすんの？」

迷惑がられたって、構わず訊く。昔のままだったら、この子は答えるはずだ。類はよく言えばおっとり、悪く言えばぼんやりした子だった。案の定、「六年生に、男の子がひとり」と答えた。

「ふーん、男の子。六年生って十二歳でいいんだっけ？」

「うん。あの、わたし、母親会の仕事で、忙しいから。ごめん」

肩を掴んだ私の手をやわらかく払って、類は逃げるように駆けだしていった。

標準より少しぽっちゃりした、ふんわりした背中が人ごみに紛れていく。相変わらずなんだな、と思った。相変わらず、優雅に暮らしている。

類は、柳垣姫なんて関係なく、生まれながらのお姫様だった。祖父、父と町議会議員を務めているご立派な家だからか、本人の気質だからかは分からないけれど、とにかくいつもおっとりと、ぼうっとそこにいた。誰に反抗することもなく、だいたい言うなり。顔立ちが愛らしく、色白で少しだけ肉付きがいい。そんな類を大人たちはあからさまに可愛がっていて、だからいつだって綺麗な役割しか与えられなかった。

子どものころの私は自覚なく類を嫌っていて、柳垣姫の一件のときも『なんとなく嫌だな』くらいに感情を収めていた。それが決定的に認めざるを得なくなったのは、いつだったっけ。

バッグの中のスマホが震えた。取り出してみると翔琉からのメッセージだった。写真が添付されていて、開くとタキシード姿でポーズを決めている翔琉が写っていた。見切れているけれど、横にはシックな濃い紫のロングドレスを身に纏った女性がいるのが分かる。どうせ、元妻だろう。

こんなの、送って来ないでよ。能天気なキメ顔に、腹が立つ。普段だったら「かっこいい」「似合ってる」と褒めることもできただろうけれど、今日ばかりはそんな言葉は出てこない。私が決して踏み入れられない場所で呑気に笑う姿を送って来る無神経さに、腹が立った。

何の返信もせずにスマホをバッグの奥底に沈めると「千沙!?」と声がした。振り返ると見覚えのある女性が立っている。ぐるっと記憶を探り、「ああ、裕美香《ゆみか》。久しぶり」とそつなく笑い返す。高校時代の、クラスメイトだ。

「千沙、東京に行ったんやなかった？　こっち戻って来とったんやねー。あたしはね、ママ友に誘われて来たんけど」

「私は偶然来ただけ。たまたま帰省したら、祭りをやってるって知って」

当時、恋愛と自分磨きに命をかけていた彼女は、すっぴんにだぼっとした半そでパーカ、デニムパンツというゆるい服装だった。お揃いのアディダスのジャージを着た、小学生くらいの男の子をふたり連れている。訊いてもいないのに「五年と、三年。下の子が入ってるサッカーチームのメンバーが、柳垣小に通っとるんよ」と説明してくる。挨拶は、と促された子どもたちが「こんにちわ！」と大きな声をあげる。下の子どもは犬歯が抜けているのが見えた。

「あれ、もしかして」

子どもたちの顔に何となく見覚えがあって、首を傾げる。裕美香が「そう。あいつと結婚したの」と八重歯を零した。

「まじか！　え、続いてたの⁉」

「大学進学のときに一度別れたんやけどさ、二十六のときの同窓会でヨリが戻って、できちゃった結婚。千沙は、ひとり？」

裕美香に訊かれて、振り返る。いつの間にか、サチがいなくなっていた。

「いや、連れがいるんだけど……。ああ、いた」

休憩所と札の下がったテントに並べられたパイプ椅子に腰かけているのを見つけた。視線に気付くと、手を振ってくる。私の見ている方向を見た裕美香は「ふうん」と呟いた。

「旦那？」

「どのひとを見てんのさ。私はまだ独身だし、彼氏も来てないよ」

「あ、そう。ていうか、彼氏って響き、新鮮でいいなー。独身、羨ましい」

へらりと笑って、裕美香は「休日はぜーんぶ自分のものなんよね。いいなー」と子どもたちを見た。

「この子たちは可愛いんやけどさー、自分の時間が全然ないんよ」

「それは、隣の芝生ってやつじゃない？　私は裕美香の方が充実してそうでいいなと思うけど」

笑顔を作って言うと、「そんなことないって」と裕美香はまんざらでもない顔で片手を振ってみせた。

「ママ、たこ焼きはやく」

歯抜けの子どもが裕美香の服を引き、「ああはいはい、そうだった。ごめんね」と母親の顔をして応える。

「じゃ、行くね！　またね」

子どもに引かれるようにして、裕美香は去って行った。

いっとき、裕美香と親友の如《ごと》くつるんでいた時期がある。お互いの彼氏が友達同士だったからだ。裕美香の彼氏は俊介《しゅんすけ》といって、わたしの彼氏は智哉だった。智哉と同じ高校に進学したころ、小学校の記憶が恋に変わって、わたしから告白したのだ。

智哉は乱暴なところもあったけれど根はやさしくて、私を大事にしてくれた。お互い、初めてのセックスの相手で、智哉はやせっぽちの私のからだを『やらしい。すげえやらしい』と言って興奮してくれた。そんな智哉のためにもっともっと可愛くなりたくて、必死になった。裕美香も私と同じような状況で、だからこそ連帯感のようなものを覚えたのかもしれない。ふたりで可愛らしい下着を買いに行ったし、セックスのハウツーを調べては『できない』『がんばろ』と盛り上がったものだ。

縁遠くなったのは、私が智哉にフラれたから。智哉は自分に告白してくれた他の女の子に乗り換えたのだ。ファニーフェイスで、それでいて肉感的なからだつきの女の子で、どことなく類に似ていた。あのおっぱいに迫られたら、そりゃ理性なくすでしょぉー。私がいることに気付かず、教室の隅で呑気に笑っている智哉を見て、やっぱりあんたもそっちなんだと気持ちがすっと冷めた。そして、完全に八つ当たりだと分かっていたけれど、類のことがはっきりと嫌いになった。私が嫌いなタイプの象徴が、類になったのだ。

「次は、どこ行く？」

気付けばサチが戻って来ていた。私は周囲を眺めて「さて、ねえ」と返す。類に会い、裕美香に会った。となればきっとあいつにも会うのだろう。もしかしたら、私はあいつに会いにここに来たのだろうか。行きの機上でその顔が頭を掠《かす》めたことは否めない。

「あいつって誰？」

サチに訊かれて、うまく答えられない。幼馴染、友人、恋人、セフレ、どれも合っていて、でもぴったりではない。

「うーん、難しいな。これかな」

左手の甲に薄く走った傷痕を指し示す。小学五年生の夏休みに、全校児童でキャンプに行った。そのときに木の枝で切った痕だ。三十七歳のいまではうっすらと残っているだけだけれど、あのときは出血多量で死んでしまうと思ったくらい、血が流れた。

「痛かったなあ、っていう過去の傷痕、って感じ？」

ふうん、とサチが言ってわたしの傷痕を撫でる。風がさわりと通りすぎるような感触だった。

それから中庭を歩いた。大きなウサギ小屋と鶏小屋が並んで建っていた記憶があるが、跡形もない。小学生のころ、グレーの毛並みのウサギに「ラブ」と名前をつけてかわいがっていた。どうしてだか左の前足の一部分の毛が生えていなくて、その部分がハート形に見えたからだ。ほかのウサギに比べて肉付きが悪くて、毛並みも悪かったラブは児童たちから人気がなくて、だからこそ私だけのウサギのような気がしていた。

「もうなくなってるってことは、みんな山に帰しちゃったのかな」

ぽつんと呟く。死に絶えただけだってことは、分かっている。だけどこの広大な山のどこかで、ラブかその子孫がやわらかな草を食《は》んでいればいいなと思った。

「そうねー。あのあたりにいるんじゃない？」

サチが無邪気に、適当な山を指す。だから私は「そうだね」と返した。

次は校庭に並んでいる出店を冷やかすか、校内に行ってみるかと思案していると、「千沙？」と躊躇いがちの声がかかった。振り返ると、そこにはやっぱり、あいつが立っていた。東京に出る前に会ったきりだから、十五年ぶりか。あのころは線が細くて、日に焼けて色黒の青年だったけれど、いまは全体にふんわりと肉がついている。肌は昔ほど焼けておらず、髪形はさして変わっていないようだ。短く刈った黒髪に、ちらほらと白髪が見える。そういえば若白髪の家系だったっけとなんとなく思い出した。

「うわ、やっぱ、千沙やん」

久しぶりに会った親戚の子どものような、他所行きの顔で駆けてくる。

「こんにちは、悟志。なんか、変わってないね」

ざっと全身をチェックする。大型量販店で売っていそうな、個性のない黒のジャージの上下に、白Tシャツ。白いスニーカーというどこにでもいそうないでたちは、この町の景色にしっくり馴染んでいた。さっきからすれ違う男のひとの多くが似たような恰好《かっこう》だった。ブランドや色が違う程度だ。あの中に悟志が交ざってしまえば、きっと見分けがつかない。

思えば悟志は昔から、この町に溶け込んでいた。この町に生まれ、育ち、この町で生きていくのが当然といった顔をしていた。その確固たる安定を、眩しく羨ましく眺めたことも、あったけれど。

悟志はどこか遠慮がちに私を眺め、「千沙はすげえいい女になった気がする」と頭を掻いた。

「やっぱ都会で働く女は違うっちゃんね。全身手を抜いてない感じするし、オレより断然年下に見える」

「悟志とはたったひとつしか変わらないじゃない。しかもこれ普段着だし、そんな褒められても」

「すごくいい女になっとるよ。スタイルいいのは、相変わらずかな」

「そんなことないよ」

がりがりだと揶揄《やゆ》されていたからだつきは、二十代に入ってからは『モデルみたい』と言われるようになった。それに、服の着こなしにはそれなりに自信がある。上京してから、磨けるものは全部磨いてきたのだ。謙遜してみせたけれど、あのころの私と違うことは自分が一番よく知っている。

悟志といざ顔を合わせてみれば、何の言葉も感傷も湧かなかった。むしろ、悟志がこんな風にばかみたいに真正面から近寄って来るなんて想像していなかったから、呆れる。私との間にどんな過去があったか、覚えていないのだろうか。

「さっき、類に会った。悟志、六年生の男の子のパパなんだって？」

「え、会った？　あー、うん。そう、息子」

「どんな子？」

「え？　ああ、まあ普通」

悟志は言葉を濁して、「それよりさー」とわたしの周りを見回す。

「千沙は誰かと一緒なん？」

ちらりと目をやれば、サチがいなくなっていた。まったく、あの子は空気を読んでいるのかひと接するのが嫌なのか分からない。ふっと消えてしまう。説明が面倒なので「ひとり」と答えた。

「気まぐれで帰省しただけなの」

「ふーん……。実は彼氏か旦那と喧嘩して里帰り、とか？」

「そういうのでもないよ、別に」

喧嘩なんて、できない。翔琉はいまの私の心の揺れに気付いてもいないのだ。わたしが見せないようにしていたからだけれど、それにしたって、想像すらしていないなんてあんまりにも無神経ではある。

「あーそっか。じゃあ、よかったらオレが案内しようか？　校舎の中には入った？」

へへへ、と悟志が笑った。そうすると、無邪気な少年だったころの名残が見えた。少しだけ逡巡したのちに「まだ。じゃあ、お願い」と答えた。

幼馴染と歩く校内は、記憶より狭くて、記憶より古ぼけていた。

正面玄関には歴代卒業生の卒業写真がずらりと並んでいる。私の代の写真を探してみれば、ひょろりとした女の子が写っていた。

「うあ、ぶさいく」

日が当たる位置にあるせいでセピア色に変色している写真越しでも、おどおどとした様子が伝わってくる。苦笑すると、悟志は「かわいいよ」と言った。

「このときから目がおっきいし、かわいい」

「ああ、そう」

「あ。いまは、綺麗の方がいっか」

瞬時に気が滅入《めい》る。そういう簡単な言葉で女を喜ばせることができると、まだ思っているのか。でも、その単純な男の単純な言葉にちょろまかされたのは、他でもない私だ。

「理科室にはまだ人体模型があるし、放送室にはオレたちも使ってた発声練習表が貼ってある。家庭科室なんかさ、二槽式の洗濯機が現役なんだぜ」

「詳しいね」

「一応、ＰＴＡ役員なもんで」

へえ。父親はＰＴＡ役員で、母親は母親会ね。まあ、なんとも素晴らしいご家庭ですこと。冷めていく気持ちとは裏腹に、顔は笑顔を作ってしまう。幼いころからの、自分の機嫌を隠してしまう癖は、きっともう抜けない。

視線を感じて、振り返る。校旗の前にサチが立っていた。サチは何か言いたげに、しかし口をしっかりと引き結んで私を見ていた。来る？　目で問うと、彼女はゆっくりと首を横に振った。

バザーが開催されている音楽室をひやかし、在校児童の工作が展示されている理科室を覗いた。家庭科室の前を通りがかると、中からひとの声がすることに気付いた。すりガラスの向こうに、人影がある。その中に、類の声が混じっている気がした。

反射的に窓を開け、「やだ、懐かしいー、昔のまんま！」とばかみたいに明るい声を張った。

ざっと見回す。そこには、エプロン姿の女性が数名いた。椅子に腰かけてフードパックの焼きそばを啜っていたり、気怠そうにスマホをいじっていたり。未就学だろう小さな子どもがベビーカーの中で眠っている。その奥に、類がいた。私に気付いて、慌てて傍にいるひとの背中に隠れた。見えてる、っつーの。

嗜虐的《しぎゃくてき》な黒い感情が膨らみ、「ねえ、懐かしいね」と悟志の方を向いて笑みを浮かべて見せた。悟志は「そうかあ？」と私の横に来た。触れ合うくらい近くに寄り添い、大袈裟《おおげさ》に室内を覗く。悟志はきっと、ここに妻が隠れていることに気付いていない。

「そういう感情は、よく分かんねえな。オレ、しょっちゅうここに来るからさ」

「地元に残ったままのひとは、そうなのかもねー」

聞いているはずの類に向かって言葉を放ち続けたけれど、自分の胸が小さく痛んだ。こんなくだらない、マウントにもなっていないマウントをとって何になるんだろう。あの子はきっと、面倒な女が来たな、くらいにしか思っていないだろうに。それをちゃんと分かってて、自分が浅はかなことをしているだけだって理解しているのに、それでもやってしまう自分の矮小《わいしょう》さが嫌になる。私は、ばかだ。

へらへら笑って、家庭科室の窓を閉めた。

「さあ、次はどこに行こうかな。あ、資料室に行こ。昔の写真とか、飾ってるんでしょ」

校舎の裏手の別棟に、資料室はある。資料室という名を冠しているが、昔は体のいい荷物置き場だったはずだ。捨てるに捨てられないもの——何十年前の卒業生の記念制作品などが押し込まれていた。

校庭や体育館の賑わいから遠ざかるにつれて、ひとが消えていく。みんな、今日の祭りだけが楽しみで、この学校の歴史などに興味はないのだろう。廃校だっていうのに。廃校のための、祭りのはずなのに。それは、何だかとても虚《むな》しく思えてくる。

「なあ」

人気《ひとけ》がなくなったと同時に、悟志に手を摑まれた。

「指輪、してないけど。結婚は、してる？」

「……してない」

一歩先を歩いていた私は、振り返らないまま答えた。

「あれから、どうしてた」

「普通に、生きてたけど」

「ひとりで？」

「恋人くらいはいるけど」

渡り廊下に木々の影が落ちている。やわらかな風を受けて、影が揺れている。

「そいつと結婚、すんの？」

「さあ。ていうか、関係ないでしょ」

悟志が一歩近づいてくる気配がした。背中に触れる感触がある。

「あのとき、ごめんな」

頭の上から、声が降ってくる。

「産ませてやれなくて、ごめん」

かっとして、振り返りざまに頰を打った。ぱん、と乾いた音が辺りに響いた。

「上から目線で言わないでくれる？」

睨《にら》みつけながら、私はやっぱりこいつに会いに来たんだと認める。でもどうして悟志なんかに会おうと思ったんだっけ、と考えた。

十五年前、私は悟志の子どもを妊娠した。私はきっぱりと、浮気相手だった。悟志には類という恋人がいて、それを承知でからだを重ねていたのだから、浮気相手だという自覚もあった。

悟志のことが好きだったのかと言われたら、分からない。ひとつ下の男はそれなりにモテていた。金持ちの家のひとり息子で、そのせいかおおらかで無邪気な性格をしていたのも人気の要因だったと思う。悟志の周りにはいつも、可愛らしい女の子がいた。

しかし私にとって、悟志は長い間弟にしか見えなかった。学年という、子ども時代には大きいはずの隔たりがなかった学校環境と、お互いひとりっ子だったからか、小学生のころの私と悟志は姉弟《きょうだい》の如く仲が良かったのだ。悟志と恋愛なんて、考えつきもしなかった。そんな悟志が恋愛対象に入ったのは、ほんの少しの偶然と、私の意地汚さだった。彼氏にフラれたばかりで荒れていたときに、悟志の彼女が類だと知った、たったそれだけがきっかけだった。

あのころは、誰かに好きなひとを奪われるばかりだった。いい女、いい彼女であろうとどれだけ努力しても、何故か恋人はみな私から離れていった。私ではない誰かの許《もと》へ去って行った。それが辛くて、情けなくて。だから、私だって奪ってやろうと思った。私にだって奪えるはずだと、試してみたかった。

単純な悟志は私の誘いにあっさりと乗り、そして『浮気』というものが孕《はら》む背徳感に夢中になった。少しでも時間があれば唇を重ねに来たし、類の目を盗んではメッセージを送ってきた。『オレの女』と公言できないもどかしさからか、束縛してくることもあった。これまでのどの男よりも熱心に私を求めてくる悟志に、私もだんだんと嵌《はま》っていった。はじまりは間違っていたかもしれないけれど、ほんとうに愛すべきひとに巡り会えたのかもしれない。そんなばかげた勘違いをしてしまうくらいに。

その末の、妊娠だった。

看護師になりたての私と、大学生の悟志。産めないことくらい分かっていた。いや、ほんとうは分かっていなかった。愛さえあれば乗り越えられるんじゃないか、と夢見た部分があった。それに、実母も看護師で、未婚のままシングルマザーで私を育ててくれていたから、楽観視もしていたかもしれない。悟志には大学を出てもらって、その間は祖母や母に協力を頼めばどうにか産み育てるくらいのことはできる。籍だけ入れておいて、いずれ三人で生活をして……。そんな青写真を描いたことは否めない。

けれどうまくいくはずがなかった。妊娠を告げると悟志は真っ青になって——多分ここで悟志の熱が冷めたのだろう、『そんなつもりはなかった』と声を震わせた。千沙とは結婚できない、と焦りを隠しもせずに繰り返し、その果てに堕胎してくれと縋ってきた。千沙と結婚とか、子どもとか、そんなの考えられんって。千沙のことは好きやけど、そういう好きじゃないんよ。

それからすぐに、悟志の両親からお金を渡された。

『たった一回の過ちだったと息子は言っている。けれど、間違いなく自分の責任だと認めている。お互いまだ若いのだし、このことはもう忘れましょう』

悟志はその場に来なかった。訊けば、『大事にしたい子の信頼を取り戻しているところ』だと言われた。だから二度と会わないでほしい、とも。堕胎費用よりも遥かに多いお金は、この町を出て行けという意味なのだと知った。

「あのとき、あんたは私から逃げたじゃん。それが何を、『産ませてやれなくて』よ。笑わせないで」

悟志と子どもを諦められなかった私は、類に会いに行った。お腹の子どものために悟志と別れてくれと頼むつもりだった。けれど類は『わたしの方がいいんだってさ』と平然と言った。

『千沙姉とはたった一回の過ちで、だから後悔してるから許してくれって、わたしの両親の前で土下座しとった。やけん、許した。もういいよ』

感情を露《あら》わにすることなく、淡々と告げる類に愕然《がくぜん》とした。この子はほんとうに、私をただの浮気相手としか捉えていない。敵と認識してもいない。私も、お腹の子も、この子の前では何の障害にもならない……。

あのとき、現実を知った。私はいつものように『そかそか。ごめんねー、ほんと、遊びだったから。まじ、一回だけなのに、びびったよねー』と道化になって逃げた。堕胎したときも、かなた町を出るときも、悟志は一度たりとも会いに来なかった。

「悪かったよ」

頬を押さえて、悟志が俯く。

「ほんとうに、悪かった。オレが、ガキすぎた。でも、千沙に申し訳ないことをしたっち思っとる。信じてもらえんかもしれんけど、でも心からそう思っとる。あのさ、自分の子どもっち、可愛いんよ」

は？　と声にならない声が漏れた。悟志は足元に目を向けたまま「他人から見たらぼんくらかもしれんけど、オレにとっちゃすげえ可愛い。そんで、こういうイベントに親として参加するのも、すげえ楽しい。子どもと一緒に思い出作っとるのって、しあわせなんよ」とぽつぽつ続ける。

「は？　何言いだしてんの」

眩暈がした。このタイミングでしあわせ自慢？　ばかじゃないの？　もう一回殴ってやろうか、と右手に力を籠《こ》めようとしていると、悟志が私を見た。

「しあわせを感じるたび、千沙に申し訳ないことしたっち、思うようになった。一回の中絶で、二度と子どもを産めん体になるひともおる。中絶って行為自体がトラウマになるひともおる。そういうことを、あの後知った。そりゃそうよな、命を殺させるんやもん。とんでもないことやん。でもオレ、全然分かってなかった。千沙、あのときひとりで病院行って、ひとりで手術して、怖かったやろ。ほんとにごめん。いや、ごめんなさい」

言葉が出ない。立ち尽くしていると、悟志はその場に膝をついた。

「いつか千沙が、あのときのことを責めに来るんやないかっちずっと思っとった。さっき千沙を見たとき、恥ずかしいけど、ビビった。オレのこと、憎んどるやろ。それで責めにきたんやろ。ごめん。許してもらえることやないかもしれんけど、何べんでも謝る。出来ることは何でもする。やけん、類と息子には何もせんで。何も言わんで。責めるのはオレだけにして」

お願いします、と悟志が頭を下げた。

何故か、涙が零れそうになった。何よ、下心があってついて回ったんじゃなかったの？　どうしてそんな真似するの。見下げてしまうくらい、くだらない男でいてよ。あんたはそういう男だったはずじゃない。ねえ、昔の通り、下心をみせてよ。そうじゃないと、私がここに来た意味が……。

「ばかだね」

凛《りん》とした声がして、見れば木漏れ日の中にサチが立っていた。声音に反して、寂しそうに笑っている。

「ばかだね、千沙。そいつが成長してないことを期待してたのにね。こんな男の子どもを諦めたのは正解だったんだ、って確認したかったのに、謝られちゃ調子狂うよね」

サチが頼りなく見える。細い少年のような体に、しなやかに伸びた手足。顎のあたりで切った黒髪がさらりと揺れる。「あんた、いつの間に」そう言おうとして、はたと気付く。どうしてこの子はそんなこと知ってるのだ。誰にも言った覚えがないのに。自分でも、分かっていないことだったのに。いやそもそも、この子とはいつ親しくなったんだっけ。いつから、一緒にいたんだっけ。覚えていない。

「ねえ、千沙。あんたは、子どもを産まなくてよかったって、そう思いたくて来たんだよ。こんな田舎町まで、わざわざ。さあ、どう？　気持ちはどんな感じ？　やっぱり産めばよかったって、後悔するわけ？」

私とよく似た顔をして、サチが訊く。

びゅう、と強い風が吹いた。

木々を揺らし、地面を払い、風が通り過ぎていく。ふらりと揺れながら、そうだった、と思い出す。私はあまりに寂しくて、自分にも子どもを産むような未来があったけれどあえて選ばなかったのだと確認したくて、ここに来た。

翔琉と生きていくのならば、私に子どもを持つ未来はこないだろう。

彼のことは好きだし、彼も彼なりに私を思ってくれているはずだ。ふたりの生活は穏やかに営まれており、六年という付き合いの長さもある。これからも、ふたりで生きていけるはずだ。それに、籍を入れることはないけれど、子どもも望めないけれど、それで構わないと納得してきたつもりだ。子どもを持たずともしあわせに暮らしているひとはいるし、あえて子どものいない人生を選択するひともいる。私もそういう生き方をすればいい、そう考えていた。

でも、『花嫁の父だってさ』とはにかむ翔琉を前にして、怖くなった。私と生きる翔琉には子どもがいる。彼はれっきとした父であり、そしていつか祖父にもなるかもしれない。彼の人生には子がいるのに、私にはいない……。

理解していたはずのことなのに、置き去りにされたような気がして寂しかった。大事なものを手に入れられないまま老いていくような気がして、怖くもあった。そして、あのときお腹の子どもを無理やりにでも産んでいれば、私の未来は変わっていただろうかと、考えてしまった。嫌なことも、辛いことも、産まなけりゃ良かったと思うこともあったかもしれない。でも、それと同じだけの幸福もあったんじゃないか。豊かさが、あったんじゃないか。そう思えて、ならなくなった。

ああ、それで、サチが現れたんだ。サチは、産んでいれば十五になっていた、私の子ども。なんとなく女の子だと思っていた、あのときの赤ちゃんなのだ。

「ごめん」

サチに向かって言った。あのとき勝手に絶望して、簡単に堕胎した。信じかけた愛情や赤ちゃんを失う代わりに、東京に行ってたくさんのものを手に入れてやろうと思った。東京にはすべてのものが溢れていて、だから東京に行きさえすればきっと満たされる、そう信じていた。子どもだってまた手に入れられる、そんな醜悪なことさえ考えていた。

でも、多くは手に入らなかった。この町を離れても、都会に行っても、私は私が望んだものを手に入れられなかった。私の中にはいつだって、コンプレックスや寂しさを抱えている私がいる。欲しいものは手に入らないと、いつまでも絶望している。

あのときの選択は間違いだったのだろうか。子どもを産んでいれば、満たされたのだろうか。いや、そんなことはないはずだ。仮に産んだとしても悟志は決して認知しなかっただろうし、お金を渡されて終わりだっただろう。かなた町には住めなくて、どこかの町でひっそり苦労して、恋人だってできなかったかもしれない。

子どもを産まなくて、よかったはずだ。産まなくてよかった理由が、確信が欲しい。よかったと、思いたい……。

「ほんとうに、ごめん」

もう一度、サチに謝る。サチの言う通りだ。私は、子どもを産まなかった方が絶対にしあわせだった。それを確認したいがために、ここに来た。そんなことしたって、何にもならないのに。

「千沙……？」

悟志がこわごわと顔を上げる。

「許して、くれるんか？」

怯えたような顔を、懐かしいと思った。小学校の行事のひとつでキャンプに行ったとき、風に揺れる木の影が怖いと私の隣に寝袋を持ってきた。手を繋いでくれん？　と小さな声で頼んできたときの顔に、よく似ていた。

「……別に、あんたに文句を言おうとか、そんなつもりで来たんじゃないよ。懐かしくて、それだけ。むしろあんたのことなんて忘れてた」

目じりに滲《にじ》んだ涙をそれとなく拭って、顔を逸らす。

「類と仲良さそうで、よかったじゃん。家族、大事にしなね」

「うん。ごめん。ありがとう。ごめん」

のろりと悟志が立ち上がる。

「もういいって。ていうか、これ以上私に付き合わなくていいから。行きなよ」

「……うん。あのさ、千沙」

「何」

「しあわせに、なってな」

「いまが不幸みたいな言い方すんじゃねえわ」

べ、と舌を出してみせる。

「悟志、あんた、また女子にちょっかいかけとるんじゃなかろうね⁉」

突然しゃがれた声がして、見ればおばあさんが立っていた。

小さくて、背中が丸い。白のポロシャツにベージュのチノパン、花柄の帽子を被って、片手には杖《つえ》をついている。日に焼けたしわくちゃの顔に何となく見覚えがある、と思って首を傾げれば、悟志が「先生！」と表情を明るくした。

「田中《たなか》先生やろ？　小三のときの担任の！」

それで思い出す。私は彼女に小学五年生のときに受け持ってもらった。当時、五十前後だったはずだが、目の前の真っ白の髪の老女には確かに、面影はあるように思えた。

「悟志ぃ、先生はいっつもあんたに想像力が足りんち言うたやろうもん。女子ちゅうもんは、あんたが思うとるよりずっとずっと、繊細なんよ。乱暴に触っていいもんじゃないとよ」

「何言っとんの、先生。オレ、乱暴になんかしてないって」

狼狽《うろた》えた悟志がわたしを振り返って「ボケてるんかな？」と小さく訊いてくる。そうかもなと思って頷いた。どこか酔っているような口調や目つき、頼りない足取りなど見るに、認知症を患っているように見える。

「おかあさん！」

声がして、四十代くらいの女性が駆けてくる。白のストライプシャツにデニムパンツという爽やかな恰好をした、きれいな女性だ。

「もう、ベンチで待っててって約束したじゃないですか。ってあれ？　浩志パパ。こんなところで何しとるん」

女性が私たちに気付き、小首を傾げる。悟志が「え、うそ！　陵介《りようすけ》ママ、田中先生の娘なん⁉」

と素っ頓狂な声を上げた。

「え？　いや、夫の母親で、陵介からするとおばあちゃんやけど……、先生って呼んだってことは、もしかして浩志パパってお義母《かあ》さんの教え子だったりする？」

「そう！　うっそ、知らんかった。務さんって、田中先生の息子やったんかあ。務さんの実家って北九州やったよね？」

「うん。わたしたち家族はこの町に住んどるけど、お義母さんは北九州で義理の姉家族と一緒に暮らしとる」

「あー、それで会うこともなかったんやなあ」

話を聞くに、保護者同士で知り合い、というところだろうか。

「いま、先生の方から話しかけてくれてさ。な、田中先生」

「悟志、誤魔化したらいかんやろ。女子にちょっかいば、かけるな」

先生が怒ったように杖を強く突き、「類に悪かろうもん！」と声を張った。

「は？」

悟志の顔が曇った。私は先生の顔をまじまじと見る。

「さっき、類の母親に会《お》うたぞ。あんた、父親にもなったちいうとに、何しとるんな」

頭、はっきりしてんじゃん。私はそれに驚いたのだが、悟志は先生の言葉にますます焦ったようだった。

「ちょっとちょっと、先生そういう勘違いほんとうにやめてっちゃ。類が心配するけん。ていうか、こっちのひとの顔、よく見て。先生もよく知っとる千沙姉やろ？　千沙姉と久しぶりに会ったけん、校内を案内しとっただけやって。な、千沙姉」

「先生、お久しぶりです。私が彼に、校内の案内を頼んだだけですよ」

笑いかけると、先生はきょとんとして「そうか、そうかあ」と頷いた。

「怒ってすまんかった。でもな、勘違いされんよう、気を付けんばいかんよ。余計な勘繰りをするモンもおるけん」

「分かった分かった、気を付ける。さて、オレもそろそろＰＴＡの仕事に戻らんといけんのやった」

悟志が腕時計を見る。それから、「千沙姉、さよなら」と私をしっかりと見た。

「ん。さよなら」

私も悟志を見て言うと、悟志は少しだけほっとしたように息をつき、「陵介ママも、おつかれ！残りも頑張ろうな」と人当たりのいい笑顔を向け、走って行った。木漏れ日を背負った背中を見ながら、もう、二度と会うことはないだろうなと思った。

「あいつはアイスをふたつ食う子やったが、大人になったな」

先生がしみじみ呟き、思わず噴き出した。陵介ママと呼ばれていた女性が「お義母さん、どうしたんです？　アイス食べたくなった？　さっきまで甘いコーヒーって言ってましたけど」と眉根を寄せ、私は「先生は昔のことを仰《おつしや》ってるんです」と笑いかけた。

「悟志……彼は昔、ひとり一個だって言われたアイスを、勝手にふたつ食べたことがあるんです」

すっかり忘れていた。あれは何年生のことだったか。暑い夏の日に、近所のひとがアイスを差し入れしてくれた。時々、そういうことがあったのだ。その日はひとり欠席していて、先生はその子の分を職員室の冷凍庫にしまったのだが、悟志はこっそりと職員室に忍び込んで、食べてしまった。校長先生に見つかり、こってり叱られた悟志は「どうしても食べたかった」と泣いたっけ。

「ああ、そういうことですか。昔のことは、ほんとうによく覚えてるんだよなあ。あ、わたしは田中佳代子といいます。さっき話した通り、嫁でして。えっと」

「あ、私は教え子で、本田《ほんだ》千沙といいます。って先生、待って」

佳代子さんと話をしている間に、先生は杖をつきながら資料室に向かっていた。

「先生は認知症を？」

「ええ、まだ軽度なんですけど。普段は義理の姉が面倒を見てくれているんですが、今日くらいはわたしが、と思って」

苦笑する佳代子さんが、はっとする。

「あ、っと。お義母さんを追わなきゃ。怪我でもしたら大変だ」

「私も行きます。ちょうど、資料室に行くところだったんです」

先生を追うようにして入った資料室は、しんとしていた。遠くからカラオケ大会の騒ぎが響いているというのにどこか静かで、そして古びた書物の匂いが満ちている。まるでここだけ、世界から切り離されたかのようだ。

壁やパネルに、たくさんの写真が展示されている。最近のものだと思われるカラー写真から、モノクロ写真までさまざまだ。ツーブロックヘアの男の子と巻き髪の女の子がポーズを決めているかと思えば、丸刈りによれよれのシャツを着た男の子や、お揃いのおかっぱ頭で笑っている女の子たちの写真もある。

「義母《はは》はこの小学校に特別思い入れがあったみたいなんです」

写真の前に立ち尽くしている先生を見て、佳代子さんが言う。

「わたしの息子がここに通うと分かったときは、すごく喜んでいました。今回廃校になることを知ると、どうしても来たいって言い出して。普段は全然、外に出ないひとなのに」

私は先生の背中を眺める。かつては、永遠に追い越せない大人の女性に感じた背中が、どこか頼りない。

あの日、校長に叱られてべそべそ泣く悟志の背中を先生は何度も撫で、『あんたのその、自分の欲に素直なところは悪くないんよ』と言った。自分に嘘をつかないところは、美徳でもある。大人になると、自分のほんとうの気持ちに素直になれなくなることがある。悪いことは、もちろんやったらいかんけど、でも素直さは大事にしなさい。その言葉は、横で聞いていた私にもやさしく染み入った。

ぐるりと室内を見回すと『卒業文集』という棚があるのに気付いた。見れば、これまでの卒業生たちの卒業文集を展示しているらしい。『紛失』となっている年もあるが、私の卒業年のものはきちんとあった。当時人気だった少年漫画のキャラクターのイラストが表紙で、たしか育子が書いたんだった。『いつまでも柳垣っ子！』というタイトルがつけられていて、私はタイトルを明朝体でレタリングする係だった。〝柳〟がうまく書けなくて、何度も何度も書き直した。

懐かしくて、手に取る。たった八人の卒業文集は、とても薄い。私がもらった分はいまどこにあるんだろう。母が熊本に引っ越すときに徹底的に断捨離したと聞いているから、もう捨てられたかもしれない。

表紙を捲《めく》る。『メンバー』と大きく書かれ、全員の名前と似顔絵が書かれている。

次は、個人のページ。育子からスタートしていた。『柳垣小学校での思い出』という作文と、『未来の自分』と題されたコーナーが続く。育子は『将来はイラストレーターになりたい』とたくさんのイラスト付きで描いていた。

育子は確か、保育士になったんじゃなかったか。子どもたちのために可愛い絵や室内飾りを作りたいと聞いたのは成人式だったと思う。いま彼女は子どもたちに囲まれているだろうか。

智哉は『サッカー選手になる』。高校のときにはすでにサッカーをやめていて、大阪の大学に進学したはずだ。そこからは、どうしているのか知らない。ああ、美弥。美弥は女子アナなんて書いてある。美弥は成人式にも来なかったけど、いまどこで何をしているんだろう。

思い出したり、懐かしくなったり。色褪《いろあ》せた手作りの文集は、ページを捲るごとに私の心をやわらかく揺さぶった。

手が止まったのは、私の『未来の自分』のページだった。

字が汚いこともコンプレックスのひとつだったから、当時は綺麗な字を書こうと意識して、しかし手に余計な力が入ってしまって、いつも筆圧の強いカクカクした文字を書いていた。このときもきっとそうだったのだろう。ずっと残るものだから、みんなが見るものだからと普段以上に気負ったに違いない。あまりにも大きく、強く記されていた。

『自分を一番大事にできるひとになる！』

声にしたら、きっと全身で叫ぶくらいの強さだ。しっかりとした叫びの下に、箇条書きで夢が綴《つづ》られている。都会でオシャレに暮らす。髪を伸ばす。メイクがうまくなる。かっこいい家に住む。

ピュアブルーの洋服とバッグを好きなだけ買う。SPY-Sのけんちゃんと恋人になる。自分なんかって思わない。自分のことを大好きでいる。自分を信じる。自分の力で、自由に生きていく。自分自身の力で、しあわせになる！

　太い鉛筆書きの字が滲んだ。

　無邪気でまっすぐな夢と、己に言い聞かせるような願い。ああ、私はこんなにも、自分の力を信じていた。弱くて誰かの顔色を窺うだけの自分ではなくなるのだと、夢を抱いていた。

「自分を……自分自身の力で……」

　思わず、声を出して読んでしまう。どうして、忘れ去っていたのだろう。こんな大切な、大事な思いを。子どものころの私は、確かなものをちゃんと抱きしめていた。

　何度も文字を追っていると、だんだんと思い出していく。働く母の背中を誇らしく思っていたこと。そんな母を育て、女は強く生きろと何度となく語っていた祖母のこと。食べたいもん、着たいもん、ぜーんぶ自分の稼いだお金で手に入れなさい。それが一番おいしいし、一番胸張って着れるもんたい。もちろん、いいことばかりやないよ。でも、自分の人生の責任は自分でとらんといかん。

私は母と祖母の持つ強さに憧れていた。

　どうして、どこで、私はあのときの覚悟を放棄してしまった？

　ふっと視線を感じて、振り返るとサチが立っていた。どうして、と思ったすぐあとに、気付く。

ああ、この子は、産まなかった子どもであり、私自身でもあったのだ。私がどこかで手放した、強くなろうとしていた希望の塊の自分。

　ねえサチ。私は、どうしたらいいんだろう。問えば、サチが口を開く。

「千沙は、どうしたいの」

私？　私は、私は……。

「子どもを産まないでよかった。そんな取り返しのつかない過去を確認するだけでいいわけないでしょ。ここまで来たんだよ。ほんとうの気持ちくらい、もう分かるでしょ？」

サチから手元の文集に視線を落とす。文字をゆっくり辿り、もう一度サチを見る。サチは私を待つように、身じろぎもしない。

私は、あのとき望んだ未来が欲しい。自分を一番大事にできるひとになる未来を、もう一度望みたい。自分自身に無限の期待をかけていた自分を、取り戻したい。自分が豊かだと思って生きていきたい。

どうすれば、なんてまだ分からない。でも、こんなことで悩んで逃げ出すような自分ではだめだってことは、よく分かる。私は、変わる。

「じゃあ、頑張ってみようよ！」

サチが破顔した。あたしみたいな哀しいものを作り出すほど悩んでるんだったら、進みなよ。それとも、おばあちゃんになってもあたしと逃避行するつもり？　そんなの、嫌でしょう？

苦く笑う。そうだよね。おばあちゃんになっても同じことするのは、嫌。おばあちゃんになっても苦しむなんて、情けないもんね。

「千沙は、いま何しとるんな？」

しゃがれた声がして、先生が私を見ていた。

「え？　東京で、看護師をしています」

ほう、と先生が片眉を持ち上げた。それから「えいのう」と笑った。

「千沙はひとの痛みがよく分かる子やったもんなあ。ほんで、母ちゃんによう似たやさしい強い子やった。いまも、そうなんやなあ。そりゃ、えいのう」

どうしてだか、泣きたくなった。誰かに、子どものように褒められたのは、いつ以来だろう。

「何よぉ、先生。私を褒めたって、いいことなんてないんだから」

「えいは、えいが。別に、気の利いたこと言おうち思うたわけやない」

えいは、えいが。もう一度言って、ふふふと笑った先生はパネルに顔を戻し、私はこっそりと目じりの涙を拭った。

資料室を出ると、世界が赤く染まっていた。思わず周囲を見回す。山際に深い紫色が差し、燃えるような赤と混じり合おうとしている。その鮮やかな色合いに瞬きを繰り返していると、ドヴォルザークの〝家路〟が鳴り始めた。

「ああ、懐かしい。これ、昔から流れてた」

目を閉じて、耳を澄ます。これを聞くと、家に帰らなきゃと思った。夕焼けを背負って、何度も走った。

『みんな、また明日ね』

そう挨拶を交わした。今日を終えて、明日を迎える支度をするために、家に帰る。

私はこれから、どこに帰るんだろう。どんな明日を迎える支度をするだろう。

「明日も晴れそうですね」

空を仰いだ佳代子さんが言う。その目じりが、泣いた後のように赤かった。彼女も、何か思うことがあったのだろうか？　ふしぎに思いながら見ると、私の視線に気付いて顔を向けた彼女も小首を傾げた。それで、自分の目元もきっと同じようなことになっているのだと気付いた。

慌てて目元を手で隠すと、ふっと彼女が笑いかけてくる。その笑みにどうしてだか連帯感のようなものを感じて、私も遅れて微笑み返した。

「……さ、お義母さん。そろそろ帰りましょうか」

「帰る前に、ちょっと挨拶したいひとがおるけん、ついて来て」

言うなり、先生が歩き出す。

「先生！　あの、お元気で！」

背中に声をかけると、先生は杖をついていない方の手をひょいと挙げて去って行った。

先生と佳代子さんの姿が見えなくなるまで見送っていると、バッグの中で震えるものがあることを思い出した。資料室の中でも震えていた気がするけれど、見る気が起きなかった。のろのろと取り出してみると、翔琉からのメッセージが待っていた。

『帰ったらいないんだけど、どうした？』

『仕事、呼び出された？　いつごろ帰って来る？』

披露宴が終わったあと、翔琉は共に住む部屋に帰ったらしい。

『千沙に見せたくてこのまま帰って来たのに』

見慣れたリビングで、自撮りしている写真が添付されている。わざとだろう、置いていかれた子どものような表情を作っている。

翔琉に電話をかけると、たった一回のコールで声がした。

『もしもし。どこにいるの。着替えずに待ってるんだぞ、おれ』

「母校」

　は？　と翔琉が間の抜けた声を出す。

『千沙の母校って……九州だよな？　え、九州にいるの？　何で』

「……寂しかったから、ここまで逃げてきた」

　電話の向こうで、翔琉が息を呑む気配がした。

『え？　それ、今日のことか。あのな、千沙。ええと、その』

「待って。いまは、私の話を聞いて」

　きっぱりと言うと、押し黙る気配がある。すっと息を吸った。

「翔琉のことは好きだよ。だけど、このままだと私は、翔琉と一緒にいても寂しいと感じ続けるかもしれない。自分の望む人生や自分の価値が分からなくなって、こんなはずじゃなかったと思うかもしれない。それは、これまでの自分自身の弱さのせいもある。だけどこれから、私は私自身をしあわせにするために生きてくことに決めた。帰ったら一度話をしましょう」

　背中で、誰かが駆け去っていく足音が聞こえた気がした。振り返らずに、話しかける。二度と、あなたには会わないかもしれない。やっぱり、会うのかもしれない。いまは何も分からないけれど、私、頑張ってみる。

　自分自身のしあわせのために。

　ドヴォルザークが、鳴りやもうとしている。

第3話　クロコンドルの集落で

夫と最後にセックスしたのは、いつだっただろう。ささがきごぼうを作りながら、考えた。息子の陵介がサッカーチームの合宿に行った夏の夜だった、気がする。ＰＴＡのメンバーとつくし亭で飲んでいた夫が帰宅してきて、酔った勢いで求められた。でもあのとき夫はまともな前戯もないまま挿入してきて、ものの数分で射精して終わったから、わたしはちっとも気持ちよくなかった。むしろ受け入れ準備ができていなかったせいで、痛いだけだった。そんなものをセックスと数えたくない。じゃあ待って、満ち足りたセックスっていつしたんだっけ。

ざ、ざ、と包丁を動かすたび、手元のごぼうが小さくなっていく。こういう、無心になれる作業は好きだけど、しかし余計なことを考え出すと止まらなくなる。そもそも、どうしてセックスについてなんて考えだしたんだろう。いつもは、頭の端っこに押しやって見ないふりをしていることなのに。

鼻先を、ふわりと甘い香水の香りが擽《くすぐ》った。それで、思い出す。ああそうだ、夫がときどき連れて帰る匂いを嗅いだからだ。

顔を上げると、福嶋杏奈がさつまいもを片手に偉そうに喋《しゃべ》っていた。手入れの甘いぱさぱさの茶髪に、ぶらぶら揺れる大きなピアス。派手なだけで品のないネイルが、彼女が動くたびに無駄に光っている。

匂いの元は、こいつか。

呆れた目を向けていることに気付かれないよう、目線を落とした。

いま、陵介の通う小学校の、明日行われるイベントのために料理の仕込みをしている。カレーと豚汁というシンプルな料理ではあるけれど、大勢の来客に振舞うため、その量は膨大だ。母親会のメンバー全員が集まっているけれど、廃校が決まっているほど児童数の少ない学校であるため、元の人数自体少ない。わたしたちの目の前には、いつまで経っても下処理の終わらない野菜の山がある。

女ばかりで集まって料理を作るだけなのに、香水なんてつけてくる？　不衛生な長いネイルもそうだけれど、人様の口に入るものを扱うっていうのに、あんまりにも常識がなさすぎる。さっきから偉そうにイベントのありかたについて喋っているけれど、まず自分のＴＰＯのありかたについて見直してほしい。

「ありえへん。ありえへんって！」

福嶋が、わざとらしく天を仰ぐ。仕草のいちいちも下品で嫌になる。うるさいんだけど、と思わず言いかけて、慌てて口を引き結ぶ。いけない。好戦的な気持ちになっている。それもこれも、福嶋の放つ匂いのせいだ。小さく息を吐いて、吸って、話題を逸らすために福嶋の話題に乗っかってみる。

「福嶋、口はいいから手を動かせ、手」

最後にそう付け足すと、福嶋がぷう、と頰を膨らませてみせた。二児の母にしてはあまりに幼い仕草で、辟易《へきえき》する。そういうのが可愛いとでも思っているのだろうか、いや思っているのだろう。彼女が傲慢なまでに自信家であることは、これまでの付き合いでよく知っている。そして自信家かつ空気の読めない福嶋はまだ喋り続け、わたしはうんざりして目線をごぼうに下げた。それでも、柳垣小学校について話が移ると、思わず会話に戻ってしまった。

「集団生活のなんたるかなんてさ、中学、高校で十分学べるやん？　子どもの心がやわらかいときは、少人数でやさしい時間を過ごす方が絶対いいと思う。わたしたち夫婦は、そういうところで子どもを育てたくて、ここに来たんよ」

「え、田中さんってそんな理由で転校してきたん？」

さっきから根気よく福嶋の相手をしていた井村瑠璃子が驚いた声を上げる。

「みんなも知っとるやろうけど、うちの子、えらい気が弱いんよ。博多のマンモス校でいろいろあって、うまく友達作れんかったと」

ほんとうは、いじめに遭ったのだ。小学二年生のとき、上級生に目をつけられた息子は、使い走りのような真似をさせられ、お小遣いを巻き上げられるようになった。お小遣いがなくなると親の財布から抜いてこいと命じられ、それを拒否すると殴られた。学校に行こうとすると嘔吐《おうと》するようになり、登校も困難になった。耐えきれなくなった息子が泣きながら告白してくれたことでいじめの事実を知ったわたしと夫は、学校側と加害児童の保護者と話し合いを重ねた。夫婦で、息子が学校に戻れるよう努力をしたけれど、しかし彼らから謝罪ひとつ引き出せず、堂々巡りが続いたことで、夫が『もう引っ越そう』と言った。加害者なんかに関わって時間を無駄にすることはないよ。

「そんで、旦那の祖父母が住んでいた土地が余ってるってんで、こっちへ。ってまあ、旦那は最初からその土地を狙ってて、タイミング見てこっちに帰るつもりでおったみたいなんやけどね。やけん、ちょうどよかったっていうか」

わたしは、利便性の高い博多から田舎のかなた町に移住することは反対だった。転校なら、近場でもできたはずだ。でも、息子が小さなからだで大きなストレスを抱えて苦しんでいる姿を見れば、そんなこと言っていられなかった。

こちらに来てから、息子はすっかり明るくなった。海斗《かいと》くんという大親友もでき、いまではふたりでサッカーチームに入って切磋琢磨《せっさたくま》している。生き生きしている息子を見ると、来てよかったのだと思うことができる。

夫婦ともに転職がうまくいったことと、広めの一軒家を持てたことも、そう思える要因だろう。利便性はないけれど、博多に住んでいたときよりも心穏やかに過ごすことができている。

「佳代ちんの旦那さん、田舎に戻りたいなんて変わってんなあ」

あたしはこんなとこもう飽き飽きやわ、と福嶋が吐き捨てる。事情も知らないくせに、と思うも言わない。言ったって、仕方がない。こいつに理解してもらいたくもないし。

「ていうか、ここに住んでたらな、自分のセンスがゆっくり腐っていくのが分かんねん。センスっていろんなひとから刺激受けてナンボってとこあるやん？　田舎モンしかおらん町でどんな刺激があるん？　って話。旦那も、ここに来てからなんか冴えないおっちゃんになってきてる気がすんねん。最近、大阪戻りたいなーってめっちゃ思う」

福嶋の夫は、確かまだ三十五歳だ。いつもニコニコしていて、腰が低い。気遣いができるひとだし、福嶋にはもったいないくらいの夫だ。

「でもほら、双子の喘息、だいぶよくなってるんやろ？　こっちに来て、いいこともあるやん」

ひとのいい井村が慰めるように言うと、福嶋は肩を竦めた。

「それが目的やから、むしろ当然やんか。いや、子どもらのためにここに住んどるってのは、分かっとんねん。でもな、親は子どものためにこんなにも我慢せなあかんのかなーってときどき思うんよ。旦那を魅力的に思えへんくなって、あたしはせっかくのお天気の土曜日にイモの皮剝き。どうしても、人生を無駄に消費してるような気がすんねんなあ」

はあ、と福嶋がため息を吐き、また、あの匂いがした。思わず、かっとする。

「その愚痴は聞きたくないな。子どものために使う時間なんて、人生のほんの一部やんか。それくらい、我慢しなよ」

「ああ、ああ。正論はええねん。あたしだってちゃんと分かっとって、いまのはただの愚痴やで。でもさあ、子どものために使うこの数年って、自分にとっても大事やと思わへん？　あたし、あと二年で三十代に突入やねんで。大事な二十代、こんなとこでだらだら消費や」

ふふん、と横目で笑われて、息を呑んだ。

四十四歳のわたしの時間は大事ではない、と言われた気がした。いや実際、福嶋はそういう意味を込めて言ったのだろう。彼女は十代という若さで子どもを産んだ自分を悲劇のように言うこともあるけれど、本音は、若いママであることを自慢に思っている。浅はかな福嶋にどう思われてもいいけれど、周囲は、どうなのだろう。わたしが、大事な時間をとっくに過ぎている――終わっていると考えているだろうか。

それとなく、周囲の女性たちを見回した。話にさほど興味がなさそうに里芋の皮をのろのろ剝いている鈴原類は確か三十六歳。隅っこでこんにゃくの下ごしらえをしている春日順子は三十八で、その近くでニンジンの皮を剝いている村上三好はええと、鈴原類と同級生だったと聞くから三十六か。さっきから福嶋の相手をしている井村瑠璃子は、三十九歳。なるほど、この中でわたしが最年長なのか。

いや、年齢だけでは判断できないだろう。福嶋は若さを盾にしているけれど、わたしは彼女が魅力的だとは思わない。語彙が小学生並みに少ないし、下品だし、何より顔立ちが微妙。メイクとカラコンをとればヒラメみたいな顔をしていることをわたしは知っている。福嶋は、ナシだ。次に、鈴原。ぼんやりしていてとろくさい。いまだって、せっせと手を動かしているようだけれど、彼女に割り振られた里芋はちっとも減っていない。でも可愛らしい顔をしていて、男性から好まれそうなむちむちした肉づきをしている。自己主張しないタイプで面白みがないけれど男に主導権を渡す女が好きな男も多いし、アリだろう。春日は顔立ちは微妙だし、なのに化粧っ気がまったくないし、痩せっぽちなからだつきをしている。変なところにこだわりを持っていて、添加物がどうのスローライフがどうのと面倒くさいことをよく喋っている。まあ、ナシ。村上は顔立ちは普通。目立つ容姿ではないけれど、話題も知識も豊富でよく保護者の男たちと談笑しているから、アリ判定か。いやでも、賢すぎる女は敬遠されてしまうかもしれない。井村は、どうかな。外見に魅力はちっとも感じないけれど、気遣いのできるひとだし、やっぱり男と和気あいあいとしているところを見かけるし……。

そこまで考えて、はっとする。

ばかじゃないの、わたし。他人をそんな風に下品にジャッジする目で見てしまうなんて、どうかしてる。そもそも『大事な時間』という話をしていたのに、どうして『女として』のアリナシについて判断しようとしていたのだ。

急に恥ずかしくなって、がむしゃらに手を動かす。そうしていると、無性に情けなくなった。いい年をしてばかみたいなことを真剣に考えてしまう、自分の余裕のなさに。

違う。わたしのせいじゃない。福嶋が香水なんかをつけてこなければよかったのだ。あの匂いを嗅がなければ、思い出さなければ、こんな惨めな気持ちにならずに済んだ。

夫はときどき、福嶋のそれと同じ甘い匂いを漂わせて帰ってくる。

会社の親睦会だとか打ち上げだとか言って飲みに出かけた日だ。つくし亭で飲めばいいのに、わざわざ電車に乗り、四十分先にある小倉駅周辺まで足を延ばす。

そして夫は、ひとしきり飲んだのちに風俗に行っている。

酔った勢いで行っているのか、風俗こそがほんとうの目的なのかは分からない。けれど、小倉に飲みに出かけた日は必ず風俗に寄って帰ってくる。これと決めたらそれだけを選び続ける妙なこだわりのあるひとだから、同じ女を指名しているようだ。そして、通うようになって、もう二年ほど経つ。

夫は、そのことをわたしに気付かれていないと思っている。甘い。バッグの奥底に沈められていたメッセージカード、わたしがもらっていないコスメやスイーツのレシート。名前を変えてやっているSNS。そんなものたちで、裏はしっかりとれている。

お金と手間をかけ、わたしに隠してまで他の女で性欲を解消するのは、楽しいのだろうか。

わたしとは、セックスしないのに。

夫とは、息子を産んでからセックスレスになった。息子は眠らず飲まず、そして始終泣いている赤ん坊だった。しかも病気がちで、わたしは息子が三歳になるまで、ぐっすり眠ることができなかった。いつも緊張して、壊れ物のように繊細な息子にすべての注意を向けていて、だから女としていることができずにいた。その三年間で、夫はわたしへの興味を失ってしまったのだと思う。やっと余裕を持てるようになって夫を見たら、夫の目の中の光が変わっていた。熱情、と呼ぶべきものが消え失《う》せていたのだ。

「お疲れさまー！」

突然、夫の声がしてびくりとする。顔を上げれば、夫がＰＴＡのメンバーと一緒にぞろぞろと入ってくるところだった。発泡スチロールの箱を抱え、「地区会長が、全員に差し入れだって」と笑顔を浮かべる。

「ひとり一本でーす」

「冷えてるうちにどーぞー」

鈴原類の夫の悟志と梅本美衣子が明るい声で言う。さっきまでうるさかった福嶋が「コーヒーしかないんですかー？」と媚《こ》びるような甘い声を出して夫の傍に行った。

「うん、コーヒーだけ。でも、無糖、微糖、カフェオレ、カフェラテとございます」

「えー、どれにしよお」

福嶋が顎に人差し指をあてて言う。福嶋は、男となれば誰に対しても甘えた態度をとる。媚びることで何を求めているのだろう、と内心呆れて、ごぼうと包丁を置いた。夫の傍に行く。

「無駄に種類が多いね、パパ」

箱を覗き込むと、夫は「ママはこれだよね」とわたしの好きな無糖を差し出してくれた。「ありがと」とそれを受け取り「地区会長の差し入れって毎回微妙だよね。前は子どもたちにアイスを差し入れてくれたけど、黒蜜きなこモナカって渋いやつだった」と冗談めかして言った。夫は「そんなことあったなあ」と笑う。

「田中家はほんと、仲がいいよね」

甘いカフェラテの缶を取った春日が羨むように目を細め、わたしは「まあねー」と夫に寄り添う。夫もまんざらではない顔で頷いた。

セックスレスであることを認めざるを得なくなって半年ほど経ったころ、わたしは夫に直訴した。どうしてわたしと寝ないのだと、恥ずかしさを堪えて訊いた。夫はとても驚いた顔をして、それから言葉を探すように視線をぐるぐる動かして『何か、ママだと思うと、さあ』とたどたどしく言った。陵介のママだと思うと、何だかそういう気分になれないんだよ。でも、佳代子に対して気持ちが冷めたとか、そういうんじゃないよ。佳代子のことは昔もいまも、いや、いまは昔よりももっと愛してるよ。だって、大事な息子を産んでくれたひとだもん。

浮気を疑っていたわたしは、『他に思う相手がいるんじゃないの？』と訊き、夫はそれこそ焦って『いない』と語気を強めた。そんなことするはずがない。佳代子はおれの、大事なパートナーだよ。夫婦として、陵介の両親として、かけがえのないバディだ。真摯な顔で言われて、わたしはそれ以上何をどう言っていいのか分からずに頷いた。

事実、夫はわたしを大事にしてくれている。共働きなんだからと家事は進んでやってくれるし、記念日には花束とプレゼントを必ずくれる。仕事よりも家庭が最優先だし、息子に問題が降りかかればどこまでも向き合って対処する。最良の夫だと思う。女友達やママ友の己の夫への愚痴を聞くたびに、恵まれているのだと感じる。だからこそ、わたしも夫にとって最良の妻でありたいと思っている。夫との間に生まれた息子にとっても、最良の母でいたい。

息子が小さなときは全然自分に構えなかったけれど、いまは違う。お金をふんだんにかけることはできないけれど、できるかぎりのケアをして自分を磨いている。それだけじゃない。家の中はいつだってぴかぴかにしているし、PTA会長を務めている夫のフォローに回るため、母親会にだって率先して入った。来年は母親会の会長をしてくれと夫が頼んできたから立候補するつもりでいるし、サッカーチームの活動だって、もっと積極的に参加するつもりだ。

世間から見れば、わたしたちはとてもいい関係の夫婦だろう。そう見られている自信はある。

でも、セックスがない。

ふっと心に影が差す。何の曇りもないうつくしい珠に、たった一筋の濁りがある。いや、その濁りは日ごとに濃く広がっているような気がする。濁りを除こうと磨けば磨くほど。

夫は呑気な顔をして、笑っていた。


明日の秋祭りの準備を終え、家で夕飯の支度をしていると、お風呂から上がったらしい夫が「いま姉さんから電話がかかってきとるんけどさ」とスマホを持ってキッチンまで来た。

「明日、母さんが柳垣秋祭りに行きたいって言っとるらしいんよ。それでおれたちに面倒みてもらえないかって」

「え、珍しい」

夫より三つ年上の義姉は、気さくで優しいひとだ。実の娘家族と暮らした方が気を使わないだろうと言って、義父に先立たれた義母と一緒に暮らしている。義母は昨年ごろから軽度の認知症だと診断を受けているが、義姉は「ギリギリまであたしが面倒をみたい」と言って仕事を辞めてまで介護をしてくれている。長男である夫には「金銭的に困ったら手助けして」と言うだけで、でもまだ請求されたことがない。とても、いいひとだと思う。夫がスマホを渡してきたので、濡れていた手をエプロンで拭いて受け取る。

『もしもし、佳代子さん？　忙しい時間にごめんね。ほら、この間、お母さん宛に柳垣秋祭りの招待状が届いたって話をしたでしょう』

「ええ、そうでしたね」

夫の両親はふたりとも小学校で教師をしていた。そして義母はいっとき、柳垣小学校で勤務していたという。それはこちらに引っ越してきたときに夫から聞いていたし、今回の秋祭りの特別招待客の中に義母の名前はしっかりあった。

『招待状が届いたときは興味なさそうやったのに、今日になって急に、明日は柳垣秋祭りに行くって言いだしてさ。連れて行きたいのはやまやまなんやけどね、明日はうちの娘のピアノの発表会なんよ。夫婦で観に行く予定にしてて。でもお母さん、絶対行きたいって言い張っとるのよ。そんなこと言うの、滅多になくて……ていうか初めてかもしれん』

夫を見ると「頼めない？」と小さな声で言う。母親会の方は、おれからみんなに伝えておくから、と付け足す。

心の中でため息を吐いた。学校行事はいつも夫婦で参加していて、今日は誰よりも早くからふたりで準備を始めた。明日、夫は会長として朝から晩まで働くわけだし、わたしひとりが不参加になっても文句を言うひとはいないだろう。義姉には義母の面倒をすべて任せているんだし、一日くらい引き受けて当然かもしれない。

それに、義母は物静かなひとだ。認知症を患う前は、ひとりで好きな本を読んだり映画を見たりしていたけれど、いまでは縁側の座椅子に座ってぼんやりしていることが多いという。声を荒らげたり暴れたりということもないし、一日くらいならどうにかなるだろう。

「いいですよ。わたしが一日、お義母さんの傍にいます。ピアノの発表会があるんならお義姉さんも忙しいでしょうし、そちらまで迎えに行きますね」

『ほんとう？　嬉しい。ありがとう』

夫が両手を合わせてわたしを拝んでくる。悪い気はしなくて、「じゃあ、また明日」と電話を切った。

夫に「引き受けてくれてありがとう。ごめんな」と抱きしめられる。そんな風にされたのは久しぶりのことで戸惑っていると、冷蔵庫に用があったらしくやって来た息子に「うわ。いちゃいちゃすんなし」と顔を顰められた。

「ちょっと、そんな風に言わんでよ。ママから頼んだんじゃないし」

「そ。パパが、好きでやってんの」

ぎゅっと夫が腕に力を入れてくる。何だか無性に嬉しくなって、夫の胸元に顔を押し付けて、ボディソープと夫の匂いを深く嗅いだ。

夜が更け、息子が寝入った後、リビングでバラエティ番組を見ている夫に「そろそろ寝ないと」と声をかけた。

「明日も早いんやしさ」

「分かってる。もう少しで終わるけん、先に寝とって」

夫は、画面から目を離さないで言う。さっきのコミュニケーションで、もしかして今夜はと期待してしまったけれど、甘かったようだ。

「じゃあ、早く寝てね。おやすみ」

「はいはい、おやすみ」

ちらりと画面を見る。最近人気の出てきた若手お笑い芸人が何やら大声で喋っていた。

「音量、うるさいよ。もっと下げて」

「はいはい」

言いながら、リモコンに手を伸ばす様子はない。夫は、大音量でテレビを見る癖がある。もう一回注意しようかと思ったけれど、空気が悪くなるのも嫌で黙ってリビングを出た。

布団に入ってうつらうつらしていると、ふと、炊飯器の予約を間違えたんじゃないかという気がしてきた。明日は普段よりも早く起きるから、炊き上がりの時間も早くしないといけなかったのに。

「あああくそー」

眠れそうだったのに、悔しい。のそのそとベッドから這い出して、リビングに向かった。

リビングに続くガラス戸から、ちかちかと灯りが漏れていた。夫はまだ起きてテレビを観ているらしい。もう日付が変わったというのに、夜更かししすぎだ。音量を下げていることだけは許せるけれど。

戸を開ける前になんとはなしにガラスの向こうを見て、息を呑んだ。音量を抑えたテレビでは、半裸の女性が男に組み敷かれて喘《あえ》いでいた。ソファに座った夫の背中が、微かに揺れている。

頭の中が真っ白になった。

なんで？　なんでそんなことしてんの？

夫とは毎晩同じベッドで寝ている。これまで、どんなに雑な求められ方をしても、セックスを拒否したことなど一度もない。なのにどうして、そんなものでこそこそ性欲を解消してるの。

ばん、と乱暴に戸を開けると、夫が冗談みたいに飛び上がった。慌ててスウェットのズボンを引き上げ、「あ、あのその」と意味のない言葉を吐く。わたしは夫を無視してテレビへ向かい、コンセントを力任せに引き抜いた。画面の向こうで発情期の猫のようなあられもない声を発していた女の顔がぶつんと消える。

「何やってんの？」

自分の中にこんな低い音があったのかと思うほど、どん底の声が出た。

「いやその」

「何、最低なことやってんの、って聞いてる。自分がどれだけ酷いことやってるか分かってんの？」

意識しなくても、侮蔑の感情がだだ漏れる。うろたえていた夫が「いや、その、それは言いすぎやろ」と取り繕うように笑った。

「男だったら、オナニーくらいするって。別に、変な性癖のやつを観てたわけでもないんやしさ。ほんと、普通のやつ」

「……わたしはあなたにとって、何なん？」

訊くと「え？　奥さんやけど」と当たり前のように答えた。

「そういう行為は、わたしとするべきことじゃないん?」

夫が家の中に虫が入っているのに気付いたような表情になった。

「いや、ママとはちょっと……もう、そういうんじゃないんよ。ってこういう話、前にもしたやんか」

「そうね、愛してるって言われたね。でもさ、わたしに隠れて自慰をしたり、風俗に行ったり、それって妻のわたしをばかにしてるんやないの? ほんとうにわたしのことを愛してるのか疑いたくなるんやけど」

はっとした顔になった夫だったが、「いやでも、浮気してるわけじゃないって!」と声を大きくする。

「風俗は……まあ、ときどき行っとったのは認める。でも別に、本気で女の子に肩入れしてるわけじゃないけん。向こうだって、たくさんいる客のひとりだとしか思ってないしさ。誓って言うけど、ママ以外の女性に本気の浮気心を抱いたことはない」

本気の浮気心って何。意味不明の言葉に、薄い笑いが湧く。

「あのさ、わたしが訊きたいのは、わたしとはしないくせに、どうして他所で性欲を解消するのかってことなんやけど」

「いやだから、ママとして見ちゃってるからそういう気分になれんとって。でも奥さんとしてちゃんと」

「セックスがないんなら、わたしは愛されてるとは思えん」

口にしたとき、自分で驚いた。わたしは、そんなことを考えていたのか。いやでも、そうなのだ。

わたしにとって、愛されているということの確認はセックスなのだ。

からだのどこかにずっと刺さってじわじわ痛みを与え続けていた棘《とげ》のありかが分かったような、どこかすっきりさえする気付きだった。

夫が、たじろぐ仕草をみせた。

「え？　いや、待ってよ。ママなんやけん、そういうえぐいこと言わんでくれん？」

その口調は、最近反抗期気味の息子がわたしに悪態をつくときのそれに似ていた。いまのこの場に完全にそぐわなくて、虚を突かれる。そんなわたしに、夫は「ママはもう性欲にこだわる年でもないやん。そんな怒らんでよ」と拗ねているような顔をする。

「……それは、わたしとはもうセックスしないってことでいい？」

「あのさ、悪いけどそんなにセックスセックス言わんでほしい。ほんと、ママの口から出る言葉じゃないけん。あ、いや、見られたおれがもちろん悪いんやけどさ。ごめんね？　機嫌直して？」

適当に両手を合わせて、へらりと笑ってみせる。

何を、言ってるんだろう。茫然として、それから昼間のことを思い出した。ああそうか、他でもないこのひとがすでに、わたしの『女としての時間』が終わっていると思っていたのか。

これまでの、思い悩んだ日々の記憶が襲ってくる。若い女性に人気のあるコスメブランドのレシートをぼうっと眺めた昼下がり。風俗帰りだと分かっているのにお茶漬けを作ってあげた夜。二人目が欲しかったけどもう無理かもしれないと思った四十の誕生日。

もはや、涙も怒りも湧かなかった。ただ、諦めだけがからだ中を蝕《むしば》むように広がっていく感覚があった。「そっか」とそういう意味のないことを多分口にして、夫に背を向けた。夫がほっとしたようにため息を吐く気配だけが、背中を追ってきた。

＊

翌朝は、気持ちよく晴れ渡っていた。まさに秋晴れといえる澄んだ青が広がっている。昨晩のことなど覚えていないかのように「ママ、去年買った黒のジャージどこだっけ」「軍手、念のために多めに出しといて」と話しかけてくる夫と何も知らない息子にいつも通り接し、「お義母さんを迎えに行くから」と一足早く家を出た。

途中で国道沿いにあるコンビニに寄り、ホットコーヒーとサンドイッチを買う。眼前を行き交う車たちをぼうっと眺めながら、車の運転席でゆっくり食べた。

具の少ないたまごサンドを咀嚼《そしゃく》しながら、このまま生きていくしかないんだろうなあ、と思った。

空が薄紫色に染まり始めた明け方、目が覚めた。夫は大きないびきをかいていて、起き出すにはまだ早くて、スマホで『セックスレス』と検索した。初めてのことではない。ずいぶん前から、こうして検索しては、同じような悩みを抱えている誰かの苦しみを眺めてきた。わたしよりマシかも、と思ったりその逆もあったりして、最後は決まって虚しくなって画面を消した。

『夫は私のことを、同じ欲を持っている人間だと思ってないんだよ』

煌々《こうこう》としている、誰かの吐き出した言葉を眺め続けた。ほんとだよね、と思う。夫は、わたしより三つ年上の四十七歳だ。わたしが『終わっている』ならば、夫はいつ『終わる』のだろう。いつ

『終わり』を迎えるつもりなのだろうか。

『いっそ離婚したい』

ときどき、そんな言葉を見つける。セックスレスって離婚の理由として認められるし、なんて言葉もある。

離婚。ふっと自分に当てはめてみる。夫と別れるとすると、息子はどうなるだろう。日本は母親が親権を取りやすいというし、わたしは管理栄養士の資格を持っているからどこでだって働ける。両親は健在だし、糸島《いとしま》にある実家のそばに移住すれば心配なく育てていけるだろう。陵介とは別れずにすみそうだ。ああでも、あの子のメンタルの弱さを考えると、簡単な問題じゃなくなる。離婚というのは、それだけで子どもに多大なストレスを与えてしまう。しかも夫は、陵介にとっていい父だ。理不尽な叱り方はしないし、何かあればきちんと向き合っている。そんな父と離れて生きていくことになるとなれば、陵介は泣くに違いない。それに、大好きな海斗くんと別れて、転校しないといけなくなる。それらは陵介には耐えられないかもしれない。

頭の固い両親をどう説得するかも難しい。そもそも、離婚理由を伝えられない。セックスレスで女として見てもらえないから、なんて親に言えるわけがない。両親は夫のことを気に入っているし、どうせわたしの我儘《わがまま》だろう、と叱られるだけだ。

誰かに相談してみる？　でも誰に？　これまでセックスレスだってことすら周囲に話せなかった。ただでさえ、夫婦仲が良いと思われているのに。

詰んでる、ってやつだ。離婚なんてできない。わたしは、からだの奥でくすぶる熱を持て余しながら、火が消えるのをじっと待つように生きていくしかないのだ。

二切れ目のサンドイッチを食べる気になれなくて、レジ袋に雑に押し込んだ。

迎えに行ったわたしを、義母はどこかうきうきした様子で出迎えてくれた。花柄の帽子に白のポロシャツ、ベージュのチノパンという軽装だったけれど、ポロシャツはここぞという日に着るお気に入りだということは知っている。わたしが母の日に送ったものなのだが、友人に褒められたらしくてとても大事にしてくれているのだ。

世間でよくいわれる嫁姑《よめしゅうとめ》問題は、わたしと義母の間には一切なかった。務の奥さんであたしの娘じゃないのだから、一線引かないといけないと思ってる、と言われたのは結婚式の日だった。よそよそしいなんて思わんでちょうだいね。あなたはあたしの産んだ娘ではないけれど、実の娘だと心の底から思ってお付き合いしていくつもりでおりますけえね。あなたも、そう思うてくれていいけんね。そう言われて、嬉しかった。良い義母と出会えてよかったと心底思った。

「ありがとなあ、佳代子さん」

腰の低い義母は、ぺこぺこと頭を下げる。「いいんですよ、全然」と言いながら、離婚したらこのひととも縁が切れてしまうんだなと思う。義理の母と嫁という関係以上のことは何もないけれど、わたしはこのひとが嫌いじゃない。

「夕方の五時にはあたしたちも家に帰ってるので、よろしくお願いしますねえ」

やっぱり嫌いじゃない義姉が布バッグを手に出てきた。「これ、お母さんのいろいろが入っとるけん」と手渡される。中を見れば、失禁パンツやウエットティッシュなどが入っていた。

「もう紙パンツ穿いてもらっとるし、万が一のことがあっても大丈夫。でも、二時間ごとにトイレに連れて行ってあげてほしいんよ。介助はいらんけん、トイレの外で待ってあげて。いいかしらねえ？」

「ええ、もちろん」

管理栄養士という立場ではあるけれど、毎日のように介護施設に通っているのだ。介護をまったく知らないわけじゃない。バッグを後部座席に置いて、義母に助手席に座ってもらう。ちんまりと座った義母は、こちらが言うより先に、シートベルトを締めた。義母が落ち着いたのを確認してから、義姉に見送られて車を出した。

かなた町まで、下道で一時間と少しくらいかかる。義母はおしゃべりをしたがるひとではないので、義母の好きな演歌歌手の曲を小さく流しながら運転に集中した。

「カラス」

車窓の向こうに視線を投げていた義母がぽつんと言った。

「はい？　カラス、ですか？」

「そう、ほら」

義母がそっと指を差した先、塀の上にカラスが数羽並んでいた。

「あらほんと。お義母さん、鳥がお好きですけどまさかカラスもお好きなんですか？」

義母は昔から鳥が好きで、長く文鳥を飼っていたらしい。とても丁寧に世話を焼き、家族の誰にも触らせなかったという。いまは同居している義兄が鳥アレルギーだとかで飼っていないけれど、庭先に鳥がやってくればこっそり餌をあげていると義姉から聞いていた。

「カラスはねえ、鳴き声で会話するんよ」

ぽつりと義母が言う。声音も大事やけど、鳴く回数にも意味があると。一回だと挨拶。二回だとお腹がすいたとか、危ないとかいう意味。三回は安全だよってことで、集合の合図は……何回だったやろか。

ついさっきまでみていた夢の話をしているような頼りなさだったけれど、わたしは「へえ」と返した。

「カアカアって適当に鳴いてるように聞こえますけど、実はすごく情報が詰まってるんですね」

「人間みたいに余計な言葉やおためごかしを使わんのやから、カラスの方がよっぽど素直で賢い」

突然、声音がしっかりした。ふん、と鼻で笑った顔は、どこか意地が悪そうに見えた。これまで一度も義母から嫌な感情を見つけられなかったから、少しだけ驚いた。でもすぐに、そりゃそうだよねと思い直す。悪意を持たない人間なんていなくて、うまく隠しているだけなのだ。

悪意だけじゃない。悩みも、欲も、ひとはうまく隠している。表に出さない、見せないだけ。わたしも、もしかしたら隠すのがうまかったのかもしれない。だから夫はわたしが悩んでいることに気付きもせずにあんな気遣いのないことを平気で言えたのかも。

ああ、カラスみたいに回数で思いを伝えられたら簡単だったのかな。六回鳴けば、セックスしたい。そんな風に。でも夫が六回のわたしの叫びを受け止めてくれるかは、また別か。

信号が赤になり、ブレーキを踏む。横断歩道を、大学生くらいの男女が渡って行った。指をしっかり絡めて繋いでいるのを見て、いいなあと思う。あの年のころ、恋人が手を繋いでくれなかったことに腹を立てて「ん！」と手を突き出したことがある。恋人は苦笑して「甘えてんな」と言いながら指を絡めて握ってくれた。いまの夫に同じことをしたら、「ママが何してんの」と切り捨てられるだけだろう。

ああ嫌だ。無意識に、夫に思考が流れてしまう。

ハンドルをぎゅっと握りしめてため息を吐くのを堪えていると「佳代子さん」とやさしい声がした。義母がまた、窓の向こうを指している。

「あそこの池、オシドリがおる」

公園の池に、鳥が数羽いるのが見えた。

「お義母さん、目がいいですねえ。あれ全部がオシドリなんです？」

「見て分からん？　あん中の二羽がオシドリよ。くちばしが赤いから、オスやね」

目を凝らしてみるけれど、どれがオシドリか判別がつかない。義母の目がいいのか、義母自身がそう思い込んでいるだけなのかも分からない。重ねて訊いても仕方がないので、「なるほどお」と相槌を打った。

「いまはエクリプスちいうて、オシドリのオスはメスと同じ地味な色になる。やけんど、冬になると派手な色……紫に茶に白ち、華やかになる。冬のオシドリはなあ、はっとするほど綺麗なんよ」

病気だとは思えないほど、丁寧に教えてくれる。さすが、元教師。

「ふうん。オシドリって、オシドリ夫婦のオシドリでいいんですかね？」

仲の良い夫婦という意味で使われるんだったか。信号が青になり、アクセルをゆっくり踏む。振り返りながら池を眺めていた義母が「そうなんやけど、オシドリは一生つがいでおるわけじゃないと」と言う。

「仲睦《むつ》まじいけんど、ペアは毎年解消される。ほんとに一生つがいで過ごすのはハクトウワシじゃち言われとる」

「え、そうなんですか？　なんか、オシドリには悪いけど、騙《だま》された気がしちゃいますね……って勝手すぎるか」

　思わず言うと、義母がふっと笑った。

「人間ちゃ、ほんとうに勝手よなあ。どんな事情があっても自分の当てはめた印象から外れると、裏切られたち思ってしまう」

　ひとりごとのような呟きを頭の中で再生する。義母の言う通りだ。ひとは、勝手に自分の『こうであって欲しい』を傲慢なまでに他人に押し付けている。

　かなた町に入り、見慣れた景色になっていく。ふと、そういえば義母がこの町に来るのは久しぶりのことではないかと気付いた。わたしたちが越してきてから一度も、義母はこの町に訪れていない。

「お義母さんって、柳垣小学校に勤めてらっしゃったんですよね。北九州からこっちに通うの、大変じゃなかったですか？」

「いんや、別に。あのころは山の方から通勤しとったけど、車やしね。毎日ドライブしとるみたいなもんやった」

「それにしても大変でしょ。いくつぐらいのときですか？」

「四十九から、五十二までやね。三年間よ」

　さらりと答えられて、小さく驚く。義姉によれば、最近では『食事はまだかな』と食後に言うことがあるということだった。

『芸人さんのネタだとばかり思っとったけど、ほんとうにあるんやねえ。びっくりしたよ。お母さん、さっき食べたばかりやろ、なんてまさか自分が言うことになるとはねえ』

認知症は、新しい記憶は失われやすいが古い記憶は残りやすい。認知症の診断を受けた入所者の姿を見ているから知っていることではあるけれど、義母もその通りに進んでいるということか。

「当時の教え子の名前とか、憶《おぼ》えてたりします？」

「ああ。ひと学年、十人もおらんかった。ふた学年まとめて授業することもあったけど、それでも十数人。よく覚えとるよ」

懐かしそうに、義母は目を細めた。

「あのころは、聡子《さとこ》が大学を卒業して印刷会社で働きだしとって、務は確か大学二年、やったな。お父さんは癌《がん》が見つかる前で、教育委員会で働いとった」

「お義父《とう》さんは、わたしが嫁いでくる前に亡くなられたから写真でしか知らないんですよね。どんなひとでしたか」

夫が二十四歳のときに亡くなった義父は、気難しいひとだったそうだ。教育熱心で、保護者から『素晴らしい先生』と慕われていたけれど、その反面、家では支配的だったらしい。夫は『まあ昔気質《かたぎ》って感じかな。昭和のオヤジだよ』と言葉を選ぶが、義姉は『外面だけ善人のクソジジイだったよ』とはっきり顔を顰めてみせる。ふたりともあまり話したがらないので、義父のひととなりはよく知らないのだった。

「おとーさん」

義母がぽかんと口を開けた。それからぼうっと空を見つめ「さあ」と言う。さっきまですらすらと喋っていたのに。

「えっと、お義父さんとは、ええと、恋愛結婚だったんですか?」

「え? あ。結婚。……あんひととは、見合い。教育委員会のひとに勧められたんよ」

「へえ。お見合いですかあ」

話が広がらず、わたしは口を引き結んだ。広い道路を山に向かって走っていると『柳垣秋祭り』という看板がちらほらと見かけられるようになってきた。「お義母さん。もうすぐですよ」と声をかけると「トイレ」と言う。慌ててコンビニに寄り、トイレを借りた。介助はいらない、と個室に入った義母を待つ間にペットボトルのお茶を二本買う。戻ってきた義母にお茶を渡してから、また車に戻った。

「クロコンドルがな」

シートベルトを着けた義母が突然言い、「何ですか?」と訊く。

「クロコンドルよ」

「コンドル……鳥の話ですか?」

「クロコンドルも、一生つがう相手を変えん」

ああ、オシドリだかハクトウワシだかの話に戻ったのか。エンジンをかけて、コンビニの駐車場を出る。

「クロコンドル、ですか。知らないなあ」

「クロコンドルは、仲間が監視するとよ」

義母が言う。仲間が、浮気をしないよう監視しとると。万が一浮気をしようもんなら、仲間から迫害されるんよ。

「ははあ、浮気の監視」

鳥に倫理観があるというのは初耳だった。わたしが知らないだけで、動物にもその種族ごとのルールや倫理があるのだろう。

「強制的な一夫一妻制ってわけですね」

「そう。一度決めたら一生連れ添わないかん」

ふうん、と相槌を打ちながら、この町に住んでいる者はクロコンドルに似ているかもしれないと思った。

ひとの出入りの少ない町は、自然と顔見知りばかりになる。誰の夫がどこにいたとか、どこそこの妻がどこでどんなひとと話していたとか、興味もないのに聞こえてくる。どこの夫婦が喧嘩をしたとか、どこの夫がどこの女と遊んでいるかも、こっそりと流れてくる。まさに、監視だ。

わたしたち夫婦が万が一別れるなんてことになったら、どうなるだろう。まず、夫と仲のよい梅本あたりが「どうなっとるん」と口出ししてくる。セックスレスで、なんて絶対言いたくないけれど、でももしあのひとの知るところになったら、わたしを見てひっそり笑うに違いない。そしてあのひとは、男の偏見と男の無邪気さを『許す』ことが女の手腕だと思っているふしがある。女《わたし》に寄り添う意見は、絶対に言わない。夫の味方になり夫の言動を正当化し、「歩み寄って修復しないでどうするんよ」なんて分かったように言うに決まってる。子どものためにもさ、絶対離婚なんてよくないって。そんなことを偉そうに喋る。梅本だけではなく、いろんな人間がそれぞれの言葉で言うだろう。別れるなんてそんなこと止めなさい、と。

この町が、わたしがいる場所がクロコンドルたちの巣だとしたら、別れられない。心変わりを許さない世界だから、諦めるしかない。

迫害されると分かっていても、間違っていると仲間がどれだけ囀《さえず》っても、思うままに飛び立っていくクロコンドルはいないのだろうか。

「決まりちいうんは大事よ。秩序を守るためやけん。決まりを守っとれば、群の中で堂々と生きられる。でも決まりを破らんと生きていけんこともあるやろうなあ。人間も鳥も、おんなじ苦しみを持っとるんかもなあ」

義母がぽつりと言った。その声音に哀れのようなものを感じて、ちらりと視線を流した。まるで、ルールから外れる者に対して同情しているようではなかったか。いやまさかね。そういう意見をわたしが無意識に求めていただけだ。

〝秋祭り臨時駐車場〟と立て看板が置かれた農協の空き地に車を停めて、ふたりでゆっくり歩く。

義母は今年で七十六になる。数年前から膝を悪くして、杖なしでは歩けない。まっしろの髪にシミと皺の多い顔もあいまって、実年齢よりも年上に見える。しかし年を取って見えるのはわたしが嫁いできたときからで、義姉は『いろいろ苦労したひとやけん。ひとより年を取るのが早いんやと思う』と哀しそうに言う。

「秋日和やねえ」

義母が空を仰ぐ。それから「あたしは秋が一番好き」と続ける。

「昼間の空が主役じゃないところがええ」

「主役じゃない、ってどういうことですか？」

「秋の空は、夕やけが主役。昼間の空が少し気を抜いとるように見えるでしょう。やけん、空の青が薄い」

　空を見上げてみると、確かに空の色が薄い気がして、わたしは「ほんとうだ」と笑った。

「でも、空の主役なんて、考えたことなかったです」

「ふふふ、昔、子どもたちにそうやって教えたことがあるんよ。図工の授業でね」

　嬉しそうに、義母が笑う。滅多に見ることのない笑顔を見て、連れて来てよかったと早くも思ってしまった。

　祭りは、入り口からすでに盛況だった。『かなた町婦人会』『かなた町老人会』と名の入った提灯がいたるところを飾り、明らかに学校関係者ではなさそうなひとたちが実行委員会のテントに座り込んでいたりする。顔見知りを探そうとして、しかしいない。まあ、無理に顔を合わせなくてもいいか、と思い直す。

「懐かしい」

　義母は、嬉しそうに目を輝かせた。受付のテントで缶コーヒーを飲んでいたおじいさんが「田中先生か？」と立ち上がる。

「先生、オレですよ。息子の大地《だいち》がお世話になりました」

「おや、宮脇《みやわき》さん！」

　義母の背がしゅっと伸びた。

「ご無沙汰しております。大地は、元気ですか」

「あいつはいま大阪で会社員しとります。娘がふたり」

「ほおー！　あん子が父親ですか」

談笑を始めて、たいしたもんだと感心する。まるでスイッチを切り替えたみたいに、教師の顔になった。義母の邪魔をすまいと一歩離れたわたしは、何気なしに周囲を眺める。

保護者としてしょっちゅう来ている場所は、よそいきの顔をしていた。知らないひとたちが我が物顔で歩いている。

井村瑠璃子がエプロン姿で体育館の方へ駆けていくのが見えた。母親会やＰＴＡは、今日は何でも屋と言わんばかりにさまざまな仕事を押し付けられるはずだ。本来はわたしも彼女のように駆け回っていないといけなかったわけで、いざ離れてみればラッキーだと思っている自分もいる。

「田中先生の付き添いさん。先生、もう行っちまったよ」

肩を叩かれてはっとする。さっきまで義母と話していたおじいさんが校庭の方を指した。

「腹が減ったから何か食うて来るって」

「え！　ありがとうございます！」

いつもなら勝手に離れていったりしないのに！　頭を下げて、慌てて後を追った。

校庭を取り囲むように、ぐるりと出店のテントが張られていた。たこ焼きにイカ焼き、かき氷にベビーカステラ。ＰＴＡと大きく書かれたテントでは母親会の面々がカレーと豚汁を供していた。福嶋がニコニコしながらカレーの鍋をかき回している。

中央に設置されたステージでは、高校生くらいの男女がいま流行りのお笑い芸人のパクリネタを披露していた。手元のパンフレットを見たら、〝かなた町飛び込みお笑いステージ〟となっている。みなさまどしどし参加してください、と注意書きがある。企画が出たとき、誰もこんなの出ないでしょと笑い飛ばしたものだけれど、存外参加者が多い。

モーゼのように人混みの中を優雅に闊歩する、派手ないでたちの女の子がいた。アニメの登場人物のようなピンクのツインテールにカラフルなミニワンピース、厚底ブーツ。華やかなメイクをした彼女は手にカメラのようなものを持っている。

若くて可愛いと、あんな風に自分をアピールできるんだ。

堂々としている姿を、思わず目で追ってしまう。わたしも若ければやれたかな、そんなことをぼんやり考えて、はっとする。

そんなことより、お義母さん！

焦って周囲を見回すと、義母は狙ったかのようにPTAのテントの下にいた。夫たちが昨日設置したベンチに腰掛け、美味《おい》しそうにカレーを食べている。

「お義母さん！」

声をかけると、義母はプラスティックのスプーンを掲げて「はいはい」とにこやかに返事をした。

「佳代子さん。美味しいよ、カレー。あなたもいただきなさい」

「あれ？　佳代ちん。何、知り合いなん？」

近くにいた福嶋が驚いたように言い、「義母《はは》なの」と返す。

「ここに来たいっていうから、今日一日お世話することになっていて」

は？　と福嶋が顔を顰める。母親とのんびり遊んどるってことかい、と顔に書いてあった。ああ説明するのが面倒だな、と内心ため息を吐くと「え！　あなた田中先生の娘さんだったの!?」と大きな声がした。見れば、見覚えのある女性がエプロンをつけて立っている。

「ああ。国部《くにべ》さん。こんにちは」

鈴原類の母親だ。かなた町婦人会の会長をしていて、月に一回学校にやって来て本の読み聞かせをしている。

「夫の母なんです」

「あらあ、夫って会長さんよね？　知らなかったわあ。やあだ、そうだったのねえ。うちの娘は田中先生に、小学校三年生のときに面倒を見ていただいたのよ」

国部がわたしの分のカレーをよそってくれる。それを「すみません」と受け取ると、そっと顔を寄せてきて「先生、もしかして認知症かしら？」と小さな声で訊かれた。頷いて返すと「んまあ」と大げさにため息を吐いた。

「やっぱりそうなのね。いやね、うちの姑がやっぱりね、ソレだったんだけど、顔つきがよく似てるのよ。まだ、先生の方がしゃんとしてらっしゃるけどね」

訳知り顔で言う彼女に、深く頷いて見せる。

「懐かしいから来たいと言い出したんですけど、ひとりにはしておけないでしょう？　なので義母を優先させていただいた次第で。こちらの準備に参加できなくてすみません」

カレーを食べながら頭を下げると、「ああら、いいのよお」とやさしく言われた。

「そんなの気にしないで。あたしたち婦人会もお手伝いしてるし、手はじゅうぶん、足りとるんよ。それより、お姑さんのお世話をこうやって進んでやってるなんて、偉いわあ」

ねえ、と彼女が背後にいた婦人会の女性たちを振り返ると「そうよお」「いまの若いひとはそういうの嫌がるもんねえ」と国部と同じ表情で笑いかけてくる。視界の端で、福嶋がうへえ、と吐く真似をしているのが分かったけれど、無視する。

黙々とスプーンを動かす義母の隣に、国部が腰かけた。

「田中先生はとっても素晴らしいひとだったんよ。うちの学校に来る先生はどういうわけだか変わったひとが多くて、保護者としてはもう、ほんっとうに悩みの種だったんだけどね、田中先生は安心して子どもを任せることのできる人格者で」

「へえ、そうなんですか。どういう教師だったんですか」

「鷹揚《おうよう》で、でも肝心なところはしっかり怒ってくださるの。子どもたちには少し怖がられていたんですけれどね、でも甘やかすよりはしっかり指導していただく方が教育上いいでしょう？　保護者の間ではいい先生が来てくだすってよかったって、ねえ」

国部が促すと、さっきの女性たちが「ええ」「そうそう」と相槌を打つ。食べ終わった義母が緩く首を横に振り、「子どもたちからしてみれば、退屈だったと思います」と言う。

「あらまたそんなご謙遜を。うちの娘もいまだに田中先生はいい先生だったって言いますもの。ほら、あの子は担任が突然、駆け落ちしたこともあったでしょう？」

最後の部分、国部が声をそっと潜ませるそぶりを見せて言い、思わず「え！」と大きな声が出てしまった。こんな田舎でそんな事件が起きたことがあったなんて、知らなかった。

義母が「ああ」と頷いた。

「駆け落ち。その話は人づてに聞いたことがある。わたしが別の学校に異動になったあとのことですね」

「ああ、そうそう。そうでしたわね。ああ、あのころはここもいろいろあったわあ。ええとほら、なんて名前だったかしら、うちの娘のふたつ上にいた女の子の……」

「国部さん、それって佐多《さた》さんのこと？」

「ああそう、そうよ。佐多さん。奥さんがパート先の男と、ね」

「旦那さん、可哀相なもんだったわよねえ。気が弱いひとでさ」

国部たちがくすくすと笑い合う。その空気はよく知っているものだ。よその家庭の問題を面白おかしく語り合って、自分たちの楽しみとして消費するやつ。どこにだって転がっている空気だ。早く食べ終えてしまうに限る、と急いでカレーをかきこんだ。

わたしが食べ終わると同時に「さあて、次に行こうかな」義母がのっそり立ち上がった。

「美味しかったです。みなさま、ありがとうございます」

「まあま、先生、お粗末様でした」

「さあ、佳代子さん。行こう」

お辞儀をして、義母が歩き始める。まだ話し足りない顔をしている婦人会の面々に会釈をして、後を追った。

「お義母さん！　待ってください！」

「二十数年前の話でいまも盛り上がれるというのも、才能かもしれんな」

わたしに気付いた義母が言う。

「え？　ああ、確かにそうですね。あれはもう、才能と言えるかもしれない」

「佐多というのは、わたしが受け持った子どもなんよ。六年生で、由真《ゆま》という名前の、音楽が好きな子やった」

義母の声は小さく、周囲の喧騒にあっさり呑み込まれてしまう。義母の口元に顔を傾けながら、話を聞く。

「お母さんが、勤め先の男性と駆け落ちしてしまってな。共働きで、頼れる身内もおらんかった。お父さんの賢治《けんじ》さんがひとりきりで、由真を育てとった」

それは、大変だろう。黙っていると、義母は記憶の引き出しの整理をするかのように語り続ける。

「佳代子さんも知っとるやろうけんど、ここは田舎やけん。すぐに噂が回る。賢治さんは、よう辛抱しとったよ。父兄の中には、駆け落ちした男の方と知り合いちいう者もおったんよ。ほんとのところはよう知らんけんど、顔立ちのいい男やったらしい。ありゃ賢治さんが負けるわーやら何やら偉そうに言うとった。そんで、嫁から逃げられた男やち、ばかにしとった」

少し想像して、げんなりする。いまさっきの短い会話だけで、過去の想像が十分リアルになった。

「もともと二馬力でどうにか成り立っとる家やった。お金がなくて、給食費も遠足積立金も払えんときがあったよ。由真はそれが恥ずかしいち言って泣いとった。お父さんが可哀相やし、私も可哀相やって」

あ、と声を出しそうになって慌てて噤む。いつだったか義姉が『お母さんは貧困家庭のお金を立て替えていた時期があった』と話していたことがあるのを思い出した。教員だからってそこまでする必要ないのに、可哀相やけんって言ってね。お母さんはそういう、やさしいひとやけん。でも死んだ父はそれに怒り狂って。たかが教師がそこまでやっていいことじゃない！　ってまあすごい剣幕で怒鳴り散らしてさ。いま思えば、あれは夫婦の危機だったわねえ。

「それ、お義母さんが立て替え」

「あたしは何もできんかった。なーんもできんかった。由真たちを、しあわせにしてやれんかった」

声がしんみりして、わたしは黙る。小学六年生の女の子だ。母がいなくなり、周囲からいらぬ目で見られる苦痛は大きかったことだろう。それに、お金があれば解決する問題でもない。義母は、何もできないもどかしさを感じていたのかもしれない。

それから、息子のことを思う。わたしは別に不倫をしているわけではないし、息子を置いて逃げるわけでもないけれど、でも離婚という道を選べば息子にいらぬ心労を与えてしまうだろう。

「由真はいま、どうしとるんかなあ。しあわせに、なっとってほしいなあ」

呟きを聞き、指を追って計算をする。二十数年前に小学六年生だった女の子はいま、いくつだろうか。キリがよく二十五年前として、三十七歳前後か。結婚して、当時の自分と同じくらいの子どもがいてもおかしくないころだ。

「四十手前でしょうから、ここで母親として参加していてもおかしくないですね」

「そうか。そうだねえ、由真は母親になったんかもしれんなあ」

義母が独り言《ご》つように呟き、もしかしたら義母は由真というかつての教え子に会いたくて来たのかもしれないと思った。こんなに大掛かりなイベントだから、懐かしくなって来ることだってありえる。

「今日、来てるといいですね」

声をかけると、わたしを見てくる。

「そうだね」

こっくりと頷いて、なるほどやはりそうらしいと確信した。義母はきっと、由真さんのしあわせを見届けに来たかったのだ。

「ママ！」

聞きなれた声がして、振り返ると夫と梅本が駆けよってくるところだった。首からタオルを下げた夫は「餅つき張り切っちゃって、腰がいてえよ」と眉を下げて笑った。それから義母に「母さん、付き合えなくてごめんなー」と手刀を切る。梅本が「務さんにはいつもお世話になっております」と母に会釈をした。それからわたしに笑いかけてくる。

「佳代子さん。務さん、すっごいかっこよかったよー。他の家の旦那さんなんてヒイヒイ言って杵持ってたけど、彼ったらガンガン振り下ろすんやけん。いつもはのらりくらりの頼りない会長なのに、見直しちゃった」

「何だよ、褒めてんのか貶《けな》してんのか分かんねえなー」

夫が梅本を軽く小突き、梅本が「もちろん褒めてやっとるとって。ほら、お礼言いなよ」と小突き返す。仲良さそうにしているふたりを見て、胸の奥にじわりと嫌な感情がにじんだ。

夫はＰＴＡメンバー全員と仲がいいが、その中でも梅本とは特に親密だ。ＰＴＡで何かすれば、いつもふたり一緒に行動している。

別に、浮気を疑っているわけじゃない。少なくとも夫に、彼女と一線を越えるつもりはないだろう。ただ、夫の中には淡い下心がある。それは、かつて夫に口説かれていたわたしだからこそ分かる。夫は間違いなく、彼女に男として好意を抱いている。そして梅本もまた、夫を憎からず思っているはずだ。

ああ。何もかも、悪循環だ。

もしわたしが夫ときちんとからだを重ねていて、満たされていたら、この光景を前にしても日常のエッセンス程度の嫉妬心を抱いて終わったことだろう。ベッドの中で「仲良さそうじゃない」と拗ねてみせたりもできた。でも、そんなことはない。

からだだけではなく心までも他所に向けられているのを見せつけられて、でもわたしにはどうしようもできない。

「何なんかお前、その態度は」

ぼそりと義母が言った。

「自分の母親の面倒を嫁に見させとるのに呑気に鼻の下ば伸ばして、何様な」

嫌悪が溢れた声だった。そんなの初めて聞いて、わたしはぎょっとする。夫もきっとそうだったのだろう、「母さん。どうしたん」と慌てて言った。

「おれはPTAの仕事があるけん、マ……佳代子に頼んだんだよ。佳代子も承知してくれて」

「お前の都合で佳代子さんを動かしとるんやないか。少しは申し訳なさそうにせえ」

明らかに、義母は怒っていた。戸惑ったように頭を掻いた夫がわたしを見る。その目に小さな疑いの色があって、ああ、夫はわたしが義母に愚痴のひとつでも零したと想像したのだと気付いた。ばかにしないでよ。何年、一緒にいたと思ってんの。わたしがそんなくだらないことをするわけがないでしょう。

そう声に出す前に、義母が「もうええ」と夫に背を向けた。

「行こう、佳代子さん」

「え？　ええ。じゃあ」

むっとした顔の夫と、きょとんとした梅本を置いて、その場を離れた。

「お義母さん、あの」

もしかして、わたしのために怒ってくれたのか。お礼を言うべき？　言葉を探していると、義母はくるりと振り返って「トイレ」と言った。

「漏れる」

「大変、行きましょう」

手を摑んで、一番近いトイレに向かった。それから何となくバザー会場に移動した。

「あら、奥様じゃないですか！」

白髪の女性が駆けよって来て、また義母の知り合いかと思えば「ご主人の伊助《いすけ》さんにはとてもお世話になって」と話し始める。伊助とは義父の名だ。義父の方の知り合いのようだ。

「伊助さんはほんとうに素晴らしい、魅力的な男性でしたわねえ。一緒にお仕事させていただいていたころには、ずいぶん可愛がっていただきました。あんなに優しいひと、そうそういなかった……。お亡くなりになったと聞いたときには、どれだけショックだったことか。いまでもあのときの哀しさを忘れられないんですよ、あたし。ええもちろん、奥様の内助の功があってこそのお仕事ぶりだったんでしょうけれど、でもあたしはやっぱり、伊助さんご本人の徳があってこそだと」

突然、捲《まく》し立てるように喋り出す。初対面ではあるけれど、嫌な感じのひとだなと思った。義母は彼女が喋るのを、黙って聞いていた。

「あら奥様、どうかなさった？　あの、あたしですよ？　ほら、教育委員会で」

「どうも人違いをされとるごとありますが、大丈夫ですか？」

義母が、労《いた》わるような声で言った。それから「このひと、可哀相に。誰に話しかけとるのかも分かっとらんみたいやね」とわたしを振り返る。

「え、あら田中さん？　田中さんの奥様で」

「頭がぼんやりしたばあさんの相手なんてしてておられんし、行こうかねえ」

女性が慌てるも、義母は無視して教室を出て行った。とりあえず会釈だけして、義母を追った。

「お義母さん！　あのひと、お知り合いじゃなかったんですか。伊助さんって」

「なんち態度を取るんか、っち怒るジジイも死んどるけん。ええんよ」

しゃっきりと、義母が答えた。驚いていると、くつくつと笑う。

「ジジイがええ顔しとった女じゃ、あれは」

「ジジイって、その」

「伊助ジジイ」

言って、義母はぷふ、と噴き出した。

「ああ、気持ちええな。ジジイより長生きした甲斐《かい》があった。それに、死ぬ前に一度くらいあの女をぎゃふんち言わせたかったとよ」

ぷふふ、と義母が楽しそうに身を捩《よじ》らせて笑う。初めての一面に、わたしはただただ驚いてしまう。認知症を患うと人格が変わってしまうとか乱暴になるとかいうけれど、なるほどこんな変化を遂げるひともいるのか。いや、違うか。病気が、義母の中にあった『理性』をほんの少し壊し、それで本音が溢れるようになったのではないだろうか。

「お義母さん、わたし、いまのお義母さん好きですよ」

悪戯《いたずら》っぽく笑う顔に言った。

「さっき務さんを叱ってくれたのも、わたしのためだったんですよね?」

「さあ、知らん」

義母はそっぽを向いて見せたが、でもちらりとわたしを見て右の唇の端を持ち上げた。

「務の横におったひとな、さっきのババアの若いころに似とったんよ」

「まあ」

ふたりで忍びあうように笑った。

それから、義母が歩くまま、中庭へ行った。誰も座っていないベンチに座り、休憩する。義母が大きなため息を吐いた。

「疲れたでしょう。もう帰りますか?」

「いんや、まだ見とらんとこがある」

首を横に振りながらも、しかし疲れてしまったらしい。肩を落とし、背中を丸める。

「お茶か甘い飲み物買ってきましょうか。お義母さん、ここで待っていられます?」

「あまーいコーヒーがええな。ミルクが入っとって、あまーいのん。冷たいのがええ」

「分かりました。すぐ買ってくるので、絶対ここから動かないでくださいね」

こくんと頷いたのを確認して、校庭に走った。

缶のカフェオレを買い求めて戻ると、義母はいなかった。

「ああもう! 約束守ってよね!」

思わず脱力するも、そんなに嫌な気がしない。しゃきしゃき歩き回る元気があるのだから、いい

大昔の写真の展示を眺めていた義母が本田を見ながら呟き、わたしは「そうなんですか？」と小さな声で訊く。

「嬉しいとか痛いとか、大きな声で叫びきらん。自信がないもんやけん、言うたらいけんち思うとる。大きな声で言える子は特別やち思うて、勝手に遠慮する。言えばいいのに、言えん子」

主張ができないひと、ということだろうか。

本田はとても洗練されているように見える。多分、自分に思う存分お金をかけられるひと——そこそこ稼ぎのある独身だろう。艶のある髪、荒れていない肌、サロンで仕上げているだろうベージュのネイル。持っているのはブランドバッグだし、手にかけているコートはわたしの好きなブランドの定番だ。そんなひとなのに、主張ができない？

「むしろ、主張が強そうですけど。ほんとうですか？」

「嘘言うて、どうすっとな。あたしはこれでも教師ですよ。ひとを見ることにゃ、自信があるんよ」

義母が断言するから、そうなのだろう。

しかし、ひとを見ることに自信がある、なんてすごい言葉だ。わたしもひとを観察する癖があるけれど、わたしの目は少しだけ下品で、正しさに自信があるわけでもない。

「わたしのことも、分かりますか？」

考えるより先に、口が動いていた。義母が、ほう？　という風に眉を持ち上げる。

「佳代子さん、あなた自分のことが分からんのかね」

「分からない、かもしれないです」

「そりゃ、困ったね」

からかいや呆れなどない、やさしい声だったから、「はい、困ってます」と素直に言った。

「佳代子さんも、言えないひとやねえ」

義母が頷きながら言った。

「そう、ですか？」

「そうよ。あのねえ、言えないっていうのは、いいことやないんよ」

よいしょ、と義母がわたしと真向かいになった。

「普通なら言えるところを、言えん。ひとによっちゃそれを個性と呼びます。やさしさやち言うひともおるかもしれんね。でもねえ、誰がどう言おうと、自分自身は欠点やと思いなさい。人並みにできんことは、ぜーんぶ欠点。できなくても仕方ないんだ、なんて簡単に思うたらいけません」

ぼんやりしている顔でも、教師に戻ってしゃんとしている顔でもない。病気を患う前の――わたしが嫁いだ日と同じ顔をしていた。

『あなたはあたしの産んだ娘ではないけれど、実の娘だと心の底から思ってお付き合いしていくつもりでおりますけえね。あなたも、そう思うてくれていいけんね』

あのとき受け取った言葉を思い出す。綺麗ごとじゃなく、本心から思ってくれているのだと肌で感じた。ああ、こんなに素敵なひとがお母さんになったのならきっとこれからも大丈夫だと思えた。

「……務さんが、わたしを女性として見てくれません」

少しだけ、声が震えた。

「陵介を産んだ『ママ』としてしか見れないと言われました。大事には、してくれます。陵介の母として、家族として愛してくれているんだと思います。でも……でもそれはわたしが望む愛され方ではないんです」

涙が零れそうになるのをぐっと堪えた。喉奥から熱いものがこみ上げてきて喉に力を入れる。カエルが潰れたような声が漏れた。何度も唾を呑んで熱を下げ、それからもう一度口を開く。

「四十四で、甘えたことを言ってるんかもしれません。だから、仕方ないことなのだからと言い聞かせて、受け入れようとしました。でも、寂しいし、虚しいし、辛いんです」

ははあ、と義母が呟いた。壁の展示にしばらく視線を向ける。ばかなことを言っている嫁だと呆れたのだろうかと思っていると、「嫌やねえ」と苦々しく呟いた。

「子どもは親の背中を見て育つち言うけど、あの子は父親の背中しか見とらんやったんやろうねえ」

やれやれ、というように義母が頭を振った。

「一緒にいて寂しいと思わないといけんなんて、そんな悲しいことありますか。夫婦は互いの人生を豊かにするために寄り添うんです。佳代子さん、あなた、嫌な思いをしたねえ」

分かってくれるひとがいた。耐えきれず、涙が一粒だけ転がった。慌てて手の甲で拭う。

「でもね、あたしは務の母親やけん、話し合って歩み寄ってくれち、言います」

展示を見つめたまま、義母が続ける。務は務なりにあなたを大事にしとって、間に生まれた陵介ももちろん大事にしとる。あなたがもし離れていけば、務はきっと傷つくしいろんな苦労もする。愛情のかたちなんぞにこだわらんと、このまま一緒に生きていってやってくれんね、ち言います。

やはり、そうか。胸に小さな穴が開き、そこがぐりぐりと押し広げられているような痛みを覚える。相談すべきひとを、間違えた。そりゃそうだ。このひとはどこまでも、夫の母だ。

すみませんでした。嫌でもそう謝らなければいけないと口を開こうとした。

「……けれども、あなたはあたしが娘やと決めたひとでもある。娘が泣きながら寂しいち言うんなら、あたしは我慢せえなんて酷いこと、よう言えん。辛いんなら、離れてしまいなさい、ち言うよ。やけん、務に、愛情のかたちが違うのが苦しい、っち伝えなさい。寂しくてたまらん、ち。言葉を砕いて本気で伝えてみて。それでも務が理解しないのなら、あなたが辛い思いをし続けなくていい。務と別の道を進みなさい」

「……お義母、さん？」

義母がわたしを見て、そっと笑った。昔からのやさしい義母の笑顔でもなく、病気で曖昧になった笑顔でもない。今日何度か見た、意地の悪い笑顔でもない。わたしと同じ、女の笑顔だと感じた。

「我慢して、諦めて生きんでええ。昔と違《ちご》うて、何があっても死ぬまで連れ添わないけん時代やない。誰かの目やら体裁やらを気にして生きる時代でもない。いまは、自分に嘘ばつかんで、自分のために生きられる時代でしょうもん」

「で、でも。自分のためと言っても、陵介が」

「ええ。子どもは、確かに可哀相。やけん、もしそういう道を選ぶんやったら、ふたりでしっかりあの子を支えられる方法ば考えんといけんよ。あなたと務は、夫婦ちいう席からは降りられても、両親ちいう席からは決して、降りられませんけんね」

ぽん、と腕をやさしく叩かれた。温かくて、力強い手のひらだった。

心が揺れすぎて、言葉が出ない。代わりに、何度も何度も頷いてみせた。

ふっと、義母が視線をわたしの背後のパネルに向ける、「あらあらあら」とそちらに近寄っていく。

「こりゃあ、あたしの受け持ったクラスの写真やないね。田植え会のときのやつやねえ。こんときはみんなで泥だらけになって、でも楽しかった。諒子《りようこ》は機転が利く子やった。史広《ふみひろ》は、真面目なんだが融通が利かん子でなあ。計画通りにいかんと、癇癪《かんしやく》を起こしよった」

さっきまでの様子が嘘のように、ぶつぶつと話し始める義母の背中を眺めながら、目元をそっと拭った。

分かってくれるひとがいた。もう、それだけで十分だと思うべきかもしれない。

義母に言われた通りもう一度、今度は冷静に、夫にわたしの不満を伝えよう。でも、どれだけ言葉を重ねても、分かり合えるのはきっと無理だろう。少なくとも、昨晩の会話で己の中にあった夫への期待はすっかり消え失せてしまっている。わたしの中の寂しさを消すには、離婚を選ぶしかない。それでも、陵介のことを思えば躊躇う自分がいる。現状に留《とど》まる方がいいのではないかと及び腰になってしまう。夫婦ではなく両親として、今後もいまの生活を続けていくべきなのかもしれない。義母は背中を押してくれたけれど、まだ決断を下せる勇気は出ない。でも、心持ちを変えられただけでも良しとしよう。

資料室を出ると、タイミングを見計らったかのようにドヴォルザークの〝家路〟が鳴り始めた。長い長い秋祭りがようやく終わった、と思うのは、準備に膨大な時間を割いたからだろうか。

一緒に資料室を出た本田が、ふっと山際に目をやったかと思えば、音に身をゆだねるようにゆっくりと目を閉じる。泣いた後の赤い目元が、夕日に照らされる。

夕方五時を知らせるこのメロディは何十年も変わっていないという。この地を離れたひとには、懐かしい時間なのかもしれない。

そっと、本田が目を開く。すがすがしい顔をしていた。彼女はここに来ることで、何らかの憂いを手放すことができたのだろう。わたしのように。

「……明日も晴れそうですね」

どんな言葉をかけるのがいいのか分からなかったから、当たり障りのないことを言う。本田がわたしを見て、視線が合う。ふしぎそうな顔をしていた本田が、はっとして自分の目元に触れる。互いに泣いた後の顔をしていることに気付いたのだろう。笑いかけると、本田もそっと、笑みを零す。そのやさしいやり取りは、胸に微かな温《ぬく》もりを残した。

「お義母さん。そろそろ帰りましょうか」

ここから帰宅すると、帰りはすっかり日が暮れてしまう。もう少し早めにここを出ればよかった。

「帰る前に、ちょっと挨拶したいひとがおるけん、ついて来て」

言うなり、義母が歩き出す。挨拶？　長時間滞在していたんだから、早くすればよかったのに。

義母が向かったのは、門の横に設置された受付テントだった。すでに、いくつかのパイプ椅子やテーブルが片付けられようとしていた。

「あの、あのう」

義母が躊躇いがちに声をかけたのは、雑巾で椅子を拭いている女性だった。四十前後の女性が顔を上げる。彼女ははっとして、「先生？」と顔を明るくした。

「田中先生！　やだ！　来てくださってたんですか？」

「あの招待状、送ってくれたんはあなたでしょ、由真。祭りの事務局担当の名前が、由真ちなっとったけん」

何だ、彼女がここにいることを知ってたのか。それならもっと早くから会えただろうに、何をのんびりしていたのだろう。わたしは後ろで様子を見ながら思う。

長そでのシャツにデニムパンツ姿の女性——由真が義母の手を取り「ご無沙汰いたしております」と頭を下げた。

「田中先生には、あのころほんとうにお世話になって。田中先生がおらんかったら、いまの私はいません」

「いやあ、なんもなんも」

どこか緊張したように、義母が空いた方の手を振る。由真は嬉しそうに義母を眺め、「ああ嬉しい」と満面の笑みを浮かべる。

「あれから二十四年ですね。田中先生がご異動になってからは一度もお会いしませんでした」

「あの、由真は、いま、どうしちょるんな」

「北九州市にある託児施設で働いてます。今回のこの秋祭りには、卒業生ボランティアとして参加をしてるんです。子どもたちのためでもあるし、自分の思い出のためでもあって」

ああ、なるほど。ボランティア。道理で知らない顔だ、と思う。

義母が「名前、佐多のままやったな」と言うと「ええ。結婚はしてません。結婚も、子どももも私には無理かな」と肩を竦めてみせる。

「いいひとがいれば結婚くらいはいいかなと思うけど、出会いもないし、いまは特に。こうしている方が楽しいです」

「そうかそうか」

義母が頷く。その声音はどこまでもやさしい。わたしを『あたしの娘』と呼んでくれたときと、同じ声だと思った。

由真の顔が、ふっと陰る。

「来てくださったら言おうと思っていたんですけど、父が入院しました。末期の癌です」

義母の背が、びくりと揺れた。

「長くないと言われています。田中先生に連絡しようと言ったら、ご迷惑になるけん止めろ、て」

デニムパンツのポケットから紙切れを取り出した由真が、それを義母の手に握らせる。

「会わないと決めたっちいうんは、分かってます。父はいまも、その約束を忘れてません。でも最後くらい、会ってあげてくれませんか。お願いします」

由真が義母の顔を見る。その表情はあまりに切実だった。

「ひとこと声をかけてくださったら、それだけでいいんです。きっと、喜ぶから」

「……賢治さんに、どんな顔して、会えばいいんな。あたしは結局自分の家から逃げられんで、そんで」

「田中先生がいたから、あのとき私たちは救われました」

ふっと、由真が声を落とした。そのとき「さあ、柳垣秋祭りの閉会式を行います！　皆さま、どうぞ校庭へお集まりくださいませ！」とアナウンスが大きく流れた。

『間違っていたとしても、嬉しかったです』

由真の口が、そう言葉を紡いだような気がした。けれど、音はわたしのところまで届かなかった。もしかして。一瞬湧き上がった疑惑を、喉元で押し込める。今日これまでの義母の言葉たちが、大きな波のうねりのごとく、わたしに押し寄せてくる。

『決まりちいうんは大事よ。秩序を守るためやけん。決まりを守っとれば、群の中で堂々と生きられる。でも決まりを破らんと生きていけんこともあるやろうなあ。人間も鳥も、おんなじ苦しみを持っとるんかもなあ』

『我慢して、諦めて生きんでええ。昔と違うて、何があっても死ぬまで連れ添わないけん時代やない。誰かの目やら体裁やらを気にして生きる時代でもない。いまは、自分に嘘ばつかんで、自分のために生きられる時代でしょうもん』

ああ、このひとは、苦しみながらも決まりの中で生き続けてきた一羽のクロコンドルだったんだ……。

義母の、小さな背中を見つめる。手の中の小さな紙きれを、どうするだろう。受け取るのか、それとも返すのか。何を、言うのか。

受け取ってください。

気付けば背中に願っていた。義母がそれを受け取ったら、会いに行くと言ったら、ここから飛び出してくれるのなら、わたしも勇気を出せる気がした。どうか、お願い。勇気をください。

必死の祈りの中、ぴかりと強い光が目に飛び込んできた。我に返り、何だと見れば誰かのバッグのキーホルダーが夕日を反射したらしいことが分かる。そのまま、何とはなしに背にしていた夕焼けに目を向けて、息を呑んだ。

空が燃えていた。静かに燃えて、その炎がわたしを照らしていた。

見惚《みと》れたのち、嘘でしょと思った。こんなに激しい夕暮れは、知らない。

周囲を見回す。この異常なまでの赤に、誰も気が付いていない。まるで、わたしにしか見えていないように。しかし炎は確かにそこにある。いますぐにでも燃えつくさんとするほどに、激しく。

義母を見る。彼女はまだ、躊躇っていた。

わたしはふたりに近づき、由真の手から紙きれを取った。「佳代子さ……」義母が驚いた声を上げる。紙に書かれた場所をざっと見て、「行きましょう」と言って義母の手を摑んだ。

「お義母さん、ほら見て。クロコンドルの巣が焼けてます。だから、大丈夫。行きましょう」

義母が山際を見る。

夕日は、どこまでも赤い。早く行けと言わんばかりに。追い立てるほどに。

義母がわたしの手を握り返すまで、きっとあと一秒。

第4話　サンクチュアリの終わりの日

気持ち悪い。

ブラジャーって、こんなに気持ち悪いものなのか。

体育館のステージで、六年生の発表曲である『翼をください』と『小学校校歌』の合唱を終えたあたしは、教室に戻る児童たちの列から外れて、一番近くにあった来客用トイレの個室に飛び込んだ。それから着ていたトレーナーの裾から手を突っ込んで、ブラジャーのホックを外そうとした。でも、なかなかうまくいかない。苛立ちながら何度も背中のホックをいじり、舌打ちをする。ぱつん、と外れた瞬間、胸の辺りがすっと楽になって、大きく息をついた。ああ、息ができる。いや、さっきまでだってできていたんだろうけど、絶対酸素の取り込み量が少なかったはずだ。だってすっごく苦しかった。

洋式便器の蓋《ふた》にどさりと座り込んで、解放感をじっくり味わう。しかし少しずつ、苛立ちが戻って来た。

何か、悔しい。すごく悔しい。ブラジャーなんてせずにすんだら、さっきの合唱、もっと声が伸びた気がする。なのに、ブラジャーが気になって、うまく歌えなかった。いつもは誰よりも大きな声が出るのに、さっきは美冬の声にすら負けてた。歌は、あたしが美冬に勝てるたったひとつのものなのに。

「さいあく」

小さく呟いて、痒《かゆ》かった脇をぼりぼり掻く。力いっぱい掻いたせいで、少し痛くて、でも何でだか手を止められなくて、ひたすら掻いた。皮膚がびりっと痛む。血が出たかもしれない。それでも絶えず手を動かしながら、昨日これをあたしに買い与えたお母さんを思い出していた。

昨日、数年ぶりにお母さんに会った。

夕方、来客を知らせるブザーが鳴って、出てみたら記憶よりもずっと華やかで若いお母さんが立っていた。会わなくなって長い時間が経っているというのに、不思議なもので、一瞬でお母さんだと分かった。

『ああ、麦《むぎ》！　会いたかった！』

お母さんが、まるでドラマのワンシーンのような勢いであたしをぎゅっと抱きしめた。ぶわっと、薔薇《ばら》のような匂いに包まれる。驚いて固まってしまったあたしは、頭のどこかでこれって夢かな、と思った。何だかあんまりにも濃い匂いがして、いままで嗅いだことがないやつで、そのせいなのか、いまの状況に現実味がない。夢？　それともどっきりってやつ？

さかのぼること四年と少し前。あたしが小学校二年生の春ごろ、あたしの両親は離婚した。離婚を切り出したのは、お母さんだ。『先の見えない生活はもう嫌だ』と怒るお母さんを、お父さんは困ったように見ていて、同居しているおばあちゃんは『こっちだってあんたのような人でなしの嫁はいらん』と追い出すようなことしか言わなくて、お母さんは実家のある千葉県にひとりで帰ってしまった。家を出て行く日、お母さんはあたしに『いますぐは無理だけど、生活が落ち着いたら、絶対に迎えに来るから待っててね』と言った。

あたしはそのころとてもぼんやりした子で、しかも頭も悪くて、だから恐ろしいことに『離婚』

ってのがよく分かっていなかった（いまはもちろん、ちゃんと分かってる）。ぶっちゃけ、お母さんがどこか遠くに出かける、くらいの認識だった。だから素直に『じゃあ、待ってる』と言った。一緒に温泉に入って、『先に上がって、外で待ってるね』というくらいの感覚だった。そんなあたしにお母さんは涙をぽろっと零した。信じてね。私、絶対に麦を迎えに来るからね。約束する。

少しして離婚のほんとうの意味を知ったけど、そのときにはもう遅かった。いまさら詳しいことを聞ける雰囲気でもなく、おばあちゃんはことあるごとに『迎えになんて来るわけない』と言っていた。実際気が遠くなるほど長い間音信不通で、あたしはお母さんのことなんてすっかり忘れていた。でも、お母さんは約束通り、あたしを迎えに来たっていうの？

『やっと来たかね、智美《ともみ》さん』

奥からおばあちゃんがのっそり出てきて、お母さんの腕の中から顔だけ向けて見ると、おばあちゃんは抱き合うあたしたちを見て嫌そうな顔をし、それから『相変わらずいちいちが仰々しいひとだね』と吐き捨てた。それから億劫《おっくう》そうに『入りなさい。新市《しんいち》も朝から待っとったけん』とあご先で奥を指す。新市というのはお父さんのことで、図書館にも行かずに家にいて、どうやらおばあちゃんたちはお母さんと連絡を取り合っていたらしいと知った。

それどころか、大人たちはあたしの知らないところでいろいろとやり取りをしていて、勝手に話が進んでいて、そして終わっていたとも知った。あたしは今月末にもお母さんに引き取られて、お母さんが暮らしている千葉県に引っ越すのだという。

『早すぎや、しないか。もうちっと、ゆっくり進めても』

客間の応接テーブルに座ったお父さんが、背中を丸めてテーブルの木目に話しかけるようにもごもごと言った。真正面に座ったお母さんが『何を言ってるんですか』と冷えた声を出す。

『麦の教育を考えたら遅すぎるくらいです。どうせ、塾にも通わせていないんでしょ。幼いときの勉強の遅れは、大きくなっても響くんです。それに、お義母さんはもうお年です。たったひとりで、いつまでも麦の面倒を見られるわけないでしょう』

お母さんが静かにお父さんを睨みつけ、お父さんは、何も言い返さない。

あたしのお父さんは、現在無職だ。そして、お母さんと離婚する半年ほど前に鬱病と診断を受けて以来、いまもまだ病院を受診している。毎日十時になると図書館に出かけ、十七時の閉館までいる。何をしているのかと一度こっそり見に行ったことがあるけれど、古いノートパソコンを開いてぼうっとしていた。家の中では、笑うこともなければ、怒ることも泣くこともない。家族ともあんまり話さなくて、淡々と息をしているって感じ。でもこれは鬱病のせいってわけじゃなくて、元々そういう性格だろう。

それと、お母さんは勉強だの塾だの言うけれど、あたしの成績は一番こそ取れないけれどそこまで悪くない。本当に分からない問題はお父さんに訊けば即座に教えてくれる。ぼそぼそ喋って聞きづらいのが難点だけど、でも先生より分かりやすい。

『そもそもあんたが新市を捨てて出て行くけん、こげなことになったんよ。あんたが傍にいてやりゃこんな……っ』

おばあちゃんが声を荒らげると、お母さんは『この家が嫌なら出て行けと追い出したこと、お忘れになったんですね』ときっぱりと答えた。

『それに、このひとを支え続けるなんて、私にはできませんでした。共倒れになるだけでしょ？

こんな田舎で、最低賃金しかもらえないレジ打ちのパートで、どうやって家族全員を支えていけます？　生き延びるためには仕方なかった。でもお陰で、麦を育てていけるだけの力をつけました』

お母さんは、千葉でアイシングクッキー作家として活躍しているのだという。あたしが小さなころから、お母さんは手の込んだクッキーを作ってくれていた。ミッキーにアンパンマン、リカちゃんにドラえもん、リクエストすればなんだって作ってくれて、それはお店に並んでいてもおかしくないような出来だった。保育園のバザーに出品すれば、瞬く間に売れた。それが、仕事になったのだという。

『自宅で教室を開いていますので、家にひとりきりにさせることはありません。この子が不便な生活を送らずにすむような環境です。ともかく、これ、いままでのお礼です』

つらつらと喋ったお母さんが、分厚い封筒をすっと取り出した。おばあちゃんの前に置く。

『こげな、こげな真似したってあんた』

おばあちゃんが口角をぐっと下げて唇を曲げる。納得していないときの顔だ。でも、少しの間を置いて、『ま、まあその、いつかは、そうしないといかんけん、な』と封筒を手に取った。お母さんはそれに対して、『ご理解ありがとうございます』と深々と、堂々と頭を下げた。

『四年間麦を預かってくださったこと、ほんとうに感謝しています』

おばあちゃんがますます口角を下げた。お父さんはテーブルを見つめたまま『いや、麦はぼくの子どもでもあるんで、そんな風に頭下げられるものではないし……』とやっぱりもごもごと言った。

あたしは、大人たちが顔を突き合わせているテーブルからちょっと離れたところに突っ立っていた。そして、あたしの意思のないところで、あたしの受け渡しをしている大人たちを眺めていた。

誰も、あたしの方を見なかった。

それからお父さんは寝室に籠《こも》ってしまい、おばあちゃんは居間に消えた。お母さんはあたしの部屋に来て、上機嫌に話し始めた。

『話は聞いていたと思うけど、やっと麦と一緒に暮らせるようになったの。嬉しいでしょう？　それで、今回は麦やこちらの人たちに挨拶をするために帰って来たのね。それも見ての通り、うまくいった。でもね。悪いんだけど、お母さんは仕事の都合でどうしても今日中に向こうに帰らなきゃいけなくて、連れて帰ってあげられないの。でも来週また来るわ。そのときにいろいろな手続きをすませるつもり。うまくいけばそのまま一緒に千葉に行きましょう。麦も、その覚悟でいてちょうだい。持って行く荷物の選別なんかも、少しはしておいてくれると助かるな。まあ、家具なんかは新しく用意するつもりだからいらないけど、教科書や本に、服くらい……ていうか、さっきからずっと気になってたんだけど、あなたどうしてそんな恰好なの。昔はロングヘアにしてたでしょう』

とあたしを頭からつま先まで眺めまわした。

あたしは髪をベリーショートにしている。昔はお母さんが綺麗に結《ゆ》ってくれていたけれど、お母さんがいなくなってからは誰も結ってくれなくて、自分では全然うまくできなくて、それでおばあちゃんが床屋さんで『バッサリやって』とお願いしたのだ。それから二ヶ月に一回くらい、おばあちゃんに床屋さんに連れて行かれている。そして服は、オーバーサイズのパーカーとデニムパンツ。

『服は守《まもる》くんのお下がりで……』

守くんはお父さんの側のはとこで、あたしのみっつ上だ。おばさんが、守くんが着られなくなった服をときどき段ボールに詰めて送ってくれる。おばあちゃんは『あそこの嫁は贅沢《ぜいたく》やけん物を大事にせん』って嫌な顔をするけど、スポーツブランドばかりだし着古した感じでもないから、『大事に着なさい』と結局あたしに渡す。いま、あたしの服は百パーセント、守くんのお下がりだ。だけどお母さんは『お下がり』とまるでゴキブリを見たような声で繰り返して、ため息を吐いた。これじゃてんで、男の子じゃない。ああやだ、あのひと、自分が男の子しか育てたことがないからって、孫娘を男として育ててたってわけ？　そういう適当なところが昔っから嫌いだったのよ。

『ぜ、全部あたしの好みだよ。あたし、こういうのが好きなんだ』

髪は最初こそ大変なことをしでかしたような気がしたけど、あんまりにも楽だから、これでいいと思ってる。服だってそう、大きなサイズって締め付けがなくて気楽でいい。笑ってみせたけれどお母さんは険しい顔を崩さなくて、すぐにはっと何かに気付いた顔をした。それから突然襟元を摑んであたしの胸元を覗き込んできた。そして、服の下がタンクトップ一枚だということを見て『ちょっと待ってよ』と低く唸《うな》ったのだ。

ぼり、ぼり。脇を掻きながら、昨日のお母さんは始終、顔を赤くしていたなと思う。タクシーを呼んで、あたしと一緒に家から一番近いイオンに行ったお母さんは、下着売り場に走った。それから店員のお姉さんにあたしの胸囲を測らせて、上下セットのやつを色とりどり七組も買ったのだった。下着が詰まった大きな紙袋を提げたお母さんは、湯気が見えるんじゃないかと思うくらい、かっかと怒っていた。

『信じらんない、信っじらんない！　もう小六だってのにスポブラも買ってあげてないってどういうことなのよ！』

これまで、あたしはお母さんの連絡先を教えてもらえていなくて、お父さんたちは（多分）お母さんにあたしのことをあんまり話していなくて、だからお母さんはあたしのおっぱいが膨らんでいることを知らなかったのだろう。いや、そうでなくとも、おばあちゃんがあたしのからだにぴったり合った下着を買っているはずだと思っていたのかもしれない。でも、おばあちゃんはそういうことに無頓着なひとだ。というより暑さ寒さをきちんと凌《しの》げていたら問題ないという考えだった。

『麦、いままで恥ずかしかったでしょう。困ったでしょう。ごめんね、お母さんがいなかったせいで、可哀相なことした』

怒りなのか哀しみなのか分からないけど、目元を赤くしたお母さんがあたしの手をぎゅっと握る。久しぶりに触れたお母さんの感触はやわらかくて、生暖かかった。その方に意識を向けてしまったあたしは、曖昧に首を動かした。

下着を買ったあとはフードコートで一緒にクレープを食べた。お母さんは照り焼きチキンで、あたしはチョコバナナ。申し訳程度にクレープを齧《かじ》ったお母さんが『生理のときはどうしてたの？』と訊いてきた。

『ちゃんとナプキンとか用意してもらってた？　不便なかった？』

『それは、大丈夫』

五年生のときに学校で生理が来て、保健室に行ったら先生がちゃんといろいろ教えてくれた。先生はおばあちゃんにも連絡してくれて、家に帰ったらおばあちゃんは全部買いそろえてくれていた。だから、何の不便もなかった。それを話すと『あー、田舎の学校だから親身になってくれたのかな。よかったあ』と大げさにため息を吐いた。

『でも、どんな下着を買ってもらってるの？　ちゃんとしたサニタリーショーツでしょうね？　この際だから、買い足しておこう。絶対、安物でしょ』

はあー、とお母さんが何十回目かの大きなため息を吐き、『早く食べちゃいなさい。さっきの売り場に戻るよ』と言う。あたしはチョコソースを舌で舐《な》めとり、頷いた。安物かどうかは分からないけど、生理で困ったことは一度もない。もちろん、下着も。そう言いたかったけど、言ってもきっとお母さんのイライラは収まらない。

お母さんはほとんど口をつけていない自分のクレープを置いて、スマホをいじりはじめた。眉間に皺を寄せて、ときどき『女の子なのに可哀相』『もはやネグレクトでしょ』と独り言を零す。あたしはそんなお母さんの前で、味のしなくなったクレープをもそもそ食べた。

別に可哀相じゃない。そもそも、ブラジャーなんてどうでもいい。おばあちゃんは、あたしが欲しいと言えば買ってくれたと思う。おばあちゃんはただ気付かなかっただけだ。

そもそも、ブラジャーなんて必要ある？　走ったときなんかはちょっと胸が邪魔だけど、でも我慢できないってほどではないし、タンクトップを二枚重ねた上にサイズの大きい服を着ていれば誰も指摘しなかった。いままで誰も、何も言わなかった。

もちろん、他の子がとっくにブラジャーをしてるのは知っている。美冬はシンプルなスポーツブランドのブラジャーで、ひとつ下の美央《みお》はぺたんこのくせにディズニープリンセスみたいなレースたっぷりのやつをつけている。いずれはあたしもしないといけないことは、分かってる。でも、まだいいんじゃないかとも、思う。例えば、そう、小学生と言われている間くらいは。だってまだ、れっきとした子どものはずだ。

でもお母さんは『今日から毎日、ちゃんとつけるのよ』と紙袋をあたしに押し付けた。店員さんに教わった通り、カップの中に胸のお肉を入れるの。それと、下着専用の洗剤も一緒に買ったから、お風呂に入ったときに自分で手洗いしなさい。洗濯機は形が崩れちゃうから、入れちゃダメよ。手洗いして、部屋に干すのよ。

面倒くさすぎる。洗濯機に直接入れられないなんて、そんなやわな下着いらない。それ以上に、お肉をカップに入れるって行為。売り場の試着室で練習させられたけど、恥ずかしくてゲボを吐くかと思った。あんな辱《はずかし》め、ない。

「麦、いる?」

ふいに声をかけられて、はっとする。トイレの外から「麦ー? いないのー?」と美冬の声がした。

「い、いる! ごめん、お腹、痛くって」

「大丈夫? 先生が心配しとるよ。歌も、なんか調子悪そうだったし」

「あー……うん」

見抜かれてた。やっぱり、ふだんより下手だったんだ。泣きそうになる。情けない気持ちを振り払うように頭を振って立ち上がり、服の中に手を突っ込んだ。とりあえず、ここを出なくては。でも、ブラジャーのホックがうまく留められない。もそもそしていると、美冬が「そんな、具合悪いん?」と訊いてきた。

「保健室、行く? これからホームルームして自由時間やし、私、ついて行くよ」

「ううん、大丈夫、大丈夫。すぐ行く。美冬は先戻ってて」

焦るほど、うまくいかない。おっぱいを補助するだけのもののはずなのに、ホックがみっつもあるのがおかしいんだ。ひとつが留められても、他のふたつが外れたまま。お母さんは『ホールド感のあるものを』とか店員さんに言っていて、店員さんは『育乳ブラ』とか『しっかり谷間』なんてうたい文句がついているものばっかりを薦めてきた。それらは美冬たちがつけているものよりがっちりしていて、何となく大人臭くて、ちっとも可愛くなかった。生々しい感じがして、気持ち悪い。でもお母さんは『そうそう、こういうしっかりしたものじゃないとね』と満足げな顔をした。ああ、もうこんなの捨ててしまいたい。でも、そんなことしたら来週またやって来るお母さんにバレちゃう。

格闘してどうにかブラジャーを留めて教室に戻ると、すっかり浮かれた雰囲気が満ちていた。

「志方《しかた》さん、大丈夫？」

教壇に立っていた丹下《たんげ》先生が眉を下げ、それに答える前に「おっそいぞ、麦！　ちんたらすんじゃねえよ！」と寛太《かんた》が怒鳴った。椅子じゃなくて机に座っていて、「みんなに迷惑かけんな、ブス」と吐き捨てる。

「うっさい。お腹痛かったの！　仕方ないじゃん！」

ブラジャーに四苦八苦し、また締め付けに苦しまざるをえないあたしはイライラが収まらない。睨みつけると、寛太が「は？　言い返すなや。ぶっ殺すぞてめえ」と凄《すご》んでみせた。そんなことしたって、別に怖くもなんともない。寛太とは保育園のころからの仲で、節分のときに園長先生が扮《ふん》した鬼にビビッておしっこを漏らしたことも知ってる。

「ぶっ殺してみせな。ビビりのくせに、そんなことできんの？」

「なんだと、てめえ」

寛太が机から飛び降り、あたしはファイティングポーズをとる。丹下先生が「もうもうもう、やめてちょうだい」と泣きそうな声をあげた。

「仲良くしましょ、こんな日くらい」

「もう！　寛太も麦もやめて、迷惑」

丹下先生よりも大きな声を張ったのは美冬で「先生、あいつら無視して進めてください」と言う。丹下先生は困った顔のままあたしたち三人を順繰りに見て、「え、えっと、じゃあ、まあ、今日はお疲れ様でした」とぎこちなく笑った。

「みんなほんとうにお疲れ様。頑張ったね」

丹下先生が教室内の児童たちを見回す。見回すほどでもないけど。何しろ、このクラスの児童はたったの六人だ。あたしたちの通う柳垣小学校の六年生は、全員で六人。全校児童は、二十四人。こんなに少ないもんだから、柳垣小学校は来年春には廃校になることが決まっている。そして今日は、廃校前の最後のイベント『柳垣秋祭り』が行われているのだった。最後だからってことで、町を挙げてのイベントになっていて、校庭ではいま外部のお客さんたちが飛び込み漫才なんかをやっているはずだ。窓の外から喧《やかま》しい声が絶えず響いてくる。さっきのあたしたちの発表も、これまで見たことないくらいの観客がいた。

「最初はうまくまとまらなくてどうなることかと思ったけど、練習を重ねたかいがありました。今日はいままでで一番、綺麗に声が重なってたんじゃないでしょうか。えーと、その、ご覧になっていかがでしたか、香坂先生」

丹下先生が廊下に目を向ける。骨から細い感じの男のひと――発表前に大人たちが『すごい有名人が来たよ』と連れてきたひとだ。東京で活躍している、すごい作家の先生らしい。あたしは知らないけれど、美冬は『あのドラマの作者ね』と言っていたから有名なのだろう。

「とても自由奔放なステージでしたね」

香坂さんは、やさしい声で言った。

「柳垣小学校らしい、おおらかさが出ていると思いました」

柳垣小学校らしい、ってなんだ？　ていうか自由奔放って褒め言葉？　首を傾げていると、丹下先生が恥ずかしそうに俯いた。

寛太が「もういいー？」と大きな声を上げた。

「おれたち、かなた中の奴らと一緒に遊ぶ予定なんだわ。多分、もう待ってると思う。だからさあ、そろそろ話、切り上げてくれる？」

「何言ってるの、幸村《こうむら》くん。こういうのはちゃんとケジメとして話をしましょう。それに、自由時間の予定まで、まだ五分もあるのよ」

「ハァ？　そのたった五分が、おれらには大事なんじゃん。つーか、ケジメで何の話すんの？　大変だったアタシの話？　そっちの偉い先生の話？　そういうの、大人たちだけでやってよ」

「ちょっと寛太、うるさい！　黙って」

「うるせえクソブス！」

注意した美冬を寛太が怒鳴り、美冬が「はぁ!?」と立ち上がる。

「あんたが黙るべきでしょ！　ばかは黙っててよ。いっつも『ブス』しか言えないばか。偉そうにしたいなら、もっと語彙増やしてみな！」

「はー？　がり勉クソブスが！」

「はん、それくらいで増やしたつもり？　知能、猿以下だね」

「ちょっとちょっと、止めて。止めましょ、みんな」

「うるせー！　せんせーがそもそも悪いんやんか。はよ終われって！」

駄々っ子のように机をバンバン叩いた寛太が「浩志もそう思うよね？」と隣の席の浩志に訊く。

これまで偉そうに腕組みをしていた浩志が「おう」と頷いた。

「せんせ、おれらに迷惑かけんで、はよ終わらせてよ。空気読んでよ」

「空気読んで、って先生の話も大事でしょ」

「大事じゃねえけど？」

浩志がかっこつけて言い、寛太が追随するように「ねえしー！」と叫んだ。それから浩志は「お客さんの先生も、もういい？　おれたちの時間も大事なんだよね」と香坂さんを見た。

怒るだろうな、と思った。普通の大人なら、絶対怒る。でも香坂さんはとても面白そうに浩志を見て「君は、鈴原悟志さんの子どもだね？　よく似てる」と言った。

「悟兄はルールを守らない子は嫌いだと思うけど、それで大丈夫？」

え！　と浩志が立ち上がった。

「え、え、パパの知り合いだったの？」

「ぼくは五年生までこの学校に通ってたんだよ。君のパパも、ママも知ってる。それで、もう一度訊くけど、君のさっきの態度は、大丈夫かな？」

笑いを含んだ声で訊かれて、浩志の顔が真っ赤になった。大人しく椅子に座る。それを見た寛太も、下を向いた。

「丹下先生。お話の続き、どうぞ」

にこりと笑った香坂さんに、丹下先生は「ありがとうございます」と顔を赤くした。それからコホンと咳払いをして、「ええと、では、自由時間も迫ってることですし、簡単にすませましょうね。十七時にいつものようにドヴォルザークが鳴ったら、校庭で閉会式が行われます。在校生は赤いカラーコーンの前に並んでください。閉会式後は、大人は校庭、子どもたちは体育館の清掃となっています。校内の清掃は、代休があけた火曜日に行います」

いつもうるさいふたりが大人しいと、話がスムーズに進む。黒板に火曜日の時間割と持ってくるものを書いた丹下先生が「では」とあたしたちを見回す。

「それぞれ、連絡帳に写してね。火曜日、忘れ物には気を付けて。ではみなさん、お祭りを楽しんでくださいね。解散！」

丹下先生がパン！　と両手を叩くと寛太が「なげえー！」と叫んで立ち上がった。次いで浩志が「行こうぜ」と立ち上がる。ふたりは「一番乗りイェー！」と叫びながら教室を飛び出した。さっきまでほんとうに空気同然だった祐樹《ゆうき》と碧《あお》がのっそり立ち上がり、連れ立って出ていく。

「ほんと、ばかばっか」

あたしの前の席の美冬がふたりの背中を見送り、教壇を見てはっきりとため息を吐いた。振り返り「書き写した？　行こっか」とあたしを誘う。

「あ、うん。もう少し待って」

ノートに書き写しながら、廊下を見る。いつの間にか香坂さんはいなくなっていた。

「あのひと、浩志のお父さんの知り合いなんだね」

「私、すごく驚いた。〝シーツのほころび〟って、すごくいいドラマだったんだよ。あの作者がこの町出身だなんて知らなかったな」

いつもは冷静な美冬が、どこか興奮していた。

「しかも、わりとかっこよかったよね。丹下先生なんてトキメキ女子の顔してたよ」

美冬が鼻で笑い、教壇にちらりと目を向ける。丹下先生は、教壇のパイプ椅子に座って日誌を書いているようだった。

「ま、ときめく暇があったら、現実見ろって感じだけど」

あたしは書き終わったノートをバッグに入れた。

「じゃあ、先生行ってきます」

いちおう丹下先生に声をかけて、あたしたちは教室を出た。

「私、あのひと大っ嫌い」

不機嫌垂れ流しで、美冬が言った。

「たった六人しか児童がいないのに、纏められないいなんてどうかしとるやろ」

「ほんと、そうだよね」

丹下先生は二十三歳で、今年からあたしたちの担任になった。ニコニコしていて、やさしそうで、可愛くて、だから最初はあたしたちはちょっと年上のお姉さんが現れたようで嬉しかった。全員、そうだったと思う。

でも、夏休みが明けたころから、変わった。突然、浩志と寛太が丹下先生に歯向かうようになったのだ。ふたりは丹下先生を馬鹿にするような態度を始終とり、授業も真面目に受けない。そして、優しいだけの丹下先生は、それをうまく叱ることができない。困った顔をしているか、時々涙を流して見せるだけ。泣けば、浩志たちはますます調子に乗るって分かりそうなものなのに。

　あたしや美冬は、他の先生たちや親にそれを言った。でも驚いたことに、誰もがまともに取り合ってくれなかった。寛太たちだけではなく、先生を含む三人をどうにかしてとお願いした。でも驚いたことに、誰もがまともに取り合ってくれなかった。保健室の先生は『反抗期がきちゃったのかしらねえ』と聞き流したし、校長先生は『丹下先生はまだまだ経験が浅いだけだよ。これからこれから』と笑い飛ばした。うちのおばあちゃんは『先生はどんなひとでも敬わにゃいかん』と見当違いのことしか言わず、美冬のお母さんは『いまならまだ男女差なんてないも同然なんだから、ガツンと殴っちゃいな』とけしかけてきただけ。そして事態を一番理解しているであろう丹下先生本人が『先生、もっと頑張るね！』と言ってしまった。

『たった六人。たった六人だからコントロールできると思い込んでるんだよ、大人たちは』

　そう言った美冬は、大人たちに対して『希望』を失った、と続けた。私たちのこのヘルプは大人たちにとっては小さな問題なのかもしれない。実際、どうにかなることなのかもしれない。でもね、これはいつか、でっかい問題にまで育つよ。絶対。そのとき初めて、あのひとたちはどこでどうすればよかったのかって愕然とするんだ。

　あたしは、それはさすがに少し大げさすぎやしないかなと聞いていたけれど、でも丹下先生がだんだんとからだの線を細くしているのを見て、それに気付きもしない大人たちを見て、美冬の言うことが正解なのかもしれないと思うようになった。だって、ゆっくり、間違いなく悪化してる。これから、とんでもなく悪いことが起きてしまうかもしれない。

あ。でも、あたしはここから出ていくんだった。

校庭に出て、出店や人ごみの中に飛び込んでいく。いつもは閑散としている学校が、どこもかしこも賑わっている。いつもは一輪車やドッジボールをしている校庭に、ひとがひしめいている。知らないひとたちが、あたしたちの場所を平然と歩き回っている。

まるで、双子の世界に来たみたいだ。似ているけど、違う。そんな世界に。そんな風に目の前の景色を眺めていると、あたしの少し先を歩く美冬が「何か、偽物の世界みたいだね」と振り返って言った。

「嘘みたい。この学校がこんなに輝く日って、これまであったんかな？」

「ないと思う」

胸の辺りで、さわさわと嫌な感じがした。ああ、ほんとうに嘘みたいだ。この現実の光景も、あたしが、この場所からいなくなるって事実も。昨日まではただのお祭りだったはずなのに、楽しみだったはずなのに、いまはあたしのお見送り会みたいに感じて、そして怖い。これからを想像すると、足元がぐらぐらするような錯覚を覚える。

「やあやあ！　どうも、奥さん！」

近くで怒鳴るような声がして、びくりとする。あたしの脇をすり抜けて歩いて行ったのは、寛太のお父さんだった。なんとはなしに背中を見送ると、寛太のお父さんは先にいた浩志のお母さんに話しかけていた。がっはっは、と獣みたいな笑い声をあげる寛太のお父さんを前に、浩志のお母さんはいつも通りおっとりと微笑んでいる。

「知っとる？　賢介《けんすけ》が、鈴原土木に就職したんよ」

美冬がぼそりと言った。

「鈴原土木って、浩志のおじいちゃんの会社だよね？」

「そう」

賢介というのは寛太のお兄ちゃんで、今年高校一年生になった。

「賢介さ、入学してすぐに学校の先生を殴って入院させちゃって、退学になったんだって。そんで行くとこなくなって、浩志のおじいちゃんがおれが更生させてやるって言って雇ったんだよ」

驚いて美冬を見ると「賢介、小学校のころからすぐキレよったでしょ？　治ってないみたいね」と肩を竦めて、それから「やけん、寛太は浩志にヘコヘコしとるってわけ」と付け足した。

「ヘコヘコ……ああ……」

それで、なるほど、と思った。夏休み前くらいから、寛太と浩志がケンカしなくなったのだ。前は、ふたりはしょっちゅう争っていた。どちらも譲ることをしなかったから、ときどきは叩いたり蹴ったりに発展していた。でも最近はなくなっていて、それは丹下先生という共通のターゲットを決めたからだとあたしは思っていた。

「寛太は浩志に気を使っとる。そんで、そのストレスで丹下先生に噛みついとるんよ」

「美冬、よく見とるねえ」

全然知らなかった。分からなかった。

美冬は大人っぽくて頭がいい。あたしなんかとは全然違うとは思っていたけれど、やっぱり断然賢いんだ。

「嫌でも目に付くだけ。気付きたくないことも、あるよ」

つまらなそうに、美冬が言った。

「ふうん？　あ、それよりさ、まずは何か食べない？　お母さんたちがカレーと豚汁作っとるって話やったよね」

見回すと、ＰＴＡと書かれたテントの下に美冬のお母さんがいるのを見つけた。エプロンをつけて、鍋をかき混ぜている。

「ほら、美冬のお母さんがおるやん。行こ？」

促すと、美冬がきっぱりと首を横に振った。「行こ」とあたしの手を摑んでずんずん歩き出す。「どうしたん」と驚いて訊くも、美冬はずんずん歩き続ける。校庭の端まで行って、美冬は「ごめん」とあたしの手を放した。

「どうしたん、美冬。お母さんとケンカでもしたん？」

「ケンカとか、そんなレベルの話やない。私はあのひとを心底軽蔑してる」

けいべつ。言葉は聞き覚えがあるけれど、漢字が分からなかった。意味は、呆れるとか見限るとか、そういうことだっけ？　親に対して、そんな言葉を使わないといけないなんて、一体何があったんだろう。

美冬は飛びぬけて賢いし、美冬たち母娘はとても仲がいいから、大人のようなケンカをしてしまったのだろうか。

驚いて、それからしゅんとしてしまう。あたしは何もかも、美冬に劣っている。どの教科でも勝ったことがない。そして圧倒的に、あたしの方がコドモだ。美冬みたいな、『大人』の目線で物事を見れないし、考えられない。『大人』だったら必要な知識もない。それは、あたしの身近に大人がいないからだろうか。

　あたしにはおばあちゃんもお父さんもいるけれど、でもふたりはあたしに近いのかと言われたら違う気がする。だって、一緒に生活しているだけで、あたしはふたりのことをよく知らないし、多分、ふたりもそう。あたしがどんなことを考えてどんな風に生きているのか分かっていないと思う。そして、興味もないんだろう。ああそうだ。あたしには、何でも話して何でも教えてくれる大人がいない。

　昨日、お母さんが帰った後、三人で夕飯を食べた。玉ねぎと油揚げの味噌汁と小松菜のおひたし、サンマを焼いたやつとご飯。いつも通りのメニューで、お父さんはいつも通り美味しいとも不味《まず》いとも言わずにもそもそ食べていた。おばあちゃんはむすっとしていて、時々『あのひとは昔っから生意気やった』とか『嫌な女』なんてことを独り言のように吐き出した。あたしは、黙ってご飯を食べた。

『あのさ、あたし、お母さんとこ行くん？』

　半分ほどご飯を残したところで、ふたりに訊いた。お父さんはびくりとしただけで、おばあちゃんは喉に何か詰まったような顔をした。それからおばあちゃんは、小さな小さな声で『その方がええけん』と言った。その方がええことは、ばあちゃんも分かっとんのよ。お母さんのところの方が、余裕があるけんなあ。

　おばあちゃんが鼻を啜り、お父さんは何も言わなかった。あたしも、『ごちそうさまでした』と黙って手を合わせた。

　もっと近くで話せたら、話してもらえていたら、何か変わったのかな。

「うーん。どこ、行こうか」

美冬がため息を吐いて校庭を見回した。その横顔を見ながら、そうだ、美冬に引っ越すこと言わないといけないんだ、と気付く。

美冬とは保育園のころから一緒だった。

柳垣保育園も柳垣小学校と同様に人数が少なくて、だからこの地区の子たちは年の差も性別も関係なく他の学年とも仲がいい。去年かなた中学校に進学した梅本貴理《きり》ちゃんは美冬と一番仲が良くて、あたしはひとつ下の市川愛姫《いちかわあき》と気が合う。でも、美冬とずっと一緒にいたのは同い年のあたしだった。あたしは、美冬が一番の友達——親友ってやつだと思っている。

美冬は、どんな顔をするだろう。あたしがいなくなるって知ったら、ショック受けるかな。美冬が哀しい顔するところは、できれば見たくない。

左脇腹辺りが無性に痛くなって、親指でぐりぐりと擦る。

「あ、そうだ。あのね、麦。私、中学受験することにしたけん」

ぐりぐりぐりぐりしているあたしに気付かないまま、美冬が言った。

「かなた中学って、いまあんまり評判よくないんよね。賢介みたいに調子乗ったばかな奴がまだおるし、中には補導された生徒もおるらしいんよ。でさ、小倉に住んでる父方のおばあちゃんたちが、おばあちゃんの家から北九州市の私立中学に通ったら？　って言ってくれたんよ。最初は嫌やったんけどね、ちょっと思うこともあるし、受験することにした。先週から、塾にも行き始めた」

早口で言った美冬が「ごめんね」とあたしを見た。

「中学、一緒に行けんでごめんね」

指先が止まった。え？　結局、あたしたちは離れ離れになる予定だったの？　あたしも、言わなきゃ。来週、千葉に行くことになったって、お母さんのとこに引き取られることになったって、このタイミングで言わなきゃ。

でも、言えなかった。あたしは「びっくり、した」としか言えなかった。あたしはこういうとき、頭がからっぽになってまともに言葉を出せない。美冬はちゃんと、大事な話をしてくれたのに。

「ええ、と。中学受験なんて、あるんやね。言葉も知らんかった」

「私も、自分が関係するなんて思わんかったよ。でもまあ、受験落ちたらさ、かなた中に一緒に行くわけやけど」

「落ちるわけ、ないやん。美冬は頭いいもん」

「まあねー。塾の先生にも、いまの時点ではほぼほぼ大丈夫って言われた」

何故だか涙が出そうになって、俯く。

「あのさ、麦」

美冬が何か言いかけたけれど、ぷつんと言葉を切った。どうしたのかと顔を上げれば、美冬はあたしから逃げるように駆けだしてしまった。

「え？　え？　美冬？」

追いかける？　どうしよう。戸惑っていると「逃げられた！」と怖い声がした。見れば、貴理ちゃんが立っていた。かなた中の夏の体操服の上下に、スニーカー。手に大きなバッグを提げた貴理ちゃんは「何なんよ、もう」と地面をざっと蹴った。

「貴理ちゃん。どうしたん？」

「え？　ああ、麦。何かね、最近ずっと美冬に避けられとるんよ」

むう、と唇を尖らせた貴理ちゃんは「意味が分からん。ＬＩＮＥしても既読無視で、全然返信くれんしさあ」と頭を掻く。

「麦、美冬から何か聞いとる？」

「ううん、何も」

首を横に振ると、「何なんかねえ、もう」と貴理ちゃんは美冬の走り去った方を見た。

「もし美冬に会ったら、あんためっちゃ感じ悪いよって言っといて。腹立つ」

貴理ちゃんは明らかに怒っていた。いつもにこにこ笑っているやさしい子だから、とても珍しい。

あたしは頷いて「探してくるよ」と言った。

「あ、そこまでしてくれなくていいよ。わざわざ連れてこなくてもいいけん。伝えてくれるだけでいい」

「んー、うん。分かった」

美冬は校庭を抜けて行った気がする。賑わう校庭の、美味しそうな匂いに心が惹かれつつも、美冬を追った。

中庭を抜けて、校舎裏にある別棟に向かう。資料室や倉庫のある別棟の裏は、あたしと美冬の秘密の隠れ家だった。フェンスと建物の間は草がみっしり生い茂っていて、しかしそれをあえて乗り越えて奥に進むと、ぽっかりと開けた空間がある。畳一枚くらいの広さがあって、座り込んでしまうと誰にも見つからない。一年生のころ、かくれんぼをしているときにふたりで見つけて以来、秘密の場所と呼んでいるところだ。

案の定、美冬はいた。

地面に膝を抱えて座り、建物の壁に背中を預けていた美冬は、あたしを見て「すごい」と笑った。

「まっすぐここに来たでしょ。早すぎるもん」

「ここしかないなって、思って」

ダッシュして息があがったのを、どうにか整える。それから、美冬の隣に座った。

フェンスの向こうは稲刈りの終わった田んぼが広がっている。遠くから、楽しそうな声が聞こえる。カレーの匂いがした気がした。

「あのさ、美冬。何で」

「うちのママさ、不倫しとるんよ」

突然、美冬が言った。

「相手、誰やと思う？　貴理ちゃんのパパ」

「うそ！」

思わず叫んで、慌てて口を手で覆った。貴理ちゃんは三年生に祐馬《ゆうま》という弟がいて、お母さんはＰＴＡの役員さんだ。目で問うと、美冬が寂しく笑った。

「信じられんくない？　貴理ちゃん、しょっちゅう家に遊びに来るんよ？　ママの作るプリンが一番好きって貴理ちゃんが言うけん、ママは貴理ちゃんが来るたびプリン作ってたんよ。でも、貴理ちゃんのパパと不倫しとる」

「そ……それは、ほんとうに？　勘違いとかじゃなくて」

「ママのスマホの写真フォルダ、見てしまった。キスしてるとこの自撮り写真が何枚もあって、そんなん、疑いようがないやろ。キモかった、まじで」

ははは、と乾いた笑いを零して、美冬は「うちの家族、全然家族って感じじゃないんよ。特にパパが家族を大事にしてないのは、私だって知っとる。家族で出かけることもないし、ゴルフばっかやし、ゴルフ友達の中には女のひともおるみたいやし。そういうのは、ママ的には嫌やと思う。寂しいかもなとも思う。でも、だからって、不倫していいわけないやろ」と早口で言って、近くにあった石を拾い上げた。

「気持ち悪すぎて、受け入れられん。もう、一緒に暮らしていけん」

美冬が石を投げる。フェンスの穴を抜けた石は、田んぼに落ちた。

「……それで、美冬は中学受験するん？」

「うん」

美冬の目じりがきらっと光って、美冬が泣いてる、と思った。いままでどんな怪我をしても、どんなことがあっても、美冬は泣かなかった。その美冬が泣いている。

「ずっと、混乱しとる。ほんとのこと言えば、ママのこともまだ嫌いになれん。キモいっち思うけど、ママにもママの事情があったんかなっち考えてしまう。でも、やっぱり受け入れられん……。だから、離れようと思う。一所懸命勉強して、そんであの家から出る。三月まで、頑張る」

頑張って、でいいんだろうか。こういうとき、どう声をかけていいのか分からない。押し黙っていると、がさりとひとの気配がして「耐える方向で頑張っちゃだめだよお」とのんびりした声が降ってきた。まさかひとが来ると思っていなくて、美冬と「ぎゃ！」と悲鳴を上げる。顔を覗かせたのは、香坂さんだった。

「ごめんごめん、立ち聞きしちゃった。ここさ、ぼくが子どものころの秘密基地で、懐かしいなあと思って来たら、君たち先客がいてさあ」

呑気に笑って、香坂さんは「お邪魔しますね」とあたしの横に座った。美冬、あたし、香坂さんの並び。慌てて膝に顔をうずめた美冬に、香坂さんはあたし越しに話しかける。

「大丈夫。聞いたことは絶対、口外しない。ぼくはそんな無粋な大人じゃないからね。ただね、大人として言わせてもらおうと思って。耐え続けちゃダメだよ。君はちゃんと、事実を告発すべきだ」

「こくはつ？」

訊いたのは、あたしだ。香坂さんはあたしに「そう、告発」と頷いてみせてから続けた。

「そっちの君。君はこれから、死ぬ気で勉強しなさい。そして、無事合格して、引っ越すその日にぜーんぶ、みんなにバラしてしまいなさい。それが、君のお母さんのためでもあるんだよ」

美冬が、ゆっくりと顔を上げた。鼻の頭が赤い。

「ママのため？」

「そう。覚悟がきちんとあるひとなら、とうとう断罪される日が来たか、って腹を括《くく》るだろう。みんなに告白する勇気のなかったひとなら、君が、隠れた恋愛を白日の下《もと》に晒《さら》してくれたことに安堵《あんど》するだろう。間違った恋愛に夢中になっていただけのひとなら、君が道を正してくれたことにいつか感謝するんじゃないかな。そして最後。『どうしてこんなことをしたのか』と激怒するひとだったら、君との関係をすっぱり断ち切るきっかけになる。そのときにはきっと、もう好きに生きなさいと言い捨ててあげられるだろうからね」

美冬が、頼りなげに目線をさ迷わせた。

「……三月まで、黙って耐えるのは変わりませんよね？」

「可哀相だけど、そうだね。いまこのタイミングで言うと、君の人生の岐路を潰す可能性があるから、三月までは堪えた方がいい。でもストレスを抱えて勉強するのも大変だろう。そうだ、いい本があるよ」

香坂さんが、持っていたバッグを探る。「さっきバザーで見つけてさあ」と言いながら取り出したのは、カバーのかけられた本だった。

「面白そうだから買ったんだけど、君にあげるよ。はい」

あたしの目の前で、本が受け渡された。こわごわページを捲った美冬が「うわ。むつかしそう……」と呟いた。覗き込んでみると、小さな字がびっしり並んでいて、あたしの脳はそれだけで拒否反応を起こしてしまう。

「読んでみるといい。パラ見しただけだけど、役立ちそうなことが書いてあったよ」

あたしと違って、美冬は『活字中毒』だ。暇さえあれば図書室で本を読んでいるし、国語の教科書は配られたその日に全部読み終えてしまうくらい。あたしが一瞬で『無理』と判断した本を、美冬は興味深そうに眺めていた。

「邪魔してごめんね。ぼくは、行くね」

香坂さんが立ち上がると、美冬は「あの！」と後を追うように立ち上がった。

「私、実は作家を目指してるんです。あの、少しだけお話させてくれませんか」

「え？　そうなの？　それは、いいね」

香坂さんが照れたように笑った。

「それなら図書館にでも行かない？　ぼく、ちょっと行きたいなと思ってて」

「行きます、行きます！　あの、麦、ごめん」

美冬が申し訳なさそうにあたしを見る。さっきまでの泣き顔じゃなくなっていて、だからあたしは「いいよいいよ」と片手を振ってみせた。

「せっかくだもん。ちゃんと話しなよ」

「……ごめんね」

香坂さんと美冬がいなくなる。ひとり残ったあたしは、壁に背を付けて、空を眺めた。

ぼうっとしていると、泣きたくなった。何て酷い一日だろう。

柳垣秋祭り、楽しみだったのに。この日のためにお小遣いを貯めていた。出店の食べ物全部食べたかったし、バザーも覗いてみたかった。赤しそラムネの早飲み大会は、絶対出るって決めてた。でも、そんなのもうどうでもよくなってしまった。昨日から、あたしひとりじゃ受け止めきれないことが勢いよく押し寄せてきて、処理できない。

あ、そうだ。美冬に、引っ越すことも言えなかった。

どれくらい、ぼんやりしていただろう。何度か、勝手に溢れた涙が頰を伝い、洟《はな》を啜り、それが乾いてしまったころ、がさりと気配がして、ビニール袋を下げた浩志が現れた。

「うおぉ！」

大げさなくらい驚いた浩志がビニール袋を落とす。

「な、なんでお前こんなとこいるんだよ⁉」

「あんたこそ、何」

見上げて睨みつけると、浩志は「おれは静かなところ探してたんだよ」ともごもご言って、袋を拾い上げた。

「どっか行けよ、麦」

「あたしが先におったんやけん、あんたこそどっか行って」

ふん、と横を向くと「むかつくなあもう！」と浩志が苛立った声をあげる。無視していると、「少し横ずれろ」と言って隣に無理やり座った。

ああ、最悪。ここ、全然秘密の場所じゃなかった。

「どっか行って、浩志」

「うるせえ。今日はひとりになれるとこがここしかねえんだよ。分かるだろ」

確かに、どこに行ってもひとが溢れているだろう。仕方なく少しだけ横にずれてやると、浩志はビニール袋をがさがさと探り、「ほれ」とフードパックを差し出してきた。見れば箸巻きが二本入っている。ソースの匂いが鼻を擽った。

「仕方ねえから、一本やる」

「……ありがと」

フードパックの蓋を開けると、ふわりと湯気が立った。一本もらって、かぶりつく。

「美味しい」

「おう」

ふたりで黙々と箸巻きを食べる。ちょっとのキャベツとネギ、紅ショウガしか入っていないのに、美味しい。

「これ、寛太と食べなくてよかったの？」

何気なく訊くと、「寛太から逃げたんだよ」と浩志が苦々しく言った。

「何で」

「あいつ、もう友達じゃねえもん」

その声は怒っている風ではなくて、どちらかというと哀しそうに聞こえた。だから、浩志が寛太を怒らせたのかと思って「何したの、あんた」と訊いた。

「寛太の身長でもからかった？」

「そんなことしたって、あいつはもう怒らん」

大きな口であっという間に箸巻きを食べ終えて、浩志はビニール袋に手を入れた。ペットボトルのお茶を出して、喉を鳴らして飲む。それから「おれらはもうケンカなんてできねえんだ」と言った。

「どういうこと？」

「あいつはおれのこと、もう友達って思ってないけん。あいつにとってのおれは、じいじの孫、そんだけ」

フェンスの外に目を向けたまま、浩志は続けた。賢介がおれのじいじの会社に入ったの、知ってるか？　入ったんよ、社員で。そしたらよ、賢介も寛太も、態度がまるきり変わったんだ。ゲームしても本気出さねえし、やけに気ィ使ってくる。さっきなんて、おれが焼きそば買いに行こうとしたら『代わりに買ってくるからそこいらで休んでろ』って言うわけ。気持ち悪くね？　寛太が並んでる間にこの箸巻きとお茶買って、逃げてきたんだよ。

あたしは心の中で美冬に感心した。美冬の言ったとおりだった。

「もう、友達じゃねえんだよ」

くしゃくしゃと、浩志が頭を掻いた。

「やめてって寛太に言えばいいじゃん。そういうの嫌いだって」

「言ったわ、もう。なんべんも。でもな、聞かねえんだよ。さっきなんかさ、お前も大人になれって言われた」

ばっかじゃね、と浩志は笑い飛ばして、それから俯いた。

「いつかお前が兄ちゃんのボスになるんやけん甘ったれるな、って。それ聞いて、なんか、諦めっつーのかな。どうでもよくなった。おれ、じいじの会社を継ぐなんて一度も言ってねえのに」

あたしは、浩志の夢を知っている。ディズニーランドのキャストになることだ。小学校一年生のときに家族で行ったディズニーランドがとても楽しくて、いつか自分もあの場所で働きたいと思ったと、何年生だったかの作文で書いていた。

「おれ、ずっとここに住み続けんといけんの？　じいじの会社継いで、ここで生きてくん？　東京に住みたいし、外国だって憧れる。でも、もうそれはできんって決まっとるんか？」

「決まってはない、と思うけど。浩志の好きに生きればいいんやないの？」

「いやきっと、絶対無理や。寛太と話しとったらさ、たまたまばあばとその友達が近くにおって、ばあばたちは寛太の方を褒めたんよ。あんたは小学生なのによお分かっとるねえ、って。浩志は鈴原土木の大事な跡取り息子やけんねって。よう考えたら、うちはパパもママも、じいじもばあばも、生まれてからずっとここにおる。てことは、おれもそう決まってるんよ」

食べ終わった割り箸で、地面に丸を書いた。意味はない。ただ、何と言っていいのか分からなかったから、困っただけ。

浩志の家は、この辺りでも一番のお金持ちだ。浩志のお母さんはいつも綺麗にしてるし、お父さんはでっかい車に乗っている。両方の祖父母は元気で、ひとりっ子の浩志は合計六人に愛されている。それはもう、この町のみんなが知ってる話。あたしはそれを、羨ましいと思って眺めていた。運動会のとき、浩志の家のお弁当をちらりと見たことがあったけど、おせちの超豪華版って感じのやつで、フルーツの盛り合わせまであってびっくりした。うちみたいに、おにぎりと卵焼きとウィンナー、お煮しめ、みたいなのじゃなかった。

何でも持ってるんだから、出て行こうとしなくていいじゃん。どこかに行くっていうのは何かを求めているからじゃん？　美冬みたいに、どうしようもなかったりするひとじゃん？　浩志には、外に求めるものもここでどうしようもできないことも、ないじゃん。ここで全部、揃うじゃん。

でもそれは、この町を出ると周りから決められたあたしの僻《ひが》みなのかもしれない。

黙っていると「時間が止まればいいんにな」と浩志がぽそりと言った。

「どういうこと？」

「おれ、ずっと小六でいたい。跡取りとか言われたくないし、中学校のことも考えたくない。何も考えんでいい、いまの子どものままでいたい。今日が繰り返されることになってもいい」

隣に座る浩志の顔を見た。保育園のころからずっと見てきた顔なのに、一瞬、知らない男の子の顔に見えた。

「中学のこと考えたくないって、何で？」

何を言えばいいのかやっぱり分からなくて訊くと「ひと、増えるんやん」と言う。

「いままで六人やったのに、中学は一クラス三十人くらいに増えるんやろ？　無理や」

ああそういえば、浩志は甘ったれの泣き虫だった。保育園の年長組のときのお泊り保育で、ママがおらんから寝られんって泣いたし、小学二年生のころだったかにお父さんが盲腸で入院したときはパパが死ぬかもしれんってわあわあ泣いた。上級生に小突かれては泣き、先生に叱られては泣く。授業で戦争映画を観たときは、真っ青になって震えていた。いまでも、パパママ、じいじばあばって甘えた呼び方を人前で平気でする。あと、すごくワガママですごく偏見じみてる。『女は男に勝てない生きもの』なんてばからしいことを平気で言う。『女は男の言うことを黙って聞いてりゃい』って言ったこともあった。それにキレた美冬にこてんぱんに言い負かされて、やっぱり泣いたけど。

最近はさすがに泣くことがなくなったから、忘れかけていた。

「何もかんも嫌。もう、これ以上成長したくない」

浩志が声を震わせて、頭を抱えた。それは、あたしがよく知っている浩志、そのまんまだった。浩志は何も、変わっていない。あたしはまた割り箸に目を向けて、しばらく黙っていて、それからふっと「あたし、来週ここからおらんくなる」と言った。

「お母さんが、迎えに来た。来週、千葉県に引っ越すことになる」

「うそ」

「嘘言ってどうするん。ほんとう。いまはじめて、家族以外に言った」

ぐう、と浩志が犬みたいに唸った。次に、沈黙。あたしは円を二重にする。

「……麦のママ、ずっと前に出て行ったよな」

「そう。でも、あたしを引き取って生活できるようになったんて」

「麦は、行きたいんか」

「……分からん」

ぐり、とまた円を書き足す。

「でも、行った方がいいのは分かっとる。うち、お金ないんよ。お父さん無職やし、おばあちゃんの年金頼りやし。あたしが行った方が、楽になるみたいやし」

お母さんの渡した封筒の中は、お金だった。お母さんが帰った後、おばあちゃんが丁寧に数えてた。そうしながら、おばあちゃんはお父さんに『麦は向こうに行く方がきっとしあわせになる。あんたも、これで気持ちが楽になるやろう』と小さな声で言った。『自分ひとりの食いぶちだけと思えば、ねえ』とも。お父さんはそれに対して何も言わなかった。陰でそっと見ていたあたしは、見ていたことがバレないように、そっと部屋に戻った。

「浩志が言ってること、ちょっと分かる。あたしも、時間が止まればいいって思う」

考えなきゃいけないこと、受け入れなきゃいけないことが、あんまりにも多すぎる。こないだまで、目の前のことだけ考えていればよかったはずなのに。せめて、こんなにも突然押し寄せないでほしかった。

「ここから、出たくないな」

浩志が言って、あたしは頷く。この学校から、出たくない。この学校の児童として、難しいことを考えずに、のんびりと生きていたい。これからも、ずっと。

「もう帰ってよ！」

叫び声がして、ふたりしてびくりとする。誰かが、誰かに怒鳴っているようだ。浩志と顔を見合わせていると「私に恥をかかせに来たん⁉」と声が続く。別棟の入り口辺りにいるようだ。ふたりでそうっと、草むらを越えた。

建屋の陰からこわごわ覗く。立っていたのは知らないおばさんと、丹下先生だった。丹下先生が、おばさんに怒鳴っているみたいだ。誰、と小さな声で浩志が訊き、あたしは黙って首を横に振る。

「職員室にまで図々しく来て、教頭先生に失礼なこと言って！　もう、信じられん！　何してくれとるんよ！」

丹下先生が、酷く怒っている。怒っている姿を初めて見た。あたしは何となく、このひとは何があっても怒ることはないんだろうと思っていたから、すごく驚いた。ちらりと見たら浩志もそんな顔をしていた。

「もう、帰って！　ここからおらんくなって！」

「はいはい、帰るわね。情けなくて見とられんもん。ああ、言っておくけど、あんた、先生辞めた方がいいわ」

「は？　辞めろって、ばかなこと言わんでよ。先生になることが私の夢やったの、お母さんが一番よく知っとるでしょ！」

おばさんは、丹下先生のお母さんらしい。よく見れば、目の辺りが似ている気がする。おばさんは「お母さんだって、簡単な気持ちで言っとるわけじゃないわね」と顔を顰めた。

「あんたのためやし、何より子どもたちのためでもある。あの子たち、酷いもんやったよ。六年生なのに、一年生よりも発表が下手。舞台の上でにやにやしたり小突きあったり。歌も手抜きで、てんでだめ。あれでうまくやれたと思ってるんやったら、大きな間違いよ。誰かきちんとした先生が、ちゃんと指導してあげんと」

「あの子たちは頑張って練習してたし、私だってちゃんと指導を……！」

「ほんとうにそう思っとるん？　発表を見てた一般のお客さんたち、人数少ないとのんびりしすぎるもんなんかねえって笑ってたよ。先生が未熟すぎて全然指導できてない、って酷いこと言ってたひともおった。あたしも、担任があんたじゃなけりゃ『ありゃ情けないわ』つって一緒に笑ってたかもしれん」

ぐ、と丹下先生が言葉を詰まらせ、わたしは胸元のブラジャーを握った。

「もちろんあんたの指導不足。そして児童は世の中を知らなすぎる。先生は経験が浅いなんて言い訳をして、子どもたちはただただ甘ったれて、どちらも最悪やった」

やれやれ、という風におばさんは頭を緩く振って、「他の教員もそう。何が、のびのびと自由に育ててるんで、よ。大らかに育てるのと、規律を教えないのは全然違うわね。なーんも分かってない」と言う。

「お母さんの考えは古いんよ。子どもを抑圧しちゃ」

「いま、古い新しいで区別できる問題を話してない」

ぴしりと言って、おばさんは「こんなんじゃ、死んだお父さんも安心して成仏できんわ。娘が自分と同じ教師になるって大喜びしてたのに」と声を潤ませた。丹下先生は、何も言わない。

ここら辺は静かだねー、と別の声がして、校舎の方からひとが来る気配がする。声のする方向をちらりと見たおばさんは「ともかく、あたしはもう帰るけん」とため息を吐いた。

「あんたは少し、教師としてどうしていくべきか考えなさい」

とても疲れたように言って、おばさんは校舎側へ歩いて行った。入れ違いに来たのは四年生の村上春風《はるか》のお母さんと、ギャルっぽい女のひとだった。変な組み合わせ。丹下先生は春風のお母さんたちから見つかりたくないのか、静かに職員室に近い裏出入り口に消えて行った。

あたしと浩志はそろそろと元の場所に戻り、座り込んだ。浩志がふー、とため息を吐き、あたしは体育座りをした膝の間に顔を埋《うず》めた。心臓が、静かに握られたような気分だった。

「……にやにやしたの、おれかも」

「あたし、今日うまく歌えんかった」

長い沈黙の後、それぞれ、小さな呟きを落とした。

手放しで褒められるくらい出来が良かった、と思ってたわけじゃない。声が出てなかった自覚はあったし、自分が上手くなかったことは分かっている。でも、まさかあんな風に言われるほど酷かっただなんて。

「練習、まともにしなかったもんな」

浩志が言い、反射的に「あんたたちがいっつもうるさかったからやん」と責めたけれど、浩志たちのせいで練習が止まってても本気で注意してなかった自分を同時に思い出す。また練習ストップだよー、と文句を言いながら楽譜の裏に落書きして遊んでいた。

思わず、胸元に手を当てる。ブラジャーをしなくたって、あたしは結局歌えていなかったんじゃないの？

「せんせー、おれたちのこと庇ってくれとったな」

あたしは、浩志の言葉にのろりと頷いた。居心地の悪いような、嫌な気持ちが満ちていく。

この間、三年生の双子姉妹に『麦ちゃんも、何も知らんやん』とからかわれたときのことを思い出した。あの子たちは漢字を全然覚えていなくて、油断すれば手を抜こうとして、勉強を見てあげていたあたしは少しだけ苛立っていた。それで、『これくらいちゃんと覚えてないと今後自分が困るんよ』と強めに言ったら、そう返されたのだ。そして『YouTuber や TikToker のこと全然知らんで、こないだ話についていけんかったやろ？』と続けられて、ぐっと押し黙るしかなかった。我が家は、ネットに繫がる媒体はお父さんの持っているパソコンだけで、あたしはそれを触れないから、だからテレビに出てくるひとしか知らないのだ。

『そういうのんもコンゴ困ると思うで？』

ふたりが同じような表情で言った。からかう、とかではなくて心底ふしぎそうに。あのときと同じくらい、気持ちが悪い。

ついさっきまで、いまのままがいいって思っていた。子どものままで立ち止まっていたい、それこそがしあわせだと、考えていた。でも、でも。

「……あたし、喉渇いたし何か買いに行く」

ここにじっと座り込んでいるのも嫌になって、立ち上がった。

「戻って来るんか」

「分からん」

茂みを抜けて、ひとが溢れている場所へ戻った。

校庭はたくさんの食べ物の匂いが満ちていた。昨日作られた特設ステージではカラオケ大会が始まっていた。「飛び入り参加、お待ちしてます！」とマイク越しに言っているのは、知らない男のひとだ。審査員と札を下げた大人たちの中にも、知らない顔がいる。

あたしの学校なのに、あたしの知らないひとで溢れてる。最初は面白かったけど、だんだんと嫌気がさしてくる。

居心地の悪さに秘密基地を離れたはずなのに、外も居心地が悪くて、あたしは校門の方へのろのろ歩いて行った。

校門側も、校庭と変わらない。いつもはすっきりとした見通しの良い道路に、びっしりと車が並んでいる。どこの学校の子だろう、同い年くらいだけど知らない子が、我が物顔で二宮金次郎《にのみやきんじろう》像の横に座っていた。

ああもう、帰ってしまおうかな。こんなとこ、いられない。

いままで一度も思いつきもしなかったことが、夜明けの光のようにあたしの中に膨らんだ。光に従うように足を一歩踏み出した、そのとき。肩をがしと摑まれた。

「何してんだ、麦」

「ひえ！　え、あ？」

振り返ると、あたしの肩を摑んでいたのはお父さんだった。でも、様子が少し違う。いつも皮膚みたいに着ているグレーのスウェットじゃなくて、アイロンのかかった白いシャツと黒いズボン。髪もぼさぼさじゃなくて、綺麗に撫でつけられている。

「どうしたの、お父さん」

「どうしたの、って……まあ、ぼくもこの学校の卒業生、だから」

家にいるときと同じようにぼそぼそと言って、お父さんは辺りを見回した。

「ここに来るのも、これが最後、になるだろうし」

「どうして？　三月までは、まだあるよ」

「麦がいない学校に来る理由はないよ」

あ。そうか。あたし、来週にはいないんだ。また、忘れていたことを思い出す。

「でも、麦の学年発表には間に合わなかったな。ごめん」

「ううん、別に」

どうせ、うまい合唱じゃなかった。お父さんが観てたら、がっかりしたかもしれない。

「ええと。お父さん、ここに来るの久しぶりだよね」

ただでさえ会話のないお父さんと、こんなところでうまく話せない。思いつくまま口にすると
「麦の入学式以来だ」と言われる。

「あのときはまだ、お母さんもいたし、仕事してたから。堂々と来られた」

「あ」

そうだった。あたしが入学するときは、お父さんはちゃんとお仕事をしていた。

お父さんは新聞記者で、北九州市で働いていた。福岡県の各地に取材に行っては記事を書いていた。だけどおじいちゃんが脳卒中を起こして寝たきりになってから、仕事がうまくいかなくなった。

最初はおばあちゃんとお母さんのふたりで、家で介護することになっていたけれど、お母さんが

嫌だと言ったのだ。嫁だからって介護を強要されるのはおかしいし、子ども世代に負担をかけるのを当然だと思わないでほしい、ということを言っていた。おばあちゃんはそれに対して嫁のくせにとものすごく怒って、お母さんは考えが古すぎるともっと怒って、我が家はいっときピリピリしていた。

それで、間に挟まれていたお父さんが『ぼくがやる』と言って仕事とおじいちゃんの介護を両立することになったのだ。最初はおばあちゃんも手伝っていたけれど、おばあちゃんは二ヶ月で腰のヘルニアが悪化してしまい、それからはお父さんがひとりでやっていた。おじいちゃんは半年くらい経ったころ誤嚥《ごえん》性肺炎を起こしてそのまま亡くなって、そしたらそれがスイッチだったみたいにお父さんが鬱病を患ってしまった。お父さんは、自分の介護が上手くなくておじいちゃんを死なせてしまったと思ったみたいだった。仕事にも行けなくなって、お父さんは新聞社を辞めた。その後お父さんが鬱病の診断をはっきりと受けると、お母さんが『もう無理』と泣いた。お母さんはフルタイムのパートに出ていたけど、もう先が見えない生活は嫌だと言って出て行って、いまに至る。

あたしは、あのときのことをよく覚えていない。これまでの大人たちの会話の断片を拾って、繋ぎ合わせて、それで何となく状況を想像しているだけだ。だから、お父さんが悪かったのか、お母さんが我儘だったのか、それとも誰も何も悪くなかったのかは、分からない。

「いまの身には、なかなか、来づらいものがある」

思い返しているあたしに気付かないまま、お父さんは寂しそうに笑った。

「自分が卒業した学校なんだし、いつでも来ればいいじゃん」

柳垣小学校には、いろんなひとが来る。廃校が決まってからは『卒業生なんです』って突然やって来たひとが何人かいた。お父さんだって、来ればいい。だけどお父さんは「ここは、何かしんどくて」と言った。

「ぼくは、ほら、神様の子しんちゃんだったから」

「あー」

それは、おばあちゃんがよく話すやつだ。

お父さんは昔、神童って呼ばれていたそうだ。三歳で九九が言えて、五歳で徳川十五代将軍の名前を全部暗唱できて、六歳で世界各国の国旗を覚えてたとかで、ローカルテレビの取材も受けたことがある。おばあちゃんが仏壇に大事にお供えしているビデオテープにそのときの放送が録画されているらしいけど、デッキがないので観たことはない。でも、当時はとても賢い子どもってことで話題だったらしい。そんで、小学校に入ってからもお父さんは賢くて、ここいらで一番頭のいい高校に行って、大学は東京の有名なところ。いずれは大臣にでもなるんじゃないかってみんなが噂してた、とか。もう、何べんも聞いた話だ。

「それから、凡人に堕《お》ちたしんちゃんになった。みんな、そういうことを忘れてないんじゃないかと思うと、しんどい」

「そっか」

お父さんの言うことは、何となく分かる。あたしだって、町にいれば『志方さんちの子』ってみんなに知られてる。もっと言えば、元神童の父親がいて、母親が出て行った志方さんちの麦ちゃんだ。それは永遠に外せない名札をつけられているようで、時々うんざりする。

「でも最後だしな。自意識過剰になっていても仕方ないと腹を括って来たんだ」

「えっと、どこか、行く?」

周囲を見回すと、お父さんは「腹、減ってないか?」と訊いてきた。

「何か食うか?」

「え、ああ、うん」

箸巻きを食べたけど、まだお腹は十分じゃなかったので頷いた。お父さんと、出店やテントが並んでいる校庭に行く。お父さんはたこ焼きの前で足を止め「好きだったろう」と独り言のように呟く。多分あたしに向けた言葉だろうけど、あたしの好きなのは箸巻きで、ちょっとズレてるんだよなあと思った。でも箸巻きはもう食べたので、「うん」と頷いてみせた。

たこ焼きをふたパック買って、校庭の端に移動した。ふたりで並んで地面に座り、パックを開ける。それから黙々と、たこ焼きを食べた。

あたしがたこ焼きを食べ終わるころ、お父さんが「ごめんな」と突然口を開いた。

「ごめんな、こんな父親で」

「……あたしがいると、困った?」

ときどき、気になっていたことを訊いた。子どもを育てるにはお金がかかるって、おばあちゃんやおばあちゃんの友達が話しているのを何度か聞いたことがある。

「困った……。うん、とても困っていたよ」

お父さんが一口でたこ焼きを一個丸ごと頬張った。もごもごと口を動かして、飲み込む。

「ひとにはには役割ってのがきちんとあるんだよ。対峙《たいじ》する相手によって、役が振り当てられる。例えば子どもであったり、夫であったり、父親であったり。ぼくは、その役割のどれもうまくできなかった。君の父親という役割を果たさないといけないのに、うまくできない自分がいる。だから君を前にするとただただ困った」

　また、大きな口にたこ焼きを放り込む。

「……お父さんは、わたしが嫌いだった？」

「そんなことはない。嫌いだったのは、自分の思慮の浅さだよ。ぼくは父になれないくせに、父になってしまった。自分の器がさして大きくないことに気付きもせず、むしろ大きいと過信してた。何でもやれると根拠なく思い込んでいたんだね」

　お父さんは小さく笑った。

「麦。君は、自分のことを恥ずかしいとか、情けないとか、そういうことを経験したかい？」

　何それ、と言いかけたけど、あたしはついさっき、そういう感情を覚えたばかりだったから、こっくりと頷いた。あのとき、浩志と一緒に感じたのはそういうやつだったと思う。お父さんは少し驚いた顔をして「すごいなあ」と言った。

「ぼくは、そういう負の感情を抱いたことが、なかったよ。大人になって、いい年になってから知った」

「え、うそ」

「ほんとう」

　お父さんの顔を見る。白い、つるりとした肌。顎の下だけ、ごま塩みたいにヒゲの痕がある。目の下が窪《くぼ》んで、黒ずんでいる。おじいちゃんみたいだなと思った。お父さんは、ひとよりも早く年を取っているんじゃないのかな。まだ四十歳にもならないはずなのに、いまにも枯れて崩れそうに見える。

いや、違う。こんなにまじまじとお父さんを見るのは、初めてなんだ。あたしはいままで、お父さんをこんなに観察しなかった。こんなに近くで話をすること、なかった。ああ、そうだ。あたしは『大人』と話していないと思ったけど、話そうともしていなかったのかもしれない。

お父さんがあたしをちらりと見て「大きくなったんだなあ」と呟いた。

「君が二歳のころ、どうしてだかぼくと一緒じゃないと寝ない時期があって、腹の辺りにこう、猫みたいに丸まって寝ていたんだけど」

自分のお腹の辺りをくるりと撫でて、お父さんは続ける。

「この子はずうっと、この辺りに収まり続けるんだろうなって、ばかみたいだけど、そういう錯覚を覚えたんだ。そんなわけがないってちゃんと打ち消したはずなんだけど、ぼくはやっぱり頭のどこかでそう思っていたのかもしれない。君がここに収まるサイズだと、思い込んでいた」

「あたしがずっと、赤ちゃんのままだと思ってたの?」

「そう……いや、そう思い込みたかったのかもしれないな」

お父さんは「君に対して無責任だった。腹に収まるくらいの小さな生き物ならぼくにだって守れるって、勝手に肩肘張ってたんだ」と小さく笑った。

「君はぼくの想像を超えて、しっかりと育っている。目を逸らし続けて、すまなかった」

頭を下げたお父さんのつむじ辺りを見て、あたしはようやく、お父さんは別れを告げに来たのだと分かった。

「何でわざわざ、学校に来てそんな話するん」

こんなときにしなくたっていいはずだ。少し腹が立って言うと、お父さんは「こういうところが、ぼくの意地汚さなんだよ」と頭を下げたまま続けた。

「家の居間で話すには、あまりに日常の場所すぎて、ぼくが受け入れられない。ここなら、少しだけ背筋を伸ばせる。君に対して、父親の体裁をどうにか整えられる」

「お父さんは、ずるいね」

「そうだな、狡い」

ざわめく校庭の、明るい賑やかさの隅で、あたしたちだけが沈み込んでいくようだった。しばらく食べ終えたフードパックを弄んでいたけれど、沈黙に疲れて「もう帰りなよ」とお父さんに言おうとした。口を開き、すっと息を吸い込んだそのタイミングで、お父さんが「どんなことが、情けなかったんだ？」と訊いてきた。

「え？」

「君は、どんなことが情けなかったんだ」

さっきの話に戻ったらしい。面倒だなと思ったけど、「校歌が上手く歌えなかった」と正直に答えた。

「自分ではそこそこ歌えてるつもりだったんだけど、ほんとうは、聞いていられない出来だった、って知った」

「ええと、それは、ついさっきのことか？」

「そう。あ、下手って言われたことはショックだったけど、それが情けないってことやないんよ。練習を真面目にせんかったけん、言われても仕方ないと。仕方ないんけどさ、でも、頭のどっかで褒められて当然やって思ってたんよ、あたし。それが情けない。何て言うんかな……自分の中のだめなとこに赤でぐりぐりっとしるしをつけられた気持ちがした。見えてないんなら、こうしてやる！　こういうとこだぞ！　みたいな」

ぱきょ、とお父さんの手の中のフードパックが鳴った。お父さんは凹《へこ》んだフードパックにじっと目を落としていたけれど、「なるほどなあ」と呟いた。

「君はほんとうに、成長してる。そして、素直だ。ぼくはきっと、君の年のころから目を逸らすのが当然のように生きていたんだろうなあ」

ふっと顔を上げて、お父さんは「そのまま大きくなっていきなさい」とあたしを見た。

「君は、そのままでいい。情けないものを受け止め続けていきなさい。目を逸らすことをしないで」

「お父さんは、この嫌な感じをこれからも抱えろって言うん？」

いいこととは、全然思えない。その不満に気付いたのか、お父さんが「受け止めた上で、塗り替えられるようになるのが、理想だろうな」と考えながら言った。

「取り返しがつくものなら、取り返した方がいい。まあ、理想だけど」

「とりかえし」

おうむ返しに呟いたところで、ステージの方でひときわ大きな歓声が上がった。見れば、三年生の双子姉妹がステージに上がっていた。発表会で見たときとは違う、お揃いの真っ赤なドレスを着ている。全然知らないメロディが流れはじめ、双子のお母さん――保護者の中でもひときわ派手なひと――が手作りうちわとスマホを持って「ええでー！　頑張れー！」なんて叫んでいる。

双子が、まるで合わせ鏡のお人形のように動きを合わせて歌い出す。元の曲を知らないけど、上手なのは分かる。綺麗にハモっているところなんて、さすが。ステージの周りのお客さんたちも楽しそうに手拍子している。歌い終わると、大きな拍手が巻き起こった。

「……あたし、ちょっと行ってくる」

お父さんにフードパックを押し付けて、走り出した。

カレーのテントの傍に寛太がいた。あたしに気付くと「浩志知らねえ？」と訊いてくる。

「何か勝手に怒ってよー、見当たらねえんだ」

「ねえ、祐樹と碧、どこにおるか知らん？」

「おれの質問に答えろ、ブス」

「うるさい。祐樹と碧！」

「知らねえよ」

どっか行け、と手を振る寛太に「ねえ、浩志連れて来るけんさ、ここにいてくれん？」と言う。

「んあ？　そういうことなら、いいぞ」

「じゃあ待っとって。ほんで、祐樹と碧も見かけたら引き留めといて」

不思議そうな顔をしている寛太を置いて、また駆け出す。別棟の裏に行くと、浩志は膝を抱えたままぐうぐう寝入っていた。

「起きて、浩志」

肩を掴んで揺さぶると、浩志は「待ってママ」と不機嫌そうな唸り声をあげ、相手があたしだと気付くや「な、何だよ！」と顔を真っ赤にした。

「ねえ浩志、いま校庭でカラオケ大会やっとるんよ」

「知っとるわ、それくらい。ほら、演歌が聞こえてんじゃん」

「校歌、もう一回歌おう」

浩志が「ハァ？」と眉間に皺を寄せた。

「何でだよ」

「今度はちゃんと歌ってさ、あたしたちだってちゃんとやれるってところを、来たひとたちに分かってもらおう」

「何だよそれ。意味あんの？」

「分かんないけど、しないよりいい気がする」

このもやもやを消さないまま今日を終わらせてしまうより、いいと思う。じっと浩志の目を見ていると、浩志が先に目を逸らした。それから少しして、「ばかみたいやん、おれたち」と言う。

「もっかいやり直しなんて、そんなんだせえわ」

「さっきすでにださいことしとるんやけん、いまさらやん。もしかしたら、見直してくれる誰かがおるかもしれんやん」

な、と浩志の腕を摑んで引っ張った。

「嫌だ。何か恥ずかしい」

「何でよ」

そのとき、タイミングよく、と言うべきなのか、「カラオケ大会終了のお時間がそろそろ迫っております」とアナウンスが聞こえた。

「我こそはという方、いらっしゃいませんか？　これが最後、これが最後のチャンスですよー」

浩志が耳を澄ます顔をして、あたしははっとする。

「あたしのリベンジも、これが最後のチャンスなんよ。取り返せんのよ。やけん、お願い」

そうだ。これを逃したら、あたしはきっと一生、少なくともそれに近い時間、後悔する。

あたしの言葉の意味を分かってくれたのか、ため息を吐いた浩志が「仕方ねえな」と立ち上がった。

「今回だけやけんな」

「……ありがとう！　あ、ちょっと待って」

心置きなく歌うには、大事なことがある。

「浩志、後ろ向いて」

浩志に背中を向けさせて、あたしはブラジャーのホックを外した。今日一日あたしを苦しませたベージュ色の下着がなくなると、途端に息が楽になる。袖口から、ブラジャーを引き抜いた。

「いったい何なんだ……ってうおおおお⁉　何してんだお前えええええ！」

振り返った浩志が、あたしの手元で揺れるブラジャーを見て顔を真っ赤にして悲鳴を上げる。あたしは「邪魔やったんよ、これ」と笑った。

「明日までは、しない。えーと、とりあえずここに隠しておこ」

茂みにブラジャーを隠して、「い、意味分かんねえし！」と狼狽える浩志の手を摑んで、校庭まで駆け出た。お願いした通り寛太はカレーのテントにいて、祐樹と碧もいた。あとは美冬だけ、と思うけれど、美冬はいま貴重な時間を過ごしてるはずだ。と思えば、「あ、いた。置いて行ってごめんね、麦」とタイミングよく美冬が現れた。

「あれから家庭科室で本読んでたんやけど、何か居心地悪くて。子どもが祭りではしゃがなくたってよくない？　って、みんな、集まってどうしたん？」

「ねえ、もう一回校歌歌おう」

ステージを指して言うと、寛太が「ばかか？」と鼻で笑った。

「何であんなくだらねえことをもっかいやんなきゃいけねえんだ」

祐樹が「ぼくも、もう遠慮するよ」と迷惑そうに言い、碧も頷く。

「えっとその、あんま、いい出来じゃなかったじゃん。もっかいやり直そうぜ」

浩志が言葉を探して言うも、寛太が「だから何で」と言う。

「つーか、出来って何？　問題なかったやろ」

「ぼくもそう思うよ。先生だってそう言ってたし」

「いや、うまくなかったやろ。な、やり直そうって。麦、お前はステージ行って参加するって言ってこい」

浩志が顎で司会を指し、頷いて行こうとしたあたしの腕を寛太が摑んだ。

「待て待て。何勝手に決めてんの？　おれ、やんねーし。つーかさ、浩志、どこに行ってたん？おれずっと探してたんだぞ」

「誰もいませんかー？　ではそろそろ閉め切らせていただきますよ」

「向こうにさ、かなた中の先輩たちいるんだ。今夜、オンラインで対戦しようぜっつってて、行こうぜ、浩志」

あたしの手を摑んで、寛太がへらへら笑う。このままじゃ、カラオケ大会に参加できない。焦っていると、浩志がどん、と寛太を全力で押した。寛太がよろけ、あたしの腕が解放される。

「行け、麦！」

浩志が声を張った。それから、へたり込んだ寛太に凄む。

「お前さあ、おれにボスになる自覚持てって言ったよな？　じゃあ、お前はおれの命令を聞く覚悟を持てよ。いまから校歌を歌うんだ、いいか分かったか」

かっこいいじゃん、浩志。ちょっとだけ感動して、ステージに駆けて行った。

「待って、待って！　参加します！　します！」

マイクを持つおじさんに向かって、大きく手を振って叫んだ。

時間がないから、と急《せ》かされてステージに上がったのは、わたしと浩志、美冬だけだった。寛太は「命令していいって言ったわけじゃねえ」とキレてどこかに行ってしまい、祐樹たちも「二度も歌うなんて絶対嫌だ」としり込みしてしまったのだ。

「さいあく……」

浩志が真っ赤な顔をして呟く。あたしはそれに「ごめん」と返した。こんな寂しい展開になるなんて思いもしなかった。

「えーと、何を歌ってくれるのかな？　音源はある？」

おじさんに訊かれて、あたしは軽くパニックになってしまう。慌てて「あ、あの、さっき校歌をうまく歌えなくて、だからもう一回ちゃんと歌いたいと思いました！」と一息に喋る。

「だ、だからあの、オンゲン？　っていうのはよく分からなくて」

おじさんがハハアという顔をして、「柳垣小の校歌、いけます？」と機材が詰め込まれたテントに向かって訊く。テントの中のひとが首を横に振ると「じゃあアカペラで頑張ろうか」とあたしたちにガッツポーズしてみせた。アカペラは知ってる、伴奏なしで歌うことだ。

「さいあく……さっきよりひどいことになる」

浩志が泣き出しそうに声を震わせ、あたしもぞっとする。そう、なってしまうかもしれない。

「ねえ、さっきうまく歌えなかったことがそんなに嫌やったん？　麦、そんな真面目やった？」

ふしぎそうな顔をした美冬に小さな声で訊かれ「ごめん、付き合って」と頭を下げる。

「待って待って！　あたしも参加します！」

大きな声でステージに上がってきたのは、貴理ちゃんだった。

「かなた中吹奏楽部、来てるひとは来てー！」

貴理ちゃんがトランペットのケースを掲げて叫ぶと、数人の女の子や男の子たちがわらわらと集まってきた。それを見て、貴理ちゃんが「かなた中学吹奏楽部、演奏させてもらいます！」とおじさんに向かって手を挙げてみせた。

「こないだちょうど、みんなの母校の校歌を練習するって課題があって、柳垣小もやったんでバッチリです。ね、みんな⁉」

貴理ちゃんが訊くと、ステージに上がって来た中学生たちが「イエー！」とノリノリでそれぞれの楽器が入っているらしいケースを掲げた。貴理ちゃんが、驚いた顔をしている美冬に「何に怒ってんのか知んないけどさー、友達は大事にしてよね！」と親指を立ててみせる。美冬がスカートの裾をぎゅっと握るのが見えた。

「待って待って！　あたしも」

次に来たのは愛姫で、ブルーのトイピアノを抱えている。

「さっきバザーでママに買ってもらったの！　弾いたげる」

ステージ上にひとが増えて、司会のおじさんが「こりゃいいや」と笑った。

「じゃあ、有志の子どもたちによる柳垣小学校校歌ということで。どうぞ！」

楽器が揃うのを待って、貴理ちゃんがタイミングを取る。あたしと浩志、美冬は一度だけ視線を合わせて、息をすっと吸った。

ああ　うつくし足立の山の峰
深き緑のわが里よ

声も、足も震える。数時間前の発表会のときにはこんなに緊張しなかった。背中に冷や汗がだらだらと流れる。

柳垣の子は健やかに
やさしい心を育てゆく

隣の浩志の震えが伝わってくる。まるで震えの二重奏だ。そんなことを思うけれどくすりとも笑えない。

でも、ここで歌わなきゃ。後悔してしまう。

お腹にぐっと力を入れたそのときだった。

「あぁあー！　やながきぃぃぃ！　柳垣小学校ぅぉおおお！」

突然、見覚えのあるおじいさんがステージに乱入してきた。何故かべしゃべしゃに泣いていて
「あー、もう、なくなっちまうんだよなあ。やっぱ寂しいなあ！」と叫ぶ。ステージ下の誰かが
「おい、塩田《しおた》のじいさんが感極まってっぞ」とヤジを飛ばした。

塩田さんは、毎朝通学路に立っているおじいさんだ。三十五年間、一日も欠かさず子どもたちの登下校を見守ってくれているひとで、ときどき、登校するあたしたちにひと口チョコレートをくれる。『しぇんしぇい（塩田さんの発音はこう）に見つからんごと、こっそり食べて行きんしゃい』と笑うやさしいひと。塩田さんからすれば、あたしたちよりもよほど柳垣小学校に思い入れがあるのかもしれない。そしてそんな塩田さんだからか、誰も、彼の行動を止めなかった。

校歌はそのまま、二番に移った。塩田さんはやっぱり泣きながら歌い続けていて、それを見て何か感じたのか、それまで手拍子して見守ってくれていた大人たちも次々と校歌を口ずさみ始めた。口ずさむどころか大きな声で熱唱するひとも出た。歌声はだんだんと大きくなっていく。審査員席のおじさんも、立ち上がって歌い出す。

「何と、大合唱になりました！　ああ、柳垣小学校への思いが伝わってきますね。ようし、みなさんこのままみんなで歌いましょう！」

司会のおじさんが感動した様子で言い、歌声はますます大きくなる。

あたしたち三人の声は、もはや、かき消されていた。

もう誰も、あたしたちの歌を聞いていない。みんな、自分たちのために、この空間のために歌っている。

それは決して悪くないことだ。何かを惜しんでみんながひとつになるってきっと尊いことだ。だって貴理ちゃんたちは心地よさそうに演奏しているし、歌っているひとたちもそれぞれがしあわせそうだったり、満足そうに涙を拭いていたりする。こんな貴重な空間の中心にいられることを、あたしも楽しめばいいのかもしれない。

でもやっぱり、悲しかった。こんなのはあたしの望んだステージじゃない。あたしはちゃんと、歌いたかった。きちんと歌えるところをみんなに知ってもらいたかった。それを丹下先生のお母さんがちゃんと観てくれていて、ああやっぱりいい子たちだねって丹下先生に言ってくれるところまで、想像していた。

だけど、あたしのリベンジの機会は、もう永遠に失われてしまった。こんなかたちで、奪われてしまった。大げさかもしれないけれど、でもやっぱりそうとしか思えなくて、泣きそうだった。

ちらりと浩志を見ると目元を赤くしていて、浩志にも申し訳ないことをしたなと思う。浩志だって、こんなステージ、想像していなかったはずだ。しかも今回のことで、寛太との関係がまた複雑になってしまった。浩志、ごめん。でも、浩志のお陰でこの悲しみが自分ひとりのものじゃないって思えて、ほっとする。ごめんねよりも、もっともっと、ありがとう。

校歌を三番まで歌い終えた後、「アンコール！」と声がかかって一番に戻った。みんな盛り上がっている。あたしたちなんて、もはや誰も見ていない。浩志は辛抱できなくなったのか、「見世物みたいでもう嫌じゃ！」と叫んでステージを駆け下りて行った。美冬はステージの端でトランペットを吹いている貴理ちゃんのところに駆け出して行った。去って行くふたつの背中を見て、あたしも、もう歌わなくたっていいんじゃないかと思う。あたしも、もう降りてしまおうか。

ふっとため息を吐いて視線を流すと、人ごみの端に、お父さんがいた。お父さんは唇を一文字に引き結んで、じっとステージを、あたしだけを見ていた。

お父さんと目が合った。うるさいくらい音や感情が溢れた場所の端っこで、お父さんが口を動かす。はっきりと、「取り返せ」と言った。間違いなく、聞こえた。

お父さんが、見てくれている。

突き動かされるように、口が動いた。お腹に手を当てて、ぐっと力を籠める。さっきよりももっと大きく、お父さんにしっかり届くように、声を張った。お父さんがまた、唇をきゅっと結ぶ。

全力で歌いながら、これまでのことを考えた。特に、お父さんのことを考えた。あたしとの生活をどんな風に感じてたのかなとか、お父さんはどんなことを考えて毎日を過ごしていたのかなとか。

そして、これからのことも考えた。このステージが終わったら。家に帰ったら。明日になったら。この町を出たら。

先のことは全然分からないし、深く考えたら怖くなる。このままでいたいって気持ちは、やっぱりどこかにある。でも、進んでいくしかない。

鼻の奥がツンとする。それに気付かないふりをして、ひときわ声を張った。

いまは何も考えないでいよう。いまは、自分が選んだ舞台を歌いきる。そして、歌い終わったら、ブラジャーを取りに行く。それだけ考えていよう。

第5話　わたしたちの祭り

元夫から養育費が振り込まれなくなって、三ヶ月が過ぎた。

ときどき遅れることはあっても、きちんと振り込まれていたお金が、ぱたりと来なくなった。もちろん、催促の連絡をした。メールに、電話。メールは返信がなく、電話は着拒されていた。仕方なしに元夫の実家に電話をかけると『再婚したんよ』と元義母に自慢げに言われた。新しい奥さんがお金の管理をしとるらしいけん、出してもらえんのじゃないかしらねえ。

眩暈がした。再婚しようが妻にお金を管理されてようが構わないけれど、養育費を払わない理由にはならない。養育費は子どもを育てるために親が払うものだし、元夫の子どもである春風がまっとうに請求できるものだ。それをなるべくやんわりと言うと、別れた女房と子どもに払う余裕はなくなったんやろ、とまたも理由にならないことを平然と返された。ああそうだった、元義母のこのひとは意地が悪くて身勝手なひとだった、と思い出す。偉そうに口を挟んで、どんな事情があっても夫の肩を持った。腹に据えかねて文句を言えば『あたしの若いころはもっと酷いことされてたけど辛抱したものなのに、いまの若いひとは』と大げさに泣く真似をした。

『それともあれかね？　あんた、お金を取れんってことになったら子育てを放棄するつもりかね？』

嘲笑《あざわら》うように言われて、かっとなった。ばからしいことを言うな。

『悪いけど、うちは引き取らんけん、連れて来んでね。女ん子は家のことさせられるけん役には立つかもしれんけど、春風は手のかかりすぎる子ぉやけん……ってこれはもう何べんも言ったことやけん、賢い三好さんは覚えとりますかねえ？』

鼻で嗤《わら》われて、怒鳴り散らしたい気持ちをぐっと堪える。ここで挑発に乗ってしまえば、同じレベルに落ちてしまう。愚かなひとだと見下げていればいいだけだ。何度か深呼吸をしてから、このまま未払いが続けば弁護士に相談しますから、と言ったけれど、返事も振込もない。一昨日、内容証明郵便で請求書を出してみたが、果たして反応はあるだろうか。逃げ切れると思っているのかもしれないが、わたしは絶対に逃げさせない。どんなに嫌な思いをしたって構わない。権利は、放棄しない。

「廃校なんて、いまどき珍しくも何ともないやん」

キンキンした声がして、手元のニンジンから視線を上げた。福嶋杏奈がサツマイモを振り回して明日のイベントの文句を垂れていた。若い彼女はこの町の静けさをとても嫌っている。学生時代は梅田《うめだ》をホームにして遊んでいたというから、ファミレスが二十二時に閉まる田舎暮らしは慣れないのだろう。それでも、喘息を患っている娘たちのため、ここにいる。

若くて声が大きいと、ウザがられるんだよなあ。

わたしはそれとなく、周囲を見回す。わたしの幼馴染である鈴原類は、悠然とした顔をしているけれど、内心もやもやしているはずだ。しないといけないことなのにいちいち文句言ってどうするの？　って思ってる。こんにゃくの下ごしらえをしている春日順子は、顔に「ばかじゃないの」とはっきり書いてある。親は子どものためにできることは何だってやらなきゃって考えのひとだから、そもそも福嶋と気が合わないのだ。田中佳代子は顔に出さないよう気を付けているけれど、でも福嶋の言動を目障りに感じていることを隠しきれていない。福嶋が大きな身振りをするたび、眉間に皺を刻んでいる。彼女も、いま自分たちがさせられていることに疑問を抱いていないから、福嶋の言葉を怠慢やみっともない愚痴としか思っていないのだ。

福嶋の話し相手をにこやかに務めている井村瑠璃子は、実は福嶋のことが大嫌いだ。と言っても、彼女の場合は福嶋個人がどうとかではなく若い女全体を嫌っているだけなので、事情が違うけれど。わたしがどうしてそれを知っているかというと、井村のInstagramの裏アカウントをヲチってているからだ。偶然井村の不倫現場を目撃してしまったあと、ＳＮＳをやってるんじゃないかと好奇心で検索をかけたらあっさりヒットしてしまったのだ。

Instagramの中での井村は、夫が若い女と不倫していることに悩んでいる、いわゆる〝サレ妻〟だった。若さしか取り柄がない女がどうして持て囃《はや》されるのか、女の魅力は若さにしかないと思ってる男はどうかしてる、というようなことを零していた。といってもいまは、不倫相手とゴルフ三昧の夫に意趣返しのつもりで始めた不倫に夢中になっている〝W不倫妻〟アカウントに変わりつつある。まさに自縄自縛に陥るってやつだ。

それぞれがどう思っているかは置いておいて、福嶋の言っていることはあながち間違いじゃない。わたしはどちらかというと、彼女の意見に賛成だ。今回の秋祭りの規模は、もはや校内行事の域を超えている。なのに在校生の母親だからって、休日返上で無償で料理を――しかも無料配布のものを作らされるのはおかしいと思う。父親たちはテント張りだ会場設営だというけれど、拘束時間は母親の方が長い。わたしは喫煙者だけれど、煙草を吸う時間すら与えられていない。窓の向こうでは男たちが談笑しながら煙をくゆらせているのが見えるのに。

「類ちんは、ほんまに世間を知れへんカエルやんけ」

福嶋が吐き捨てるように言って、室内の空気が変わった。みんなそっと視線を交わし、苦笑する。狭い町でお姫様として育てられた類が、世間から少しズレた感性でいることは、みんなの知っているところだ。それでも類の凄いところは「そうですけど？」と微笑むことだが。いまも、嫌な思いを抱いたはずなのに堂々と口角を持ち上げてみせた。それを見て、ますます視線を交わしあう女たち。

ああ、こういう空気も嫌なんだよなあ。大人になってまでこんな嫌な空気の中で同じことをしないといけないなんて、うんざりする。

いまの台詞は明らかに福嶋の言いすぎだと思ったから、「やる気が落ちてるんじゃない？」と話題に入った。

「そのネイルさー、軽く三週間は経ってるよね？　右の中指、浮いちゃってるみたいだけど、大丈夫？」

ひとに攻撃するのなら自分も攻撃される覚悟でいないといけない。笑いかけると、福嶋は手を隠して恥ずかしそうに俯いた。彼女は、短絡的なところはあるけれど根は悪いひとじゃない。タイミングを見計らったようにPTAメンバーがやって来て、雰囲気の悪さが払拭される。これでひとまず、と思っていると今度は類が夫である悟志に絡まれ始めた。絡まれる、がまさしく正しいと思う会話だった。無糖の缶コーヒーを飲みながらそれをつい聞いてしまったわたしはうんざりする。悟志の夫ゆえの傲慢さではなく、それを受け入れたくせに傷ついた顔をする類の愚かさに。喧嘩すると後が面倒だから、怒らせると手が付けられないから、謝って従っておく方が楽だから、わたしが折れる方が夫婦円満だから。類はきっとそういう理由を口にするんだろう。納得できているのなら、いい。でもそうじゃないのなら諦めるなよと思う。死ぬまでそんな自傷行為を続けるつもりなんだろうか。我慢の限界がきたら離婚する？　それとも井村みたいに、ＳＮＳで夫への愚痴や真実の愛の尊さなんかをポエムみたいに語ってストレス解消するのだろうか。

彼女たちの、己を取り巻く問題との向き合い方を見るたび、腹が立つ。行動どころか思考まで放棄しているくせに、一人前に傷ついてんじゃねえよ。

翌日も、イライラは収まらなかった。いや、むしろ増した。類の母親が婦人会を率いてやってきたのだ。年長者だからって上から目線でわたしたちに指示を出してきたかと思えば、男性に必要以上にへりくだる。それでいて『気遣って』『あえて立ててやってる』顔をする。それは、一定の年配女性がよくやる仕草だ。『わざと下に位置してやってる』ふりをする。男を優先させて場を潤滑に回させる自分たちの行動が賢いのだというアピール。そんなわけないのに。

思えば昔から、類の母親は嫌な女だった。自分自身は専業主婦なのに、町議会議員の夫の隣でいつも自慢げに笑っていた。わたしたちが小学生のときにＰＴＡ役員になってからは、ストレス発散するかのように学校に細かくクレームをつけていた。自分自身は権力も権威も実力すら持っていないのに、たいそう偉そうにしていた。

「仕方ないわねえ、男のひとは。はいはい、そうしましょ。じゃあさっさと味を調えないと」

類の母親がどこか誇らしそうに言う。駄々っ子の子どもの我儘を笑って眺めているような顔で。その顔に、反吐《へど》が出そうになる。

いまどき、あんまりにも考えが古い。九州の男は男尊女卑の意識が残ってるとか、亭主関白だとか揶揄されることがあるけれど、その責任は『立ててやってる』つもりでいる女たちにも十分ある。若い世代が声を上げて、先を生きているひとたちの意識を少しずつでも変えていかなくてはいけない。男女の間に上下も差もなく、並び合って生きていくべきだと分かってもらわなくてはいけない。でも、それは容易ではない。だってほら、わたしが声を大きくしてこれはおかしいと言っても、共に戦うべき仲間はいない。みんな、気まずそうに目を逸らす。類に至っては、母の怒鳴り声が聞こえているはずなのに黙々と葱を刻んでいた。

「ああもう、うるさい子やね！　あんた、もう出て行き！」

ヒステリックに出入り口を指さされて、ばかみたい、と思った。ほんと、ばかみたい。わたしだって、こんな口うるさいこと言いたいわけじゃない。でも、間違った考えはどこかで断ち切らないといけなくて、それはこの先を生きていく子どもたち——春風のためでもあるから、嫌々言ってるのだ。でも、わたしがどれだけ主張しても、同じ時代を開拓して生きていかねばならない彼女たちが見て見ぬふりをするなら意味がない。

一縷《いちる》の希望をかけて、室内を見回す。誰もがすっと目を逸らし、小さく絶望する。これでみんな次世代を育てる母親やってんだから、クソだよな。

今日一日母親会としてこき使われることを覚悟していたけれど、これで正々堂々、お役御免となったことだけが、ラッキーと言えようか。エプロンを外し、トートバッグに押し込んだわたしはそのまま、校門近くに設置された喫煙所に向かった。まだ誰もいないテントに入り、パイプ椅子にどっかと座り込む。バッグから紙煙草とライターを取り出して、火をつけた。

煙を深く吸い込み、ゆっくりと吐き出す。喫煙者の肩身が狭くなり、その上電子煙草の台頭で、紙煙草愛用者の肩身はもはやぺらぺらになっている気がするが、それでも止められない。春風は、長生きしてほしいから止めてって言うけれど、煙草を止めれば消化できないストレスで早死にしそうだから、止められない。いまも、三回ほど紫煙を吐き出したところで心が凪《な》ぐのを感じた。ああ、感情的になってしまった。あんな風に喧嘩腰に言ったって上手くいくはずがないことくらい、ちょっと考えたら分かったのに。わたしもまだまだ、浅い人間だ。

一本吸い終わるころには、すっかり気持ちが落ち着いていた。この後の、ぽっかり空いた時間をさてどうしようと思う。春風の発表会を見て、そのあとは春風と一緒に出店を回ろうか。でも春風はわたしの両親と三人で行動するって決めていて、突然わたしが加わると混乱するかもしれないから控えた方がいいか。

春風は五歳のときに、発達障害の診断を受けている。集団行動に馴染めずいつもひとりで遊んでいることや、集中力に欠けており椅子に座ってじっとしていられないこと、こだわりが強いことが気になって、わたしが病院に連れて行った。医師から告知されたとき、ショックを受けるよりもほっとした自分がいた。薄らぼんやりとした、恐怖にも似た〝育てにくさ〟に名前も理由もあったのだと言われたことで、それなら対処できると思えたのだ。

それからすぐに療育を始めた。良い先生と巡り合えたことと、比較的軽度であったため、普通学級で学べている。

そしてわたしの両親は、わたしと春風の良き理解者だ。春風の診断結果を伝えたときには『個性やね』と笑ったし、わたしが夫と離婚することを告げると『春風を連れて帰っておいで』と迷わず言ってくれた。春風の面倒はわたしらが見るけん、その間あんたはしっかり働けばいい。みんなで一致団結して春風を育てていこう。両親は一度も、耐えろとか我慢しろとか言わなかった。実家に戻れば、発達障害についての書籍が何冊も読み込まれていた。そのやさしさと気遣いが何よりありがたかったし、わたしもそういう親になりたいと思った。

田舎だからとか、年配者だからとか、ついそんな風に考えてしまうけれど、そんなことはない。歪んだ考えを平然と口にするひとたちが目立つだけで、ちゃんと分かってくれるひとはいる。

スマホが震える気配がして、見れば母からだった。噂をすれば何とやらってやつか、と思いながら通話ボタンを押すと『腹が立つ』と母の怒気を孕んだ声がした。

「何、どうかしたの？」

『哲明《てつあき》さんから電話がかかってきたんよ。あんたが電話に出らんけんって』

哲明とは元夫の名前だ。「どういう内容」と訊けば『春風が自分の子だっていう証拠はないから、今後はもう養育費は払わん、って』と母が声を荒らげた。

『信じられん、あのひと！　生まれたときはおれにそっくりだってやに下がってたくせに！』

「……ごめん、一回切るね」

スマホをチェックしなおすと、哲明からの着信履歴が残っていた。ちょうど、類の母親と話をしていたころだ。あのクソ野郎、自分は着拒してたくせに、たった一回電話に出なかっただけでいい根性してるじゃないか。

すぐさま哲明に電話をかける。数コールで、『おう』と偉そうな声がした。

「春風が自分の子どもだっていう証拠がないとか、うちの親に言ったらしいですね。寝ぼけてんの？」

『だってさー、実際、分かんねえじゃん？　お前、しょっちゅう取材だ打ち合わせだで家空けてただろ。その間に男と会ってたかもしれねえよな。だろ？』

へっへと下種《げす》な笑い声で哲明が言う。

「当時の手帳や取材スケジュール、見せましょうか？　浮気している暇なんてなかったことくらい、当然、証明できますけど。それと、もう別れている他人ですのでお前呼びは止めて」

『証明って言ってもさー。浮気ってのは、暇を縫ってでもやるもんってのが相場でしょ。それにウチの母親が、春風みたいな障碍者《しょうがいしゃ》は我が家の血筋にはひとりもいないって言い張ってるもん。これって、おれの子じゃないって証拠にならねえ？』

「次それを口にしたら、侮辱罪で訴える」

離婚の理由は、春風だ。発達障害という診断にわたしはほっとしたけれど、元夫や義理の両親は大騒ぎをした。義父は『勝手なことして、お前は春風を病気に仕立てたいだけやろうが』とわたしを怒鳴り、義母は『結婚するって言ったときから反対しとけばよかった。最初から嫌な予感がしたんよ』と泣き崩れた。元々育児に非協力的だった元夫は『お前の育て方がおかしかったんやろ！』と騒ぎ立てた上に『両親に謝れ』と意味の分からない謝罪を求めてきた。こんなひとたちと一緒にいたら春風が歪んで育ってしまうと危機感を覚えて、離婚を選んだ。彼らは被害者のような態度を最後まで崩さず、わたしと春風は半ば追い出されるように元婚家を出た。

「どうせ、養育費を払いたくなくなったんでしょう。でも春風の当然の権利なんです。こんな風にくだらない理由をつけて、拒否しないで。父親として情けないと思わないの？」

『だってさー、嫁が厳しいんだって。おれが再婚したの、もう知ってんだろ？』

ふてくされるような甘えた声に、うんざりする。どうしてこんなクソみたいな男と結婚して子どもまで作ってしまったのだろう。いや、顔がとにかく好みで口説かれて浮かれていた、というのが理由だけれど、あんまりにも愚かで忘れ去りたい。若さゆえの、無謀だった。

「いまの奥さんがどうとか、わたしや春風には一切関係ないの。三ヶ月分、三万円。きちんと払ってくれないなら、弁護士さんのとこ行くから」

『待ってよ。そんな金いますぐ用意できないって』

「あのねえ、ひと月一万円ってだけですでに破格な金額だってこと分かってますかね」

そもそも元夫からの養育費などアテにしていない。結婚していたときから、わたしの方が稼ぎがよかったのだ。それでも払ってほしいと思うのは、春風のため。毎月一万円であっても、父親が自分のことを考えてお金を払い続けてくれたという証拠を残してあげたい、それだけなのだ。でもそれは、春風が自分の子どもだという証拠がないなどとばかげたことを平気で口にする男を〝立てて〟あげているだけなのかもしれない。

押し黙っていると『お前の方が稼ぎがいいじゃん？　いまも、ばりばりやっとるんやんな？』と窺うような口ぶりで訊かれた。

『知っての通りおれは収入低いけん。これ以上おれから金を引っ張るの、やめてくれん？　まじ、頼むわ。な？』

「三万円、耳揃えて払って」

きっぱりと言うと、哲明がわざとらしいため息を吐いた。

『あーあー、こりゃもう金の亡者だな。お前みたいなクソ女と結婚したのが間違いやった』

「クソはどっちだか。後悔してるのはこっちで……」

『うるせえんだよ！』

電話の向こうで哲明が怒鳴った。

『お前みたいな、ギャンギャン喋る女の言うことなんざ、聞きたくねえんだよ。北風と太陽って話もあんだろうよ。ともかく！　どうしても金が欲しいってんなら、春風がほんとうにおれの子どもだって証明してからにしろな。いいな、それまでおれは絶対に金は払わねえからな！』

わたしに言い負かされたくないのか、早口でまくし立てたかと思えば通話は一方的に切られた。

かけ直してみるも、もちろんのごとく出ない。留守電に切り替わったところでどうでもよくなって、スマホをバッグに押し込めた。ため息をひとつ吐く。これでうまく乗り切れたと思っているのだとしたら、相当なばかだ。

怒りよりも先に、虚しさが襲った。わたしは正しいことを言っているはずなのに、どうしてこんな風に傷つけられないといけないのだろうか。類の母親から向けられた嫌悪に満ちた目、哲明の怒鳴り声がぐるぐると渦巻いて、頭を振って意識の外に追いやる。

二本目の煙草を取り出す。平静でないせいか、うまく火がつかない。何度もライターを擦りながら、もう止めてしまおうかと思った。こんな醜い口論をして罵られてまで、養育費を請求しなくてもいいんじゃないだろうか。はした金を受け取ってどうする。それくらいで父親面されるのなら、貰わない方がいい。

スマホを取り出し、『もうお金なんていらない』とメッセージを作ろうとしていたときだった。

「おかあさん、いた」

声がした方を見れば、春風が立っていた。「忘れ物した」と平坦に言う。

「身だしなみセット」

「あらま。昨日、入れ忘れたのね」

身だしなみセット、とはハンカチとティッシュのことだ。トートバッグの中からそれらを取りだして、「これ使いなさい」と春風に渡す。春風はふたつをスカートのポケットに入れて、「よし」と手で押さえた。

「おかあさん、劇、見てくれる？」

「もちろん！　緊張せず、いつも通りやればばっちりだからね」

こっくり頷いた春風は教室の方へ駆けて行った。かと思えばくるりと踵を返して戻ってくる。

「どうしたの、春風」

「おかあさんも、今日は特別な一日なの？」

突然の問いの意味が分からずにいると、春風は「先生がそう言ったの」と真面目な顔で続ける。

「この学校で過ごしたひとはみんな、特別な気持ちで過ごす一日になるんだよって。おかあさんもそう？」

虚を突かれた。目の前の雑事のことばかりで、今日が特別な一日だなんて考えてもいなかった。

「そう……、そうね。特別な一日だよ。お母さんも、ここの児童だったんだもん」

感傷など覚えなかった、いや、そんな余裕などなかったが正解か。春風は「そうか」と考え込むようにして頷いた。

「それなら、ちゃんと特別にしてね」

春風らしい言葉に思わず笑う。

「分かった。春風もたくさん特別にしてね」

「うん！　じゃあ、教室に戻る！」

今度こそ、春風が駆けていく。やわらかな髪が朝の光を浴びて煌めくのを眺める。

哲明に出会った過去は悔やまれるけれど、この子に巡り合えたことだけは感謝したい。この子がいるから、わたしの何てことない一日が愛おしいものに変わる。

「特別な、一日か」

小さく呟く。最初から躓いてしまったけれど、そういう一日にしよう。そして今夜、春風とどんな一日だったか話をしよう。


開会式が終わると、一般客がぐんと増えた。農道にまで車が並び、駐車場係のひとたちが吹く笛の音が聞こえる。幼い子どもから老人まで、ぞろぞろと校門をくぐってくる。祭りの支度に不満はあったとはいえ、大盛況と言える賑わいは嬉しく思う。発表会が始まる前に、と喫煙所に行き、煙草に火をつけた。

「百二十一年かあ。長い気もするけど、終わりが見えると、あっという間だった気がするよな」

近くの椅子に座っていた白髪の男性が、隣の椅子の男性に喋りかけていた。

「雨の日に傘を持って迎えに来た日とか、一緒に餅をついた日とか、そういう思い出もほんとは一瞬で、びゅって吹き飛ばされてなくなるような感じがする。なんか、寂しいよな」

「なーん、気弱いこと言うとるとか。過疎化ちいうてな、これも時代の流れなんよ」

げらげらと笑い飛ばした男性は、塩田家のおじいさんだった。塩田さんはわたしが小学校に通うころから毎日通学路に立ち、登下校する子どもたちの見守り活動をしてくれていた。いまもそうで、ありがたい存在だ。

「廃校も、仕方なかよ。わしも、三月でようやくお役御免たい」

呵々《かか》と笑う。もう九十も間近のはずだが、矍鑠《かくしやく》としているなと思う。先に寂寥《せきりよう》を口にした男性が、「じいさんは強えなあ。おれはまだ割り切れねえや」と苦笑した。

ふたりの話を聞きながら、春風の言う通りだなと思う。今日は多くのひとが、それぞれの思いを抱えてここに集っているのだ。

わたしは、どうだろうか。

児童として通った六年間と、春風の保護者として縁があった約四年間。併せて十年の思い出がある。鮮やかに蘇るのはやはり、子どもだったころのことだ。日々を構成する人間はとても少なかったけれど、不足など覚えなかった気がする。嫌なことは、あのときひとつもなかった。しあわせな子ども時代だった。

ああでも。ふっと思い返したひとに、胸が小さく痛む。あのひとだけは、心残りだ。六年生だったわたしたちを捨てて、この町を捨てていなくなった担任教諭。群先生。

群先生と過ごした時間は、一年半ほどだ。わたしの三十六年間の人生からすれば、ほんの束の間。それだけのはずなのにときどき思い出すのは、納得いかない別れだったからだろう。わたしたち児童はみんな先生のことが大好きで、慕っていて、それを誰より知っていただろうにどうしてあんな風に捨てることができたのだろう。

先生にも、事情はあったのだろう。大人になり、離婚を経験し、この町のことを知るいまなら、どれだけでも想像がつく。でも、聡明だったはずのひとが、あんな身勝手な去り方をするなんて信じたくない。何もかもが不満だったというのなら、離婚して離職して、正々堂々とこの町を離れてほしかった。もしそういう背中を見せてくれていたらわたしは受け入れられただろうし、どれだけ寂しい思いを抱えてもちゃんと見送っただろう。

母となったいまならなおのこと、そう思う。やわらかな子どもの心に寄り添う仕事である以上、真摯であってほしかった。

昨日、類に投げた自分自身の言葉を思い出す。

『いま不幸だったらいいなーって考えちゃう。どういう情熱が爆発してああいう道を選んだのか分かんないけど、罪は罪だよ。因果応報ってのを味わっててほしいよ』

あれを言わせたのは、わたしの中の〝子ども〟のわたしだ。子どものわたしは、先生を恨んでいる。捨てられたと、いまでも絶望しているのだ。

我ながら被害者じみてるなと苦く笑う。しかし、もう二度と会うことのないひとだ。心の底で恨みを抱いていたって許されるだろう。煙草を消し、発表会の行われる体育館に向かった。

三・四・五年生の合同発表は、柳垣姫物語だった。春風は、村娘役のひとりとして出演していた。わたし自身もやった柳垣姫物語を春風も演じているのを見ると、ぐっと心に迫ってくるものがある。特に、集中力のない春風がちゃんと他の子の台詞を待ち、タイミングを合わせて自分の台詞も言えている様子を見ると目元が勝手に熱くなった。ああ、年を取ると涙もろくなると言うけれど、ほんとうだ。

これじゃ親ばかだと恥ずかしくなって、ふっとステージから目を逸らした。少し離れた位置にいる、洗練されたいでたちの女性と一瞬目が合った。すぐに逸らして舞台に目を向けた女性に、あれ、と思う。どうも、見覚えがある。少し考えて、ひとつ上の学年にいた子だと気付く。気が弱くて、何を言われてもニコニコ笑っていた子だ。綺麗になったなあと感心したあと、どこか哀しそうに演劇を見ている彼女の横顔を見ていて、思い出すことがあった。

彼女は大人しすぎて、同級生からいじめに遭っていたことがあった。容姿をからかわれたり、行動のいちいちを笑われたりしていた。酷かったのは、一度柳垣姫役に決まったのに、翌日当たり前に反故《ほご》にされたこと。ふざけるのもいい加減にしてちゃんと決めよう、と前日のことをまるきり冗談にされたのだ。いじめていたふたりは、顔色をすっかり失った彼女を見て愉快そうに笑っていた。わたしはその様子に無性に腹が立ったのを覚えている。

あれ？　覚えているけれど、わたしは何もしなかったんだっけ？

はたと気付いて、考え込む。傍観、していたの？　でも、それからのことをちっとも覚えていないし、あのとき柳垣姫は類に決まり、彼女は脇役のひとりとなった。

何もしなかったんだ、と思い至ったときに、ぞくりとした。わたしだけじゃない。彼女のために声を上げたひとは、誰もいなかった。

どうして、そんな残酷なことをしたんだろう。もし春風が同じ目に遭えば、わたしは全力で声を上げて非難するだろう。春風が傍観者側だとしたら、それは間違っていると指摘せねばならないと何度も伝えるだろう。でも、あのときの彼女に、そういうことをしてくれるひとはいなかった。わたしを含めて。

幼かった。そう言い訳するのも情けなくなる。そして、せめて忘れていなかったことにほっとする。無遠慮に、わたしのこと覚えてる？　なんて声をかけずに済んだ。

彼女はこの町には住んでいないはずだ。となれば、廃校の話を聞いてわざわざ来たのかもしれない。嫌な思い出のある学校の、辛い思い出のある演劇を、彼女はどんな思いで観ているのだろう。しばらく、目が離せないでいた。

子どもたちの発表会を終えて体育館を出ると、ひとはますます増えていた。食事時にもなってきたからか、校庭の方からさまざまな料理の匂いが漂って来る。いまごろ必死で鍋と格闘していたはずなのだと思い出す。

春風の舞台も見たしもう家に帰ってしまおうかと思っていると「いた！」と声がした。振り返ると、エプロン姿の春日がいた。

「ああ、春日さん。今日はごめんね、サボる感じになっちゃって」

「謝るのはこっちじゃん！　あのとき、村上さんひとりを闘わせてしまってごめん！」

春日はパンと音がするくらいの力で両手を叩き、「ほんとうに申し訳ない！」と目をぎゅっと閉じてみせた。

「婦人会と喧嘩するのはのちのち面倒だなって、打算的になっとった。でも、村上さんはすごく正しいことを言っとったよ。あのとき一緒に国部さんを正すべきだったなって、なんか、すごい心に引っかかってて」

村上さんがまだ残ってくれててよかった、と春日は心底ほっとしたように笑った。

「別に、いいのに。あそこで喧嘩するのも大人げなかったよなって思ったし」

気恥ずかしくなって頰を搔くと「そんなことないよ」と彼女は真面目な顔をした。

「正しいことを言っとるひとが空気読まないといけんなんて、そんなんおかしいやん。言うべきやったとわたしは思う」

「ええと、ありがとう」

胸の奥がじんわり温かくなる。

「それでさ、カレーと豚汁、食べて行きなよ」

にっと春日が笑った。

「作ったひとこそ、美味しく食べるべきやん。国部さんたちがいまも鍋の前に陣取っとるけん、そんなとこで食べても美味しくないやろ。向こうの飲食用のテントに持って行くわ」

「え！　いいよいいよ。今日手伝えなかったんやし、わざわざそんな手間かけさせたら申し訳ない」

「いいとって。テントで待っとって。すぐ運ぶ！」

言うなり、春日は校庭に走って行った。

「もう、別にいいのに」

独り言ちてみたけれど、気分は悪くない。せっかくだからお言葉に甘えよう、と彼女の言った、校庭に設置された飲食用テントに向かった。

長テーブルと椅子が並んだテントはたくさんのひとがいたけれど、幸いにも空いているところがあったので座る。すぐにカレーと豚汁を運んできてくれたのは、井村だった。

「あれ、井村さん。何で」

「いやいや、あたしも順子さんと同じ気持ちだもん」

にっと笑った井村は「ひよって何もできなかったけど、三好さんもっと言っちゃえー！　って思っとった。ごめんね、あのとき」とわたしの前にプラスティックの器をふたつ並べた。

「言わなきゃいけん場面だって分かっとっても、うまく喋れんけん、呑み込んじゃうんよね。言い負かされたら、辛いしさ。三好さんみたいに、弁が立つといいんやけどなー。じゃあ、ゆっくり食べてね！」

ぽんとわたしの肩を叩いた井村が去って行く。すぐに人ごみに消えた背中から、目の前の料理に視線を移した。湯気をたちのぼらせるふたつの器を、しばらく眺めた。

カレーと豚汁を食べていると、目の前の席にひとが座った。GoProとコンビニのおにぎりを置いたのは、ピンクの髪が目立つ若い女性だった。ピンクのネイルをし、ヴィヴィアン・ウエストウッドの服を着ている。だいぶ目立つひとだな、と眺める。GoProなんて、動画配信でもするのだろうか。盛り上がっているといえど、田舎の小学校のお祭りにすぎないのに。

向かい合わせで黙々と食べていると、「おかあさん」と春風が声をかけてきた。ペットボトルのお茶を一本差し出してきて「おばあちゃんがおかあさんにって」と言う。見れば、離れた場所に両親がいた。目が合ったので手を振ってお礼を伝える。

「ありがと、春風。さっきの発表、すごくよかったよ」

「うん」

小さく笑って、春風は母たちの方へ戻って行った。もらったお茶を飲んでいると視線を感じ、見れば向かいの派手な女性がわたしを見ていた。小首を傾げると「地元のひとですか？」と訊いてくる。

「え？　あ、はい。まあ」

「ずっとこの町に住んでますか？　もしよかったら、ずっと昔から住んでいるような、えーと、三十代後半くらいのひとを紹介してほしいんですけど。あなたよりももう少し上、くらいの」

綺麗なカーブを描いたまつげが縁取る目が、わたしを見ている。大学に入り、離婚して戻ってくるまでの数年間はこの町を離れていたとはいえ、わたしも当てはまる。

「どういう事情ですか？」

「えーと、ひと探しというか、情報探しというか？」

「情報探し……。そういうことなら、協力できるかもしれないけれど、どういう事情のひと？」

「二十四年前に、この町を出て行った女のひとがいるんですけど」

思わず、目を見開いた。そんなの、ひとりしかいない。

「え、な、どうして、群先生のこと」

動揺しすぎて上手く喋れない。今度は彼女が「え、ガチ？」と素の声を上げた。

「え、すっご。そんな有名なの？　やっぱ」

「あ、いやその、有名ってほどではないと、思う。ただ、わたし、教え子で」

どういうこと。心臓がどきどきする。目の前の彼女も心臓の辺りに手をあてて「やっべ、これ滾《たぎ》る」と声を弾ませる。

「あの、群先生が、何なの？」

「あたし、群ちゃんのトモダチなんだけど」

けろりと言った彼女は「あ。あたし、遠山夏海《とおやまなつみ》といいます。遠くの山に夏の海、って何か芸名みたいだけど、ガチの本名ね」と続けた。

「ここが廃校になるってことをニュースで知った群ちゃんが、どうしても行きたいって言いだして。でもいま癌で入院してて。一時退院してでも行くって我儘言ってお医者さん困らせてたんで、何がしたいのって訊いたら、故郷《ふるさと》が見たいって」

「ふるさと」

「そう。そんであたしが撮影部隊として来たの。部隊っつってもひとりなんですけど」

ひやひや、と呑気に笑った彼女は「しかもまじ大変でー。かなた町って遠いね。羽田《はねだ》から飛行機乗って、電車乗ってタクシー乗って、めっちゃ時間かかるしお金かかるし。いやまあお金は群ちゃんからもらうんでいいけどもさ」と言う。

「癌……悪いの？」

「あ、全然。初期の子宮がんで、転移もないんだって。人間ドック、マジ大事だよねー」

最後真面目そうな顔をしてみせた夏海は、二十代前半くらいだろう。底抜けに明るい。そんな若い子が、群先生の友達？　信じられないでいると「ほんとにトモダチだよ。あたし、中学生のころから群ちゃんが司書してる図書館の常連で、そのときからの付き合いだから」と説明してくれる。

「ええと、あの、話を纏めると、先生はいま関東のどこかに住んでいて、癌で入院中ってこと？」

「そんな感じ。それでええと、あなたの自己紹介をしてもらっても？」

訊かれて、「あ、村上三好です。群先生の最後の教え子……なんだけど」と答える。夏海はハハア、と声を上げて「滾んね！」と笑った。

「三好さん。せっかくだからさ、あとで群ちゃんに向けてのメッセージとか撮影させてもらえないかな？　絶対喜ぶと思う」

悩んだのは、一瞬だった。「ぜひ」と答えると、夏海は「やった」と手を叩いて喜んだ。

夏海が校内のいろんなところを撮影して回りたいと言うので、それに付き合うことにした。彼女はここに来るために前泊までしていたという。なのにまだ全然撮影できていないらしい。何をどう撮れば群先生が喜ぶか分からなくて校内をただうろついているだけで午前中が過ぎてしまい、困り果てていたところに、わたしが目の前に現れたのだと言う。

「二宮金次郎を舐めるように全身撮ってみたけど、絶対ダメだよね。あたし、こういう撮影まじ苦手」

しかし焦る様子もなく笑いながら、夏海は校門から中庭を撮影していく。

「いまそこの、畑になってる辺り。そこには昔、鶏小屋とウサギ小屋があったの。群先生がいたころにも、もちろんあった」

指さすと、夏海は「ほほう」とレンズを向ける。そこを子どもたちが駆け抜けて行った。その背中を追いかけながら、夏海が「すごい活気あるよね」と感心する。

「もっとしょぼいの想像してたんだけど、びっくりするくらい賑わってる」

「最後のお祭りだからね。普段は静かで穏やかなもんだよ」

校舎を仰ぎ見る。二階建ての小さな学び舎《や》は、どこもかしこも老朽化している。改装工事にかけるお金がないから廃校の予定が早まったという話も聞く。静かに時を重ねていたこの場所の、最初で最後の賑わいとなるだろう。

「ふうん。群ちゃん、こんなとこにいたんだあ」

夏海も校舎を見上げる。しばし眺めたのちに振り返り、未幌山や田んぼを眺めた。

「……ねえ、疑問なんだけど。群先生はどういうつもりで、この学校に戻ってみたいと思ったんだろう？　何もかも捨て去って逃げたんだよ。なのに、どうして。しかも『故郷』だなんて懐かしがってるなんて信じられない」

何もかも捨てて出て行った場所だ。振り返るのも嫌な気持ちになって当然ではないのか。病のからだでもここに来たがり、夏海に撮影まで頼んだというのが信じられない。

「あたし、あんまりいい人生送ってないんだけどさー」

ふいに、夏海が話を変えた。

「長い暗黒期があるし、黒歴史はめっちゃある。でも、なかったことにしたくはないよ。最悪なこととといいことと って繋がってたり、重なってたりするもん。たくさんの黒歴史が、いまあたしをまともな道に戻してくれてもいるわけで、簡単に切り離すことはできない」

夏海の目から笑みが消え、代わりに真摯な光が宿っていた。それを見ながら、哲明と春風を思い出した。

「それに、年取って振り返ったときに、自分の人生にアンタッチャブルのブラックホールがあるのは嫌じゃない？　あたしだけの人生なんだから、全部大事に残したいし、振り返りたい。自分が大事であればあるだけ、そうなると思う。生きてきた証は全部、あたしのものだ」

この子は、どういう人生を歩んできたのだろう。確かな声の強さに茫然とする。そうしながら、群先生がどうしてこの子に託したのか分かった気がした。

「……まるで、自分より年上のひとと話してるみたいだな」

十以上も年下の夏海から教わってしまった。恥ずかしくなって、思わず俯く。「ごめん、短絡的だった」と謝ると、「あ！　あたしこそごめん！　何か偉そうに語ってしまった」と夏海が慌てた。

「ううん。夏海さんは正しい。……群先生にとってここは最悪の土地だったかもしれないけど、いいこともあったのかなあ」

例えば、この学校で、わたしたち児童との日々はどうだっただろう。少しは、しあわせなこともあっただろうか。そうであるといい。そう祈りたい。

「先生の仕事は、好きだったって」

夏海さんが声を強くした。

「嘘じゃないよ。先生としてあるまじきことをしてしまったから二度と教職には戻れないけど、子どもたちと一緒の時間が何より楽しかったって。あのとき置いて行った子どもたちにはいまも申し訳ないと思ってるって。その話をするときだけは、泣くんだよ」

「……そっか」

少しだけ、胸の奥底に沈めた思いが軽くなる。小さなわたしが、忘れられていなかったと喜んでいる。それでも。

「それでも、ああいう出て行き方だけは、止めてほしかった。何が彼女を苦しめていたのかは分からないけど、大人なんだからしっかり筋を通してから去ってほしかった」

類や悟志の親で構成されたＰＴＡの過剰なまでの叱責が問題だったのか、新婚家庭で何らかのトラブルがあったのか。はたまた画家に惚れたのか。そのどれでも構わないけれど、先生のやり方だけはいただけない。悔やんでいると聞かされてもなお。

「それは、そうだよね。悪手すぎる」

夏海が眉を下げた。

「ケツまくって逃走だもんね。誰が聞いても、群ちゃんが悪い」

「そうだよ。幼い子どもを預かる者として、責任感がなさすぎる」

「まあでも、弁護させてもらえば、理由もちゃんとあるんだよ。受け持ってた子どもたちが卒業したら、教師を辞めて旦那さんの父親を介護しないといけなかったんだって」

さらりと夏海が告げた。

「下半身不随で、だけど頭はしっかりしてるひと。結婚後当たり前に同居することになって、おむつ交換させせられるようになって、そこでセクハラも受けてたんだって。実家の両親はすぐに離婚なんてみっともないって庇ってくれなくて、守ってくれるはずの旦那さんは全然守ってくれなくて、どころか卒業まで好きにさせてやるってのにって逆ギレ。どうにもならなくて、もういっそ死にたくて、死ぬしかないと思ってしまって、そんなときに町にやって来た女好きの絵描きに縋ったんだって。ここから連れ出して、って。そうしたら速攻攫《さら》われるように町から逃亡」

ラメの散った眼をそっと細めて、夏海がわたしを見た。

「そのときは、残していく子どもたちのことなんて考えられなかった。捕まったら死ぬしかない、ってそれだけだったたって」

「……そんなの」

「ほんとかどうか分かんないよね。あたしも、昔のことなんて分かんない。でも、群ちゃんは嘘を吐くようなひとじゃないってことだけは、知ってる」

ありえない、なんて言えない。わたしの母だって三十年前、寝たきりの祖母が亡くなるまで自宅で介護をしていた。祖母は穏やかなひとで、父もわたしももちろんできる限りの協力をしたけれど、主力として介護を務めた母に苦労がなかったわけではない。これは昔の話だからということでもなく、六年生の志方さんのところは介護問題で奥さんが逃げていったという話を聞いたことがある。

「ちょっと待って。そういう事情、勝手にわたしに話してもいいの？　いまも、録画してるんでしょう？」

彼女の手にはまだGoProがあり、起動している。ああ、と彼女が小さな機械を見た。

「ほんとは、よくないかもね。でも、三好さんには話したいし、聞いてほしかった。聞いてくれると思ったから。実はさ……、昨日、群ちゃんの実家を訪ねたんだ。いろいろ話が聞きたいと思って。そしたら弟さんに、門前払いされた。群ちゃんの両親は、元旦那さんにたくさん慰謝料を払ったんだってさ。あいつのせいで我が家はめちゃくちゃになったんだって、怒鳴られた。こっちの言うことなんて、耳も貸さなかった」

「え……」

「結局さ、自分の口から自分の真実を話さないと、何にも伝わらないんだよ」

夏海はカメラを自分に向けて、「ねえ群ちゃん」と話し始めた。

「いまから説教じみたこと言わせてもらうね。どんな事情があっても、黙って逃げちゃだめなんだよ。そうしてしまえば、逃げた側が絶対的に悪くなる。相手に言い訳の理由を与えて、被害者の顔をさせてしまう。彼らは自分がしたことを反省しなくて、むしろ、逃げたやつが悪いって恨む。群ちゃんの苦しみや哀しみは、伝えるべきひとたちにきちんと伝わらなくなってしまったんだよ。そんなの、もったいないよ」

群先生の夫は、連日学校に来ては校長の責任だと怒鳴り散らしていた。捨てられた自分がどれだけ傷ついているか、主張していた。ＰＴＡは、子どもたちが可哀相だと騒ぎ立てた。よき先生になってほしくてアドバイスしてきた自分たちの誠意が届かなかったと憤慨した。

「でもさ、それよりももっと……一番大事なのは、死ぬほど苦しんだ自分を、自分自身がリセットしてしまうなよってこと。自分のお墓に、誰かにとって都合のいい言葉を彫られてしまうようなもんなんだよ。そんなのだめでしょ。だから自分だけは、自分のために最後まで足掻くべきだ。ひとは、どれだけ辛くても、自分のために闘うことを放棄しちゃだめだ」

三好さんもそう思わない？　と夏海が見る。その目はどこまでも強くて、わたしを叱咤しているように思えた。思わず、「放棄、しない」と言いながら頷いていた。

「そうだよね！　ねえ群ちゃん、闘い方なんてたっくさんあるんだよ。誰かを頼ってもいい……って絵描きみたいなのはダメだけど！　とにかく、もう二度と逃げないで、闘って生きて行こうね！約束だよ！」

ね！　とカメラに向かって語りかける顔はどこまでも真剣で、とても綺麗だった。

それを見て、先生は先生の人生を必死に生きてきたのだなと思った。じゃないと、ひとをこんな風に動かせない。こんな風に向き合ってもらえない。人生をリセットしてしまった先生は、二度目の人生はきっと満たされているのだろう。

そして、自分のために闘うことを放棄しちゃだめだという夏海の言葉が、深く響いた。

わたしは、闘っていいのだ。闘い続けていい。おかしいと思えば声を上げていいし、間違っていると思えば怒っていい。それを続けていれば、分かってくれるひとも現れるじゃないか。春日や井村の顔が思い出され、同時に背中をぽんと叩いてもらえたような温もりを覚えた。

「夏海さんのいうこと、正しい。わたしも、群先生はあのとき逃げちゃだめだったと思う。それは、残されてしまった側だからこそ言える。捨てられた事実に傷ついて、先生を『悪』だと断罪せずにいられなかった。そうしないと、自分が辛かったんだ」

夏海さんが、わたしに「話しなよ」とカメラを向けた。

「群先生。わたし……、先生のこと正直恨んでました。〝群文庫〟って本棚を作ってくださってたこと、覚えてますか？」

これまで誰にも話さなかった思い出を口にする。クラスの子どもそれぞれに合う物語を選んでくれていたこと。本が好きであっという間に読んでしまうわたしのために、しょっちゅう本を入れ替えてくれていたこと。指輪物語に夢中になったわたしに『絶対好きだと思った』と笑ってくれて、でも指輪物語の三巻を読み終わる前に、先生がいなくなったこと。そのせいで、いまだに指輪物語のラストを知らないこと。夏海は黙って、わたしにレンズを向け続けた。

「先生が教えてくれた指輪物語は、嫌なイメージがついてしまった。いま読んだとしても、心から楽しめる子どもではなくなってる。わたしはもう、これから読むことはないと思います。でも」

レンズの向こうに目を向ける。

「わたしはいま、児童文学作家として生きています。文章で生活して、物語を待っている子どもたちに届けてます。それは、群文庫で本の楽しみを知ったことと、先生がわたしの読書感想文を誰よりも褒めてくれたからです」

　五年生のときのことだ。わたしの担任ではなかったけれど、先生はちゃんと読んでくれていて、感想をくれた。その本を読んでみたいと思わせる、すごくわくわくする書き方だったよ。テーマの伝え方もよかったけれど、先生は村上さんの目線が好きだな。村上さんの考え方ってなかなかできることじゃないよ。先生、村上さんは物語を書く側なんじゃないかと思う。わたしの方が恥ずかしくなるくらい、熱心に話してくれた。

　読書感想文はコンクールでは全く評価されなくて、担任からは批判じみたものではなく、感情が揺り動かされた部分を素直に書きなさいと指導された。子どものわたしはそれを『小賢《こざか》しい』という意味なのだろうなと思って、文章を書いてもつまらないなと気持ちが冷めそうになっていたところだった。だから、嬉しかった。大人がしっかりと受け止めて、認めてくれたことが誇らしかった。

「わたしも、自分を大事にする逃げ方をしてほしかったです。もしそうしてくれていたら、わたしはわたしの選んだ職業を、もっと誇って生きて来られたと思う。とてもいい先生と出会えたからなんだって話せたと思う。それをさせてくれなかったことは、残念でしかないんです」

　作家として活動していることは、この町では家族以外誰も知らない。春風にも、ライターと答えておきなさいと言っている。

「……ぴゃー！　いいこと言うな！」

　夏海が、空いている方の手で自分のおでこをぴしゃんと叩いた。

「いまちょっと鳥肌立った。そうだよね、群ちゃんがいたことで、未来が変わった子もいたんだよね。ちょっと群ちゃん見てる？　めっちゃいい先生してたのに、だめじゃん！　こういうことだよ！」

レンズを自分の方に向けて話したあと、夏海は「三好さんに会えてよかった」と歯を見せて笑った。

「いまのだけで、来たかいある」

「わたしはちょっと、恥ずかしい。ごめん、ちょっとドヤ顔してたかも」

「んなことないって！」

けらけらと笑った後、夏海は「まじで嬉しい」と目を細める。

「群ちゃんの欠片が残ってた。最高」

ぐっと親指を立ててくる夏海に「そういう言われ方、照れるな……」と頰を搔く。

「ていうか！　ほら、他にも撮影するんでしょ。こんなにのんびり話してられないよ」

「そだね、行こう行こう」

校舎の正面玄関に飾られた歴代卒業生の集合写真や校旗などを撮影していくうちに、夏海といろんな話をした。主に、群先生の話だった。先生は、この町を出て一年ほどは画家と日本各地を旅していたらしいが、持ち出した貯金が底をつくころに別れたという。別れを切り出したのは画家の方で『そろそろ落ち着ける場所を見つけられただろう』と言い、先生もまた住みたい土地ができていて、そういう時期が来たのだと頷いた。

「一年間いろんな場所に連れて行ってくれたのって、定住先を探してくれてたみたいね。群ちゃんの心が決まるのを待って、群ちゃんがここがいいって言ったら、ふらっといなくなったんだって」

「わたし、先生の消息が知りたくて、あの画家について調べたことあるんだよね。十年前に北海道に行ってから消息不明だよね」

　カムイの息づく風景を描きに行くと言って知り合いに見送られて以来、いまも行方が分かっていない。女性が同行していたとか、女性とは途中で別れたとか諸説あるけれど、詳しいことは分からないままだった。

「日本に飽きただけで、どこかの国でどこかの女と遊んで絵を描いてるはずだから大丈夫って群ちゃんは言ってる。また会う約束をしてるからいつか帰って来るって信じてるんだよ」

「先生って、画家のこと好きだったのかな」

「そりゃ、最初はそうなんじゃない？　前に、やっぱりいまも画家のことが好きなの？　って訊いたことがあるんだけど、縁だって言われた。好きとか嫌いとかそういうものを越えて、繋がったらもう切り離せないものがあるんだって。やっぱ、いろいろあったんだろうね」

「そういう縁って、羨ましい気もするね」

　何もかもを乗り越えて、それでも繋がれるひとがいる。先生はすべてをリセットしたように思っていたけれど、すべてと引き換えにたったひとつの縁だけは摑めたのだ。その縁が、いまも彼女を支えている。

「そうだね。でも、ひとにはそれぞれ、ひとじゃなくっても繋がれるものや場所があるんだよね。例えばさ、あたしたちの住んでるまちってあんまり治安が良くないし、下品なひととかいっぱいいるんだけど、群ちゃんは息がしやすいって言うんだよ。自分らしく生きれるまちだって。あたしもそれは、何となくだけど理解できる」

　夏海と言葉を交わすうちに、心が軽くなっていく。子どものわたしが「よかったじゃん」と言っている。先生がしあわせに生きてるんならいいじゃん。わたしたちのこと忘れてなかったなら、それだけでいいじゃん。言いたいこと伝えられて、よかったじゃん。よかったね。よかったね、わたし。

気付けば、日が暮れていた。ドヴォルザークが緩やかに流れ始め、空を仰げば茜色が鮮やかだった。

「やっべ。もう出ないと、飛行機間に合わない」

スマホの時刻を見た夏海が慌て、タクシー会社に配車の連絡をする。タクシーが、校門まで入れないから少し離れた県道まで出ることになったと言う夏海を見送るべく、わたしもついて行った。

わたしたちだけでなく、多くのひとたちが帰路につこうとしていた。音楽を背にして、まるで行進のようだ。

「会えてよかった。先生に……よろしくね」

「うん。あたしも三好さんに会えてよかったー。三好さんの本、すぐに群ちゃんに教えるからね」

あぜ道をふたりで歩く。赤とんぼが数匹、わたしたちの上を飛びかっている。ベビーカーを押した夫婦が「夕飯何しよっか」と話しながら追い抜いて行った。

「あ。いま気付いて申し訳ないんだけど、あとふたり、当時の先生の教え子が校内にいたんだよね。ふたりからもコメントもらえばよかったよね」

はっとして校舎を振り返る。類と悟志だって、喜んでメッセージを送っただろうに。

「あ。いい、いい。いいひとばかりが教え子ってわけでもないじゃん？」

ひらひらと片手を振る夏海に首を傾げると「ひとり、酷い奴がいたんだよ」と顔を顰める。

「何をどうやったのか分かんないけど、群ちゃんのことを調べて追いかけてきた奴がいてさ。それで、群ちゃんが画家と別れてること知って、ブチ切れちゃってさー」

「どういうこと」

「おれのファム・ファタルが結局田舎のババアになってるなんてふざけるなよ、って、何か意味分かんないことわあわあ叫んでて。どうも、群ちゃんが画家と奔放に暮らしてると思い込んでたみたいなのね。自分の想像と現実が違って、勝手に裏切られた気持ちになったって感じだった」

「何じゃそりゃ……って、それがこの学校の元児童ってこと？」

そんなことしそうなひと、いたかな。思い出せない。先生のことを引きずっているのは、わたしくらいではないのか。

「名前は？」

「香坂玄」

「え」

それは、わたしのひとつ下の学年だった男だ。作家としてテレビに出ているのを見て、驚いたことがある。彼もまた、群文庫の愛読者だった。あの文庫で育った者が文筆業で生きていることに、うっすらと仲間意識すら覚えたものだ。

「ほんとうに、香坂玄なの？」

「あたし、一部始終見てたもん。間違いないよ」

きっぱりと夏海が言い、わたしは香坂玄を思い出す。子どものころは大して仲良くなかったが、大人しくてやさしい子だったのを覚えている。群先生がいなくなった後、彼に変化はあったっけ？

記憶にない。

首を傾げていると、先の県道にタクシーが一台停まっているのが見えた。夏海が「うわ、早すぎる」と声を上げた。

「少し時間かかるって言われてたのに」

小走りでタクシーのところまで向かうと、後部座席のドアが開いた。夏海が「遠山です」と言うと、運転手が「あ、違います」と手を振る。

「ぼくね、コウサカさんで予約受けてて」

「あ、そうですか。ごめんなさい」

ドアがばたんと閉じて、それから夏海が戸惑った顔をしてわたしを見た。

「ね、いま、コウサカって言わなかった？」

「言ったけど、まさか」

顔を見合わせて、校舎を振り返る。こちらに手を繋いで駆けてくるふたりがいた。わたしは息を呑み、夏海は「は？」と低い声を出す。

『卒業』のベンジャミンとエレーンよろしく寄り添いあっているふたりの、女の方は類だった。朝見たときと同じ、ひよこ柄のエプロンを着けている。

「何してんの、香坂」

夏海が声を張り、夕日を浴びて赤く染まっていたふたりの足が止まる。類は夏海の隣にいるわたしに気付いて、短く悲鳴を上げた。

「三好、え、どうして」

「それは、いまはこっちの台詞かな。いま、閉会式の時間だよね？　どっか行くの」

類としっかり手を繋いだ男を見る。疑いようがなく、香坂玄そのひとだった。テレビで見た顔と、大昔の淡い記憶の中にいる顔がゆっくり合致する。走ったからか、どこか興奮気味に呼吸が浅くなっている香坂が夏海を見て「あれ？」と笑う。

「群先生の金魚のフンじゃないか。どうしてこんなところで会うんだろう？」

愉快そうに夏海に訊き、夏海が顔を強張らせる。

「そんなことどうでもいいんだけど、このひと誰」

「おれの大事なひとだよ」

歌うような気軽さで香坂が言い、類が狼狽える。怯えたようにわたしを見て「あの、これは」ともごもご声を出す。

「駆け落ちするんだ、おれたち」

「は？」

女三人が、同時に声を出す。類が「いまだけ……いまだけだって言ったのはやっぱり嘘だったんだ」と声を震わせた。それを聞いて、「そんなうまい話、ないでしょ」と香坂は笑う。

「他の男と逃げ出した女を何事もなかったかのように受け入れられるひとたちばかりのところなら、そもそも逃げださないでしょ。戻れないんだよ、逃げてしまえば」

「どうしていまになってそんなこと言うの⁉」

わたしは類をまじまじと見てしまう。両親や夫の言うなりで、ぼんやり生きている類に、突如現れた男と駆け落ちじみた行動をとる激情があったのか。

類との付き合いは深くないけれど、人となりはよく知ったつもりでいた。気が弱くて主張ができなくて、事なかれ主義。諍《いさか》いは避ける傾向にあって、誰かを自ら傷つけることはしない、そんな風に見ていたのに。

しかし目の前の類の目には、見たことがない光があった。このひとにも制御できない怒りや悲しみがちゃんとあって、その強さに従う熱だってあったのだ。まるで初めて見るひとのような気がした。

「あのさ、香坂。何が目的なの」

タクシーに向かう香坂に立ちはだかるように、夏海が動く。

「駆け落ちなんて聞いて、どうぞ行ってらっしゃいって言うわけないよね」

「どうして？　彼女はフンに関係ないひとだし、そもそもおれが誰と駆け落ちしようが関係ないことじゃん」

「関係ないかもしれないね。でも言わせてもらうけど、まさか、そのひとを次の群ちゃんにしたいんじゃないでしょうね？」

夏海が類を指さし、類がぎょっとした顔をした。

「自分を運命の男にしてくれる女が欲しいんでしょ、あんたは」

「どういうこと、ですか。わたしが次の群先生、って……。あなた、何を知ってるんですか」

類の顔色が変わっていく。夏海はゴキブリでも見るような目で香坂を睨みつけながら「あなたがどこまで知ってるのか知らないけど、こいつは群ちゃんをファム・ファタルだって呼んでた。それって、男の運命を狂わす魔性の女って意味なんだよ。群ちゃんが、画家に自分を連れ出させた悪女だって思いこんでるんだ。実際は違うのに」と言った。

「知らないくせに、偉そうに」

香坂がくすりと笑った。

「実際にあの運命のシーンを見てたら分かるよ。群先生は画家を虜《とりこ》にしていた。あの自堕落で奔放な男の心を摑んでたんだ。ねえ、るいちゃん?」

類と香坂は、何かを共有しているらしい。類が戸惑うように頷いた。それを無視して、夏海が「それが思い込みなんだって」と言う。

「そんな綺麗なものじゃなかったって、群ちゃんは何度も言ったよね?」

夏海の言葉に、香坂が肩を竦めた。

「まあ残念だけど、あのひとはすっかり普通のオバサンになってたね。おれもさすがに、彼女が真のファム・ファタルじゃないと分かったよ。あれは完全なる偽物だった」

類が、隣に立つ男を見て「にせもの?」と微かに眉根を寄せた。

「でもね、あのときのあの時間だけは、本物の輝きがあった。あのときの群先生は、うつくしかった。最上のうつくしさと色気でもって、彼を堕としたんだ。画家を堕落に誘いながら、しかしその存在を絶対的な救世主へと高めた。そんなことを同時にやってのけたんだよ、あのひとは」

その光景を思い出したように、香坂が目を細めた。陶然としたその様子を見ていた類が「ま、待って」と言う。

「わたしには、そんな風に見えなかった。群先生を綺麗だなんて思わなかった。魔性なんて、そんなのもなかった。さっき話したことと、何だか違う。群先生が彼を堕とすなんて、そんな感じじゃ……」

その言葉に、今度は香坂が眉間に皺を刻んだ。

「るいちゃんはあのとき動揺してたから、真実を見極められなかったんじゃない？」

「でも、綺麗って言うよりは、もっと生々しくて」

「言い争ってるところ、ごめん」

このままじゃ埒《らち》が明かなそうで、わたしはふたりの会話に割って入った。

「頭の整理ができていないいんだけど、香坂は類を、群先生に画家がしたみたいにこの町から連れ出したいってことでOKなのかな？」

口にしたけれど理解はできていない質問を口にすると、香坂が「まあ、概《おおむ》ねあってるね」と頷いた。まじかよ。

香坂が、笑みを浮かべてわたしを見る。

「君、三好ちゃんだよね？　気の強そうなところは相変わらずだねえ。おれはね、おれを救世主にしてくれる運命の女性を探してるんだ。これまで、たくさんの女性に会ったよ。たくさんの希望を持ったし希望を与えてきたけれど、でもどれも駄目だった。どれもこれも、おれの望む存在に成りえなかった。おれを惹きつけおれを高めさせる魅力に欠けていた。そんなときに柳垣小学校の廃校を知って、るいちゃんを思い出したんだ」

饒舌《じょうぜつ》に語った香坂が、ゆっくりと口角を持ち上げた。にたり、という表現がぴったりの嫌な笑い方だった。

「考えてみれば、おれと一緒にあの稀有《けう》な経験をしたのは、るいちゃんだけなんだ。彼女だけが、あの夢みたいなひとときを共有してくれている。ぼくのファム・ファタルは彼女であるべきで、彼女ならきっとなれる」

「だめだわこいつ。キモい」

夏海が盛大にため息を吐いて「あなた」と類を見た。

「あなたの事情は分かんないけど、自分の欲求を満たすためだけに、この男はあなたをここから駆け落ちさせようとしてる。いいの？」

「え、え」

類はもはや、泣いていた。さっきまであった強い光は消え失せ、「でも、だって、ちょっとだって。わたしだってちょっとだけリュックに入ってみたくて」と意味の分からないことをあえぐように言う。

「あのさ、類。あんた、自分が何をしようとしてるか分かってる？　鈴原土木の奥様が、男と手を繋いでタクシーに乗って去って行った。どうなる？」

ひっ、と類がしゃっくりみたいな音を出した。

「いまだって、どこで誰が見てるか分かんないよ」

周囲を見回す。夕暮れが少しずつ顔を隠してくれているけれど、判別できないほどじゃない。タクシーの前で押し問答しているわたしたちを誰も見ていない、なんてことはきっとない。

「類がこのまま出て行くとする。この町を知ってるわたしが想像するに、夫も子どもも、逃げられない土地でずっと笑われることになる。悟志は我儘で偉そうな男だけど根っこは気が弱いから、きっと打ちのめされるね。悟志によく似てる息子も、そうじゃないかな」

類の目に、新しい涙が盛り上がる。

「嫌なら正々堂々、離婚して胸張って出て行きなよ。出て行くにはちゃんとそれだけの理由があるんだって、みんなにぐうの音も出させないようにして行って」

「だって」

「だってじゃないよ。そうしなきゃ、絶対に後悔する。断言してもいい」

「そうだよ。群ちゃんは、実の両親が亡くなってることも知らない。知らされてないんだよ」

夏海が言う。昨日、実家に訪ねて知ったんだ。群ちゃんは何度も実家に手紙を書いて謝っていて、だから彼らは連絡先を知っていたはずなのに、群ちゃんにそのことを教えなかった。

そうなの？　と目で訊けば、夏海は苦々しく「酷いよ」と言った。

「墓参りも許すなってのが遺言だって。ありえない」

類がその場にへたり込んだ。香坂と繋いでいた手をするりと離し、顔を覆う。香坂はそんな類を冷めた目で見下ろした。

「香坂、あんたさ、もうやめなよ。運命の女なんてそんな下らないモンに囚《とら》われるのはさ、もう卒業しな？」

夏海が憐れむように言うと、香坂はゆるりとわたしたちを見た。

「あの時間以上の興奮がないんだよ」

さっきまで滲んでいた余裕がなくなった。ぴんと張り詰めたような声だった。

「君たちには分かんないだろ。さして魅力を感じなかった田舎のダサい女が、魅力の塊みたいな男を魅了してた。自身を差し出して、男の理性を奪って、貪欲な獣にして、操ってた。ブスのくせにやたら綺麗に見えてさ。あそこには、ドラマを超えるドラマがあったんだよ。おれはああいう興奮をもう一度味わいたいんだ。おれが、主人公になりたい。だから、あの通りとはいかなくとも、おれなりのドラマが始められると思ってたのに、何してくれてるんだよ」

「あのさ、まじキモいんだって」

はー、と夏海がため息を吐いた。髪を乱暴に掻き「自分の人生を、誰かに気持ちよくしてもらおうと思わないでよ」と面倒くさそうに言う。

「してもらう？　違うよ、おれは彼女を救う側で」

「このひとを利用して気持ちよくなるのは変わんないっつーの。あんたさ、オナニーは自分の手でやんな？　他人の手を使うのやめな？」

「下品な女だな」

「下品なことしてるって分かってほしいから、あえて品のない言葉を使ってるんだよ」

夏海は動けないでいる類に「あなたもさ、事情は知らないけど王子様に助けられてるつもりでいたら結局不幸になるよ」とやわらかな声で話しかけた。

「知ってる？　シンデレラは王子様と結婚した後に姑の王妃様からいびられるし、眠り姫は姑が人食い魔で王子との間に授かった子どもたちが食べられそうになるんだよ。王子さまは手に入れた後は守ってくれないし、新しい問題が生まれてまた苦しむことになる。しあわせは誰かの手から貰うんじゃなくて、自分の手で摑んで離さないでいるしかないんだよ」

類の目が、瞬く。

「類、いまならまだ」

間に合うよ、そう続けようとしたとき「類！」と声がした。見れば、悟志が走ってくるところだった。

「類の様子がおかしかったって梅本のかーちゃんが言ってて、子どもたちは類が玄と学校出て行ったって言うし、探してたんだ。どうかしたの」

最悪のタイミングだ。類が慌てて顔を拭って立ち上がった。香坂がにたにたと笑い、夏海が舌打ちする。悟志を振り返った類が口を開く前に、はっとした顔をした悟志が「ごめん！」と頭を下げた。

「千沙とオレが一緒にいたの、見てたんやろ？　デリカシーないことして、ほんとにごめん。昔のことをどうしても千沙に謝りたくて、それだけだったんよ。浮気心とか、まじでないけん。やけん、そんな泣かんで」

わたしは意味が分からず、首を傾げた。夏海も同様で、香坂はぽかんと口を開けた。

「でも、類に黙って一緒にいたことは、すげえ反省しとる。千沙と昔のこと話してさ、家族のことをもっと大事にしようっち、改めて思った。それでさ、今日、このあとふたりでメシ食いに行こう？　うちでの飲み会は悪いけどキャンセルさせてくれっち、みんなには謝ったけん」

な？　と悟志が窺うように類を見る。

「つくし亭……結局キャンセル料払うことになるじゃない」

類がぼそりと言うと、機嫌を取るように悟志が笑う。

「大丈夫、それはオレの小遣いから出す。もちろん、今夜のメシ代も。類の好きな〝ポアレ〟行こ。子牛のステーキ食お。な？」

類を拝むような仕草をして見せた悟志は、香坂に向かって「面倒みてくれてたんやろ。サンキュな」とひとの良さそうな顔で笑った。

「玄が連れ出してくれたけん、人前で喧嘩せんですんだ。ていうか三好も一緒におってくれたん？三好もありがと。隣のひとは、ええと」

わたしの隣にいた夏海を見た悟志がふしぎそうに首を傾げる。

「もー。嫁に余計な心配かけたらだめじゃん。泣かすなよ」

ここは、悟志の勘違いに乗っかった方がいい。わざと怒ったような口調で言うと「まじごめんって。三好には今度なんか奢《おご》るわ」と悟志が眉を下げる。それから悟志は「ほら、行こ」と類に手を差しだした。

「帰ろ、類」

少しの間ののち、頼りない泣き声がした。それは、類だった。まるで春風が癇癪を起こして泣くみたいに、だんだんと泣き声を大きくしていく。

「うわ、ごめんって。な、ほら。類、まじごめんって」

悟志が類の手を取った。類がそれを乱暴に払う。

「わたしの辛さなんて、分かんないくせに！」

「ごめん。ほんとうにごめん。何べんでも謝る。許してください」

深々と悟志が頭を下げた。そのまま手をすっと差し出し「お願いします」と言う。類は「分かんないくせに」と繰り返すが、悟志は動かない。何度目かの「分かんないくせに」のあと、類は泣きながら悟志の手を摑んだ。顔を上げた悟志がほっと顔を緩め、「ありがとう」と言う。

「帰ろうな、類」

ふたりは手を繋いだまま、学校の方へ歩き出した。類は振り返ったけれど、「ごめんなさい」と蚊の鳴くような声で言って、顔を戻した。それからは、二度と振り返らなかった。

「……つまんな」

吐き捨てるように言った香坂が、わたしをぐいと押した。タクシーに近寄り「待たせてすみません、香坂です」と声をかける。「もう帰ろうかと思ったがね」と運転手が苛立ったように言った。

「ねえ、香坂。あんたさ、ほんと、前向きなよ」

車に乗り込もうとする背中に、夏海が言った。

「あんたが大事にしてる思い出は、いわば性的虐待と一緒だよ。あたし、群ちゃんのその行動は絶対に認められないし許せないよ」

するりとシートに収まった香坂が「そうかもね」とどうでもよさげに言う。

「忘れなよ、まじで。嫌な過去を、乗り越えなよ」

「うるさいな。運転手さん、すみません。出して」

ドアが閉じられる。香坂はわたしたちの方を見ないまま、去って行った。

見送る夏海に、性的虐待って、と訊こうとして止める。簡単に探っていい言葉じゃない。車を見送った夏海が、「分かってくれるといいけどな」と呟いたあと、わたしに「さっきのガチで焦ったね」と真顔を向けてきた。

「あのひとの夫さん、いい仕事しすぎじゃなかった？　あのタイミングでの登場、鳥肌もんだった」

「修羅場きた、と思って冷や汗でたけどね」

「それな」

頷きあった後、ふたりで大きな声で笑った。世界を救ったわけではないけれど、でもそれくらいの達成感があった。それから、大きな笑いの波が襲ってくる。ふたりで、声を上げて笑った。

「いやまじ、なんで撮影してなかったんだろ。これは絶対群ちゃんに見せたかった」

「もし撮ってたらわたしにもちょうだいって言ってたかも。いやー、忘れられない」

げらげら笑い続けていると、夏海が呼んだタクシーがやって来た。「あー、帰らなきゃ」と夏海が残念そうに言う。

「じゃあね、三好さん。東京来たときは声かけて」

「うん、連絡する。あ、そうだ。さっきの夏海さんの言葉、すごいかっこよかったよ。しあわせは誰かの手からもらうんじゃなくて、自分の手で掴んで離さないでいるしかない、ってやつ」

車に乗り込む彼女に言うと、にかっと笑う。

「あたしさ、童話で言うところのみそっかす扱いの末っ子なんだよ。でも末っ子は王子様を待たずに自分の才能でしあわせを掴むんだ」

群文庫には、絵本も豊富だったことを思い出した。夏海もまた、群文庫の読者だったのではないだろうか。

もう少し、彼女と話してみたいと思った。彼女の言動からちらちらと窺える彼女自身のことも知りたいし、彼女と先生がどんな風に過ごしてきたのかも教えてもらいたい。

連絡先を訊こうとして、止める。もし縁があるのなら、ということにしよう。

「夏海さんって、いいキャラしてる。わたしも、王子様に見初められるより自分の力でもらった金のガチョウの方が嬉しいなって思うタイプ」

夏海が、にっと口角を持ち上げた。

「気が合うと思った。じゃあ……またね」

手のひらを向けられて、「またね！」と自分の手のひらをぶつける。ぱちんと小気味よい音がした。


校門付近まで来ると、さっき悟志が名前を出していた一級上の女性がわたしの横をすり抜けて行った。彼女と悟志、類に何があったのだろうかと少しの好奇心が頭をもたげるが、下種なことだと振り落とす。柳垣姫物語を哀しげに見ていた彼女は、いまは堂々と顔を持ち上げて、颯爽《さっそう》と歩いていく。少し歩いた彼女は、振り返り校舎を仰ぎ見て、満足そうに微笑んだ。それから一度だけ、「さよなら」と軽やかに手を振った。

彼女にとって、今日はどんな一日だったのだろう。辛い思い出から解き放たれたのならいいなと思う。いやきっと、そうなったのだ。彼女の人生で、この学校はブラックホールにならない。そう確信させた。

それは、あのとき声をあげられなかったわたしの罪悪感を少しだけ減らしてくれる。わたしは離れたところで、彼女に向けて思いを放つ。わたしは二度と、あのときのように声をあげないということを選択しません。きっと、約束します。だからまた、この学校を振り返って、笑ってください。

さっとからだを翻して去って行く背中を見送った。

中に入ると、柳垣老人会のおじいさんたちが受付のテントを畳もうとしていた。その奥に、田中佳代子の姿があった。わたしと同年代の女性と話しているおばあさんの姿を厳しい顔で凝視している。普段は感情を露わにしない、冷静な彼女があんな顔をしているのは珍しい。声をかけようとして、止める。今日は、そういう日なのかもしれない。誰しもに、特別な日だから。

再び歩き出すと、目の前を春日と井村が駆けて行った。それぞれ、手に膨らんだゴミ袋を持っている。化粧がすっかり落ちた井村の横顔を見て、彼女にも彼女の苦しみややるせなさがきっとあるのだろうと思う。でも、それから目を逸らさないで正面から向き合ってほしい。井村は、ちゃんと闘える女性だから。

「さ、帰ろー！　月曜日、部活でね！」

わたしの横を、中学生が数人走って行く。かなた中の生徒だ。彼女たちだけでなく、たくさんのひとが出て行く。ここから離れていく。

ばいばい、さよなら、お疲れ様、またね、いろんな別れの言葉が交わされる。夕闇の中に、いくつもの笑顔が消えていく。

「ありがとうね、柳垣小学校」

誰かの呟きに、誰かが振り返って校舎を仰ぐ。ひょろりとした男のひとだった。少し猫背で、どことなく疲れたような顔をしている。黒のスラックスのポケットに両手をいれた彼は、ふいに校歌を口ずさみ始めた。それで、ここの卒業生らしいと分かる。廃校を知って来たひとなのだろう。

視線を感じて、見れば類が悟志と一緒にいた。悟志はＰＴＡのメンバーと話していて、類は少し離れたところに立っている。

まんじりともしない類の視線を追うと、未幌山を見つめていた。太陽が落ちていく未幌山は赤から紫へうつくしいグラデーションを描いていた。

さっきまでの激情も涙もない、燃え尽きたような顔で、しかし目には光が宿っているように見える。わたしの知っている類とは、どこか違う。

類は、これからどうするのだろう？　正々堂々ここから離れていくのか、必死に謝罪していた夫とこれからも生きていくのか。

どちらでもいい。わたしはその選択を応援する。そしていつか類が今日という日を振り返ったときに、穏やかに微笑んでいられることを願う。

類が悟志に促され、校舎の中へ消えていく。それを見送って、ぐるりと周囲を見回す。何人ものひとが、夕日を浴びる校舎を名残惜しそうに眺めていた。

いくつもの顔を見ていると、故郷という言葉がしみじみ胸に広がった。

自分の人生に、確かにある故郷。いいとか悪いとか、そんな言葉では言い表せない場所。

今日は多くのひとにとって、故郷とのお別れの日だった。

どれだけのひとの、特別な一日になったのだろう。どれだけのひとが過去の記憶を探っただろう。どれだけの思いを残し、あるいは思いを拾って去っただろう。今日という一日の中で会った幾人もの顔が思い浮かんでは、消えていく。

わたしにとって、今日はどうだっただろう。

正直なところ、寂寥はない。わたしはまだこの学校に近しくて、ここで過ごす日々は残されているのだ。でも、振り返ったときにはきっとこの日を思い出すだろう。ここを故郷と呼ぶだろう。

校庭の方から「さよーなら！」と子どもたちの声がした。熟れた果実がぷちんと弾けたように、子どもたちが走り出てくる。今日一日をやり切った顔はどれも満足げで、眩しく映る。

「お父さん！」

六年生の女の子が大きな声で叫んで、わたしの横を通り過ぎていく。彼女がまっすぐに駆けて行ったのは、さっき校歌を歌っていた男性だった。

「まだいてくれたの⁉」

ああ、あの子の父親だったのか。男性は困ったように笑って、「帰ろう」と子どもの肩をぽんと叩いた。

「おかあさん！」

ぽすんとやわらかな衝撃を受け、見れば春風がわたしの腰に抱き着いていた。見上げてくる目が、きらきらしている。

「おかあさん。今日は特別な日になった？」

まっすぐ見つめてくる春風を、思わず抱きしめた。太陽を抱いているみたいな匂いがして、春風が「何よお」と困った声を上げる。

「特別な日になったよ。お母さん、春風のためにもっともっと頑張るからね」

この子もいつか、人生を振り返る日が来る。この子がしあわせな気持ちで過去を眺められるよう、わたしはこれからも闘っていく。この子のためだけではなく、自分のためにも。

ああ、わたしにとっては人生を進むための勇気をもらった一日だったかもしれない。

腕を解くと、唇を尖らせた春風が「急にこんなことしないで」と言う。膨れた顔に「ごめん」と謝ってから「帰ろっか」と手を差しだした。春風はまだ少しだけ怒った顔をしていたけれど、わたしの手を取った。

「春風、今日は楽しかった?」

「カレーがおいしかった。おばあちゃんに、お夕飯はカレーにしてって言った」

「え! 夕飯もカレーなの?」

小さなぬくもりを握りしめて、校門を出た。

「あ、お母さん見て。いちばんぼしだよ」

春風が、空いている方の手で空を指す。綺麗な金色が輝いていた。

「きれいだねえ。明日もきっと、晴れるね」

「ほんとうだね」

賑やかな夕暮れは過ぎ、明日を告げる星が静かに煌《きら》めいている。

そっと、校舎を振り返る。

わたしたちはここに集い、多くを学び、多くの失敗をし、多くを感じ、多くの記憶を重ねた。

そして、それぞれの家に帰っていく。明日への希望を抱えて、明日を迎える支度をして、生きていく。

人生の故郷をときどき振り返りながら、これからも、ずっと。

ドヴォルザークの檻より　「小説宝石」２０２２年３月号
いつかのあの子（「イマジナリー」改題）　「小説宝石」２０２２年７月号
クロコンドルの集落で（「クロコンドルの集落は」改題）　「小説宝石」２０２２年10月号
サンクチュアリの終わりの日　「小説宝石」２０２３年４月号
わたしたちの祭り　書下ろし

町田そのこ（まちだ・そのこ）

1980年生まれ。福岡県在住。「カメルーンの青い魚」で、第15回「女による女のためのR-18文学賞」大賞を受賞。2017年同作を含む『夜空に泳ぐチョコレートグラミー』でデビュー。2021年『52ヘルツのクジラたち』で本屋大賞を受賞。著書に『星を掬う』『夜明けのはざま』『わたしの知る花』など多数。

ドヴォルザークに染《そ》まるころ

2024年11月30日　初版１刷発行

著　者　町田そのこ
発行者　三宅貴久
発行所　株式会社 光文社
〒112-8011　東京都文京区音羽1-16-6
電話　編　集　部　03-5395-8254
　　　書籍販売部　03-5395-8116
　　　制　作　部　03-5395-8125
URL　光　文　社　https://www.kobunsha.com/

組　版　萩原印刷
印刷所　萩原印刷
製本所　ナショナル製本

落丁・乱丁本は制作部へご連絡くだされば、お取り替えいたします。

ISBN978-4-334-10451-1